Glitzer & Grind

SCHUHFABRIK BLEIBT!

Roman

Julia Bassenger

GLITZER & GRIND

© Michael Marlovics / attheshow.org

JULIA BASSENGER

Geboren 1971 in Radstadt, verbrachte sie ihre Kindheit in Wien, Chile, Saarbrücken und Feldkirch. Seit 1990 wohnt sie wieder in Wien, studierte Anglistik, Amerikanistik und Bohemistik, war eine Zeit lang DJ Lady M, zog mit ihrem Mann zwei Kinder groß und macht u. a. als The Bassenger seltsame Musik. „Schuhfabrik bleibt!" ist ihr Debütroman.

bassenger.klingt.org

Triggerwarnung

Entmannung und sonstige (auch tödliche/sexualisierte) Gewalt aller Art, Selbsttötung, Alkohol und andere Drogen, Rassismus, psychische Ausnahmezustände … Na ja, eigentlich so ziemlich alles was schiach ist … Eh nicht dauernd und überall, aber es kommt halt schon auch vor.

Falls du ein Problem mit schlimmen Wörtern, Menstruation, Beidln, Muschis, positiven Darstellungen von Feminismus, (Homo-)Sexualität, Transpersonen, alternativen Lebensentwürfen und Menschen anderer Herkunft als du hast, dann heul nicht rum, du wurdest hiermit vorgewarnt. Kannst ja was anderes lesen. Aber vielleicht hilft dir dieses Buch, etwas lockerer zu werden.

Julia Bassenger

SCHWESTERLEIN FEIN

»DIESES BLÖDE ARSCHLOCH! Dieses. Blöde. Arschloch!«

Zwischen jedem Wort machte Marianne eine kurze Pause. Sie verschwand im Badezimmer, das profane Mantra stetig wiederholend, und kam umgehend mit einem Kübel und einem Fetzen zurück. Im Kübel befand sich schwappendes lauwarmes Wasser, das schäumte wie ein kleines Meer. Emil hatte aufgehört sich zu übergeben und fiepte, während Marianne begann, resolut Klausens Hirn von ihrem Sofa wegzuputzen. Emil beobachtete, wie sich das Meer im Kübel rot verfärbte, sah kleine Gehirnstücke darin schwimmen und musste gleich wieder kotzen.

»Himmelfix, beweg deinen Arsch aufs Klo. Ich hab keine Lust, *deine* Sauerei auch noch aufzuwischen!«

Marianne schmiss den Fetzen in den Kübel, eine rote Welle schwappte über und landete auf dem Berberteppich. Sie hinterließ einen rosa Fleck und ein Stückchen Gehirn.

»Scheiße!«

Marianne suchte ihre Zigaretten und fand sie weder in ihrer Gesäßtasche noch auf dem Couchtisch noch beim Fernseher noch in ihrer Tasche, schließlich griff sie schulterzuckend in Klausens Brusttasche, fischte das Tschickpackerl heraus und zündete sich mit seinem Feuerzeug eine an. Sie setzte sich auf den Boden und lehnte ihren Rücken an den Türrahmen zwischen Wohn- und Badezimmer.

»Ich hab das Fenster aufgemacht.«

Emil war wieder reingekommen und setzte sich ihr gegenüber hin. Er war immer noch etwas blass um die Nase.

»Fein.«

Sie blickten sich an.

»Gibst du mir auch eine?«

»Fangst du jetzt wieder an?«

Emil deutete auf die Leiche und meinte: »Es war ein ereignisreicher Tag.«

Marianne reichte ihm Tschick und Feuer. Sie rauchten schweigend.

»Sollten wir nicht, na ja, die Polizei rufen oder so?«

»Vermutlich hast du recht, die Couch kann ich eh kübeln. Arschloch.«

Ein paar Stunden davor, als Marianne nach einem anstrengenden Tag an der Uni heimgekommen war, wehte ihr der Geruch von Gras entgegen.

»Schwesterlein fein! Da bist du ja!«

In der Wohnküche saß ihr Bruder Klaus und auf dem Sofa döste eine sehr junge Frau, die sie nicht kannte. Marianne wusste zuerst nicht, was sie sagen sollte, schließlich fragte sie vorsichtig: »Was machst du hier?«

»Ach, es gab Ärger in Dornkirchen. Es ist besser, ich bleib mal eine Weile hier, bis sich alles wieder beruhigt hat.«

»Wie bist du reingekommen?«

»War kein Problem, ich hab ja den Schlüssel.«

Sein Mund grinste, aber die Augen hatten dieses ungute Funkeln.

»Es ist ja nicht so, dass die Wohnung nur dir gehört, Schwesterlein.«

Da hatte er leider recht. Die Wohnung gehörte dem Vater. Klaus war zwar fünf Jahre jünger als Marianne, aber aus dem kleinen Buben war im Laufe der Zeit ein ausgewachsenes Mannsbild mit einer ausgeprägten cholerischen Ader, einem besorgniserregenden Konsum von Drogen aller Art und ein paar Vorstrafen geworden. Weder er noch die junge Frau hatten ihre Stiefel ausgezogen.

Mah, die macht mir das Sofa dreckig, schoss es Marianne durch den Kopf. Das Mädl hatte die Augen auf Halbmast, weiß der Henker, was die alles eingeworfen hatte.

»Wer is'n das?«

»Püppi.«

»Ist die nicht ein bisschen zu jung für dich?«

»Ah geh, sei ned so spießig. Und überhaupt: Mit Neine geht er eine!«

Klaus rülpste und lachte manisch.

»Püppi hat eine Auszeit von der Schule gebraucht, also hat sie Mamas Bankomatkarte geflaucht und ist mitgekommen.«

»Jetzt mal im Ernst, wie alt ist die wirklich?«

»Bist du das Jugendamt? fünfzehn oder sechzehn glaub ich, was weiß ich, ist ja auch wurscht. Jetzt zu was Wichtigerem: Ich hab Hunger! Nudeln wären geil.«

Nach einiger Zeit kam Emil nach Hause und staunte nicht schlecht.

»Ah, du hast gar nicht gesagt, dass wir Besuch erwarten.«

»War etwas überraschend. Sie waren plötzlich da.«

Klaus sah Emil belustigt an.

»Schwesterlein, wer ist denn die Schwuchtel?«

»Wie bitte?«

»Klaus, das ist mein Freund Emil, Emil, das ist mein jüngerer Bruder Klaus. Und das ist Püppi.«

»Dein Freund? Echt jetzt? Bei dem weiß man ja nicht, ob das ein Männchen oder Weibchen sein soll.«

»Klaus, bitte!«

»Na ist ja wahr.«

»Marianne, kann ich kurz mit dir reden?«

Emil war ganz blass vor Wut.

Sie gingen ins Schlafzimmer und schlossen die Tür.

»Findest du das richtig, wie der mit mir redet?«

»Nein, aber …«

»Was glaubt der eigentlich, wer er ist? Wieso hast du mir nicht gesagt, dass er kommt?«

»Die waren plötzlich da und ich konnte sie nicht einfach rausschmeißen, er ist immerhin mein Bruder.«

Emil schwieg und biss auf seine Lippe.

»Sag bloß, das ist *der* Bruder, von dem du mir mal erzählt hast?«

»Ja, genau.«

»Ach du Scheiße …«

Marianne stiegen die Tränen in die Augen.

»Hör zu, wenn er drauf ist, ist er unberechenbar. Bitte lass dich nicht provozieren, der schlägt dich zu Brei.«

»Wie stellst du dir das jetzt vor?«

»Na ja, er hat gesagt, dass sie eine Weile dableiben wollen.«

»Was für eine Weile? Tage, Wochen?«

»Weiß ich nicht.«

Bitte lass mich nicht allein mit dem, dachte Marianne, aber sie schaffte nicht, es auszusprechen.

»Das taugt mir überhaupt nicht. Kann der nicht woanders hin?«

»Na ja, die Wohnung gehört dem Papa …«

Klaus klopfte an die Schlafzimmertür.

»Seid ihr am Ficken, ihr Süßen?«

»Wir kommen gleich!«

»Wusste ich's doch! Haha!«

Emil fauchte, Marianne schaute ihn flehentlich an.

»So ein Wichser!«

Er schlug mit der Faust gegen den Türrahmen.

»Ja, aber er ist halt mein Bruder, was soll ich machen?«

Püppi hatte sich aufgesetzt und blickte verpeilt herum.

»Scheiße, ich hab grad die Regel gekriegt.«

»Wuuuhuuu! Nicht schwanger!«, grölte Klaus.

»He, du!«, sagte sie zu Marianne. »Hast du Tampons? Und wenns geht, frisches Gewand.«

Marianne führte sie ins Schlafzimmer.

»Sag, wie heißt du wirklich?«

»Petra, aber Püppi ist mir lieber.«

»Wissen deine Eltern, dass du hier bist?«

»Who cares? Hast du jetzt Gewand für mich?«

Marianne suchte für Püppi etwas raus und bugsierte sie ins Bad.

Inzwischen hatte sich Emil mit den restlichen Nudeln zu Klaus an den Tisch gesetzt. Er aß schweigend und Klaus schrieb Textnachrichten. Als Püppi aus dem Bad kam, knurrte er: »Na endlich. Wir müssen los.«

Und weg waren sie. Wären da nicht die beiden großen Rucksäcke gewesen, hätte Marianne glauben können, es sei alles nur ein schlechter Traum gewesen.

Sie wählte die Nummer ihrer Mutter.

»Mariandl, schön, dass du dich meldest, wie gehts dir, mein Schatz?«

Oje, dieser schleppende Tonfall, sie war wieder voll auf Meds oder betrunken. Oder beides.

»Na ja, der Klaus ist bei mir aufgetaucht.«

»Na Gottseidank. Wir haben uns schon Sorgen gemacht.«

»Was ist denn diesmal passiert?«

»Na ja, du weißt ja vielleicht, dass es mit der Lena nicht so gut läuft, vor allem seit das Baby da ist. Der Klaus ist halt leider nicht so der Familienmensch, und ich finde ja, diese Lena ist auch nicht gut für ihn. Weißt du, ich liebe mein Enkelkind, Blut ist Blut, auch wenn das arme Mädl diesen furchtbaren Namen hat. Was ist das überhaupt für ein Name, Yamuna? Es wäre mir lieber gewesen, unser Klaus hätte eine bessere gefunden. Eine sanftere, die ihn nicht auch noch provoziert. Eine unsrige, keine Piefke. Er ist halt so ein Zorniger, da braucht er eine Frau, die das ausgleicht, die auch einmal zurückstecken kann und nicht immer recht haben muss. Wahrscheinlich war sie von Anfang an eh nur auf unser Geld aus. Und den guten Namen unserer Familie.«

»Mama, ich weiß eh, dass du die Lena nicht magst, aber warum ist er weg aus Dornkirchen?«

»Na ja, es gab wieder einmal Streit und da hat sie die Polizei gerufen, kannst du dir das vorstellen? Ich bin vor Scham im Boden versunken, so was kannst du doch nicht machen. Vor allem jetzt, wo der Papa wieder für den Landtag kandidiert, bitte, so was ist doch ein gefundenes Fressen für die Presse. Die Polizisten haben den Klaus sogar mitgenommen und wollten ihn in Untersuchungshaft stecken, aber der Papa kennt ja zum Glück den Staatsanwalt, sind ja beides Alte Herren von der Verbindung, da ist der Klaus auf Kaution freigekommen.«

»Also wenn sie ihn in U-Haft nehmen wollten, muss schon was Gröberes gewesen sein.«

»Ich weiß nicht. Wenn du mich fragst, hat ihn diese Lena so lang provoziert, bis er ausgerastet ist, und jetzt versucht sie, ihm alles Mögliche anzuhängen, um ihn und unseren guten Namen in den Dreck zu ziehen. Stell dir vor, der hat jetzt Betretungsverbot in *unserer* Wohnung! Das hats zu meiner Zeit nicht gegeben, dass die Frau den Mann aus seiner eigenen Wohnung werfen kann. Sie kann ja wieder zurück nach Deutschland, wenns ihr nicht passt. So etwas tut eine anständige Frau einfach nicht. Wie stehen wir denn da?«

Marianne unterdrückte den Impuls zu widersprechen. Sie fühlte sich auf einmal unglaublich müde und verspürte immer weniger Lust, mit ihrer Mutter zu reden.

Sie brachte das Telefonat behutsam zu Ende und rauchte eine Zigarette. Dann wählte sie Lenas Nummer.

»Hallo.«

Lenas Stimme klang leise und belegt.

»Lena, hallo, was ist denn los bei euch? Der Klaus ist bei mir in Wien aufgekreuzt.«

Fast hätte sie Püppi erwähnt, aber im letzten Moment kratzte sie die Kurve. Am anderen Ende war Schweigen.

»Lena, bist du noch da?«

Lena. Bei all den kaputten Frauen, die Klaus sonst aufgegabelt hatte, um sie noch kaputter zu machen, war Lena für Marianne eine positive Ausnahme und mit Abstand die sympathischste Gefährtin ihres Bruders. Sie hatte zwar einen Hang zu Esoterik, den Marianne nicht teilte, aber sie nahm keine harten Sachen, kiffte und trank nur hin und wieder und hatte sogar ein Einkommen als Tätowiererin. Marianne erinnerte sich an die Tattoosession bei ihr, als Lena schwanger gewesen war, die guten Gespräche, die Musik von *Alice in Chains*, den Duft von Sandelholz und das leise Surren der Maschine im Hochsommer. Sie blickte auf den Dotwork-Stern auf ihrem Unterarm.

»Lena, was ist passiert?«

»Was hat man dir erzählt?«

»Na ja … Also Klaus hat nur was von Ärger gesagt und Mama hat irgendwas mit Betretungsverbot und Kaution statt U-Haft erzählt. Mich interessiert deine Version.«

Schweigen.

»Lena?«

Das war schlimmer als sonst. Viel schlimmer.

Marianne hörte Schluchzen und hörte schweigend zu. Nach einer Weile sagte Lena: »Wart, ich putz mir die Nase.«

Marianne hörte, wie das Handy hingelegt wurde und sich Lena schneuzte.

»Bist du noch da?«

»Ja.«

Und Marianne lauschte, während Lena erzählte.

Wie er wieder voll drauf heimgekommen war und sie – wie so oft – zu Sex gedrängt hatte, wozu sie – wie so oft – einwilligte, um Schlimmeres zu verhindern. Wie die kleine Yamuna angefangen hatte zu schreien, wie sich Klaus aufgeregt hatte, wie er die Tür zum Schlafzimmer, wo das Baby in seinem Bettchen lag, so zornig aufgerissen hatte, dass die Klinke ein Loch in die Rigipswand geschlagen hatte. Wie er die Kleine gepackt, angeschrien und geschüttelt hatte. Wie Lena versucht hatte, ihm das Kind zu entreißen, wie er sie mit der Faust geschlagen hatte, ihr jetzt ein Zahn fehlte und ihre Nase gebrochen war. Wie er die Kleine eine Missgeburt genannt hatte, sie an den Beinen gepackt hatte und ihren Kopf gegen die Wand schlagen wollte. Wie Lena es irgendwie geschafft hatte, sie ihm zu entreißen und sich mit dem panisch schreienden Baby im Bad einzusperren. Wie sie zitternd den Notruf gewählt hatte, während er gegen die Tür trat und Morddrohungen ausstieß. Wie nach einer gefühlten Ewigkeit die Polizei endlich gekommen war und ihn tasern musste. Die Erleichterung, die sie verspürte, als der Polizeiwagen ihn wegbrachte. Wie sie und das Baby ins Spital gebracht worden waren, wo sich die Kleine noch befand.

Marianne lauschte weiter. Sie lauschte, wie Lena von den Einvernahmen und den Anzeigen erzählte, von den Untersuchungen, von den Behandlungen, den Schmerzen, der Scham, der Ohnmacht. Davon, dass das Kind zumindest körperlich okay war, man wolle nur sichergehen. Wie Mama sie am Telefon betrunken beschimpft hatte. Wie Papa ihr Geld geboten hatte, wenn sie ihre Aussage zurücknehmen und mit dem Kind zurück nach Deutschland gehen würde. Wie sie das Gefühl hatte, dass ihr alles entglitten war, und sie dieses Angebot jetzt ernsthaft in Betracht zog, zumal Klaus ja auf freiem Fuß war.

»Was soll ich hier noch? Ich bin hier ja nur die lästige Piefkefreundin vom Sohn eines Landtagsabgeordneten im Wahlkampf.«

Und Marianne lauschte, wie Lena davon erzählte, wie sich Klaus seit der Zeit im Tattoostudio, wo sie ihn als Kunden kennengelernt hatte, verändert habe. Wie knuffig, intelligent und witzig er damals gewesen sei und wie sie seinen Lockenkopf geschubbelt habe. Wie sie ihn irgendwie immer noch liebe, trotz allem. Seinen Grinser, der sie zum Schmelzen bringe, seine kräftigen Arme, seinen Duft, seine Leidenschaft im Bett.

Marianne konnte sich erinnern.

»Damals hat er eine gute Phase gehabt. Er hat einen Entzug gemacht, Papa hat ihm einen Job im Finanzamt vermittelt und ich dachte schon, okay, er hat sich derfangen.«

Dann wurde Lena schwanger und hatte weniger Lust auf Sex. Da fing es an. Er zog allein um die Häuser, und wenn er heimkam, roch er nach anderen Frauen und Alkohol. Lena hoffte, dass – wenn das Baby erst da war – die Dinge sich wieder einrenken würden. Aber mittlerweile hatte er seinen Job im Finanzamt hingeschmissen und hing wieder mit seinen alten Giftlerfreunden rum.

Nach zwei Stunden legte Marianne auf. Sie schwitzte wie ein Pferd und zitterte. Der Aschenbecher ging über. Mit wackeligen Beinen schaffte sie es zum Fenster und riss es auf. Am liebsten hätte sie jetzt laut rausgeschrien, aber stattdessen zündete sie sich noch eine an.

Emil war gerade in seinem Zimmer in ein Skriptum vertieft, als Marianne reinkam und ihm schluchzend um den Hals fiel. Er hielt sie fest und strich sanft über ihren Rücken, bis sie sich so weit beruhigt hatte, dass sie ihm alles erzählen konnte.

»So ein Arschloch«, sagte er schließlich.

»Ja. So ein Arschloch.«

Es war nach Mitternacht, und Emil saß mit Marianne am Küchentisch, als Klaus allein nach Hause kam. Seine Augen waren unfokussiert und sein Gang schwer und torkelnd.

»Schwesterlein fein!«, rief er. »Und die Sch-schwuchtel ist auch noch da!«

Er ließ sich auf einen Sessel am Küchentisch fallen. Marianne starrte angespannt vor sich auf den Tisch. Ihre Handflächen schwitzten und sie war wie versteinert. Sie hatte zu Hause sehr früh gelernt, im richtigen Moment Blickkontakt zu meiden und die Goschn zu halten, um (meistens jedenfalls) keine zu fangen, aber bei Emil war sie sich nicht sicher.

»Wasis mit euch? Ihr seid ja urfaaad!«

»Wie war dein Abend?«, fragte Emil kühl und schaute dabei Klaus direkt in die Augen. Bisdudeppat, dachte er, der Typ ist hacke.

»Hasdun Bier?«

»Ist im Kühlschrank.«

Emil verdammt, hol ihm das Bier, dachte Marianne verzweifelt.

Klausens Miene verfinsterte sich. Er erwiderte Emils Blick.

»Das ist aber nicht nett, dem Gast kein Bier hinzustellen. Bin ich ein Kellner, oder was?«

»Ich bin auch kein Kellner. Und das ist ja schließlich auch deine Wohnung, also bist du auch kein Gast.«

Emil blickte beherzt in Klausens versoffene Augen.

Endlich brachte Marianne etwas raus: »Wo ist denn Püppi?«, krächzte sie mit belegter Stimme, den Blick immer auf die Tischplatte.

»Habich unterwegs verloren. Wurscht. Ich bin nicht das Jugendamt. Mah ich muss schiffen …«

Er ging aufs Klo und Marianne warf Emil einen flehentlichen Blick zu. Er drückte ihre Hand, alles okay, mach dir keine Sorgen, ich kann das handlen.

Nachdem er wohl das ganze Bad vollgebrunzt hatte, holte Klaus eine Bierdose aus dem Kühlschrank und stellte sie in die Mitte des Tisches.

»So, Sportsfreunde, wir drei spielen jetzt ein Spiel.«

Er kramte in seinem Rucksack und zog einen Revolver hervor. Emil sprang entsetzt vom Tisch auf und Mariannes Geist klinkte sich aus. Das passierte immer, wenn es arg wurde. Sie starrte versteinert auf die Waffe. Was auch immer jetzt geschehen würde, sie war nur noch Passagier.

»Leg sofort die Waffe hin.«

Klaus zielte auf Emil.

»Hinsetzen.«

Emil gehorchte. Klaus stand auf, schwankend hielt er sich an der Tischplatte fest. Er wurde theatralisch.

»Es gibt in dieser Welt viel zu wenig Respekt und Liebe.«

Jetzt hatte er Tränen in den Augen.

»Ich weiß nicht, ob in dieser Welt noch Platz für jemanden wie mich ist. Sogar meine eigene Familie will mich nicht haben und schickt mich weg. Auch du, Schwesterlein fein! Du hast dich gar nicht gefreut, deinen kleinen Bruder zu sehen!«

Er hielt den Lauf der Waffe unter sein Kinn.

»Sei ehrlich, Schwuchtel, am liebsten wäre es dir, wenn ich jetzt abdrücken und mir das Hirn rausblasen würde, oder?«

Emil schwieg.

»ODER?«, brüllte Klaus und fuchtelte mit dem Revolver.

»Sei ehrlich, Schwuchtel! Wenn du Eier hast, dann schau mir ins Gesicht und sag mir die Wahrheit! Ja oder nein?«

Marianne saß reglos da.

»Ja.«

»Immerhin. Hätte ich dir nicht zugetraut, bist doch keine Schwuchtel. Wie heißt du noch mal?«

»Emil.«

»Scheißname, aber wurscht. Du hast Eier, das mag ich.«

Kurz schien er wegzudämmern, und Emil überlegte, ob er was riskieren sollte, aber der Tisch war zu breit, er saß zu weit weg und dann machte Klaus wieder die verschwollenen Augen auf.

»Also, wo bin ich stehengeblieben? Ach ja. Das Spiel. Das Spiel auf Leben und Tod.«

Er wachelte ironisch mit den Händen und klang jetzt wie ein Showmaster.

»Geh leg doch den Revolver weg und wir trinken einfach ein Bier und gehen dann schlafen. Es ist schon spät.«

»Nein.« Klaus streckte sich. »I insist!«

Wieder schien er für eine Sekunde wegzudämmern.

»Also. Die Regeln sind einfach. In diesem Magazin befindet sich eine Kugel.«

Er rülpste.

»Glaub ich zumindest. Vielleicht sinds auch zwei oder drei, aber wurscht.«

Zuerst bist du dran, mein lieber Emil, dann Schwesterlein fein, zuletzt ich. Und wer dann noch lebt, kriegt das Bier. Klar so weit?«

Emil war irrsinnig angespannt, aber er schaffte es, auf Klaus gelassen, ja fast gelangweilt zu wirken. Hoffte er zumindest.

»Ach lass doch gut sein.«

»Nix da!«

Klaus zielte jetzt auf Emil. Er drückte ab – und es klickte nur.

Das wars dann mit vorgetäuschter Gelassenheit. Ende Gelände. Emil spürte, wie seine Hose nass und warm wurde.

»Glück gehabt, das Schicksal sagt, du darfst leben! Na, wie fühlt sich das an, Emil?«

Emil brachte kein Wort mehr heraus, er hatte all seinen Mut verbraucht und zitterte am ganzen Körper. Klaus machte einen ironischen Freudentanz, dann hielt er den Revolver an Mariannes Kopf.

»Was glotzt du so, Schwesterlein fein? Bist du eine Kuh? Muuuh!«

Er drückte ab – klick.

Marianne war ein Stein.

»Meine Damen und Herren! Die Liebenden dürfen leben, hurra! Macht was draus! Aber Emil, ich muss dich warnen. Mark my words!«

Er stand auf und nahm Emil amikal in den Schwitzkasten, ohne den Revolver hinzulegen. Tränen rannen über Emils Wangen, seine

Beine waren Gummi. Er roch Klausens Schweiß und seinen säuerlichen Atem.

»Ich sag dir jetzt was, von Mann zu Mann.«

Er küsste Emil auf den Kopf.

»Wir Männer müssen zusammenhalten. Die Weiber machen uns fertig. Die haben sich verschworen gegen uns. Sie nehmen uns das Kostbarste. Das Kostbarste, verstehst du, Emil?«

Emil nickte.

»Und weißt du, was unser Kostbarstes ist? Ha, weißt du das, mein angepisster Freund?«

Emil schluchzte.

»Heeee, alles gut, ein Mann darf sich anpissen, wenn er Todesangst hat.«

Klaus schubbelte Emils Kopf.

»Ein Mann darf manchmal sogar weinen, wenn zum Beispiel die Mama oder ein treuer Freund stirbt. Oder wenn die eigene Mannschaft verliert. Alles gut, alles gut. Happy Birthday mein lieber Emil, brauchst nicht weinen, du darfst heute leben. Aber zurück zum Thema: Was ist das Kostbarste, das ein Mann hat?«

»Keine Ahnung. Geld?«

»Unser Samen! Sie nehmen uns unseren Samen und wir sind ihnen schutzlos ausgeliefert, sie werfen uns heiße Blicke zu, sie tragen enge Klamotten, wackeln mit ihren Titten und Ärschen, sie verhexen uns, und dann saugen sie uns mit ihren Mösen aus, bis wir ganz ausgelaugt sind, und wenn du nicht aufpasst, nehmen sie dir auch noch deine Eier und dann bist du nur noch ein Schatten deiner selbst, dann lassen sie dich babysitten, wickeln, Wäsche waschen, putzen und schicken dich einkaufen, aber ficken wollen sie dich nicht mehr. Und du bist gefangen, kommst nicht los von ihnen, sie sind wie Heroin, du bittest und bettelst und sie wollen dir nicht mal mehr aus Mitleid einen runterholen. Meine Schwester, mein Schwesterlein fein, die ist auch so eine. Pass auf, mein Freund, pass auf, dass du deine Eier nicht verlierst!«

Er ließ den schluchzenden Emil zu Boden sinken.

»So, genug geredet. Und jetzt wollen wir sehen, ob auch ich heute leben darf!«

Klaus steckte den Lauf in seinen Mund und drückte ab. Der Schuss krachte laut und sein Hirn verteilte sich über die Couch. Eine Blutfontäne schoss aus dem Rest seines Kopfes, dann knickten seine Beine ein und er fiel aufs Sofa.

ICH HABE EUCH VERMISST

Püppi wachte in einer fremden Wohnung auf. Sie hatte wieder einmal mit Kontaktlinsen geschlafen und das war gar nicht gut. Sie schaute sich aus roten, verschwollenen Augen um. Sie lag auf einer Bettbank in einem Altbauzimmer und ihr gefielen der hohe, luftige Raum mit dem Fischgrätparkett und der Geruch von Gewürzen, Gras, Tabak und Räucherstäbchen. An den Wänden hingen afrikanische Tücher, Fotos, Konzertkarten, Flyer und Bandposter. In einer Ecke stand ein E-Bass. Auf den Regalen befanden sich afrikanische Figuren und jetzt bemerkte sie auch das Hochbett aus hellem Holz. Von dort war dezentes Schnarchen zu hören.

Sie musste aufs Klo und irgendetwas mit den Kontaktlinsen machen, die Augen juckten und brannten sogar ein bisschen. Sie stand auf und schlurfte durch eine weiße Flügeltür in die Küche. Dort duftete es nach Kaffee und Frühstück und eine etwa 35-jährige Schwarze saß am Tisch, in ihr Handy vertieft. Sie hatte ihre langen Rastazöpfe in ein buntes Kopftuch gewickelt und trug ein übergroßes schwarzes Bandshirt zur Pyjamahose. Sie hob den Kopf und schaute Püppi freundlich an.

»Hi! Excuse me, where is the toilet?"

»Kannst ruhig Deutsch reden, ich bin hier geboren. Und das Klo ist durchs Vorzimmer, zweite Tür links.«

Püppi war erleichtert, Tampons und Binden zu finden. Das Klo war ganz blau gestrichen und ein Filmposter von *Clockwork Orange* hing an der Tür. Sie checkte ihr Handy. Gefühlt hundert Nachrichten von ihrer Mutter, ihrem Vater und vielen anderen Menschen. Sie fing gar nicht erst an, sie alle zu lesen, das war ihr jetzt grad zu stressig.

Püppi schlurfte zurück in die Küche.

»Sag mal, hast du zufällig Kontaklinsenzeugs? Ich müsste meine mal rausnehmen und ordentlich reinigen. Ich bin übrigens die Püppi, hallo!«

»Ich bin die Glautsch, servus. Schau ma mal, vielleicht hat Tom was.«

Sie hatten Glück. Tatsächlich konnte Püppi die Linsen jetzt ordentlich reinigen und es gab sogar Augentropfen. Dann gab ihr Glautsch auch noch einen Kaffee, und jetzt, dachte Püppi, fängt der Tag schon mal gut an. Sie war ausgezogen, um die Welt zu sehen, und hier saß sie in einer sehr lässigen Wohnung und redete zum ersten Mal in ihrem jungen Leben mit einer coolen schwarzen Frau, so was konntest du in Dornkirchen nicht erleben.

Die Küche war in einem ziemlich desolaten Zustand. Das dreckige Geschirr türmte sich in der Abwasch, der Müll ging über und es standen viele leere Flaschen herum. Den Küchentisch hatte Glautsch wohl schon abgeräumt und abgewischt, gestern sah der noch ganz anders aus.

»Sag mal, magst du mir erzählen, was gestern Abend war und wie du herkommen bist? Ich bin erst um drei heimkommen, ich war eine Woche weg bei meiner Familie.«

»Ich bin mit dem Klausi hergekommen und wir haben mit Tom Party gemacht.«

Glautschs Miene verfinsterte sich.

»Ist was?«

»Egal, erzähl weiter.« Glautsch lächelte etwas gezwungen.

»Na ja, also ich bin dann recht schnell abgelegen, you know, beim Kiffen und Schnapssaufen kann mich nicht mehr so genau erinnern. Der Klaus ist nicht mehr da, oder?«

»Nein. Den hab ich verpasst. Der ist wohl gegangen, bevor ich heimkommen bin.« Glautsch überlegte kurz. »Sag mal … wie gut kennst du den Klaus?«

»Erst seit gestern, aber ich finde, der ist echt ein cooler Dude. Wir haben uns am Bahnhof in Dornkirchen das erste Mal gesehen, draußen bei den Rauchern, und haben gleich gevibed. Wir sind draufgekommen, dass wir beide nach Wien wollen. Da hat er mir angeboten, dass ich bei ihm und seiner Schwester crashen kann. Urnett von ihm! Ich hatte ja noch keinen Plan. Dann haben wir uns die ganze Zeit im Zug unterhalten und gesoffen, haha. Ja, und geschmust haben wir auch.«

Glautsch schwieg und dachte nach. Dieses abenteuerlustige Küken hatte keinen Tau, was abging. Der ach so coole Klaus hatte sie hier offenbar einfach vergessen, wie einen Regenschirm. Klaus. Der Typ hatte ihr gerade noch gefehlt, und dass er jetzt wieder in Wien war, gefiel ihr gar nicht. Wenn Tom mit ihm abhing, gab es fast immer Ärger. Es fing immer so brüderlich an, dann fingen sie an, über irgendwas zu diskutieren, das ging dann ewig im Kreis, dann wurden sie immer besoffener, lauter, aufgezuckerter und schneller, irgendwann fingen sie an zu streiten und dann hauten sie sich schon auch mal aufs Maul – oder es traf die Leute, die das Pech hatten, dabei zu sein. Immer wieder hatte sie Klaus – auch vor Tom – echt grindig angemacht. »Hast du da unten auch so große Lippen? Zeig mal her! Tom, borgst du mir mal deine Black Magic Woman, oder machen wir nen Dreier?« und so'n Scheiß. Tom hatte immer nur deppat gelacht und gesagt, das sei doch nur Spaß, sie solle sich locker machen. Püppi hatte Riesenglück gehabt, dass ihr nichts passiert war.

»Sag mal, Püppi, was ist jetzt dein Plan?«

»Na ja, erstmal Klausi finden. Und die Wohnung von ihm und seiner Sis, da ist auch mein Rucksack. Und dann schau ma mal.«

Sie lächelte verwegen aus ihrem unglaublich jungen, fast noch kindlichen Gesicht. Püppi, du dumme kleine Nuss.

»Sag mal, wissen deine Eltern eh, wo du bist?«

»Na come ooon, echt jetzt? Warum kommst du mir jetzt mit so was? Gib mir lieber eine Tschick!«

Püppi sah Glautschs Gesichtsausdruck und setzte etwas weniger forsch nach: »Bitte. Und ich melde mich dann eh bei ihnen, aber jetzt gerade nicht, okay?«

Der Parkettboden knarzte, die Tür zum Schlafzimmer öffnete sich und ein ziemlich zerknautschter Tom schlurfte Richtung Klo. Die langen Haare waren zu einem vernudelten Pferdeschwanz zusammengebunden. Er hatte nur eine Unterhose an und Püppi errötete. Als er zurückkam, nahm er sich ein großes Glas Wasser und trank es in einem Zug aus. Er goss sich einen Kaffee ein, rieb sich das Gesicht, streckte sich, rülpste, gähnte und kratzte sich.

»Gmuagn«, murmelte er schließlich und setzte sich zu Glautsch.

»Guten Morgen, mein Schatz.«

Glautsch gab ihm ein Busserl auf die Wange und er rubbelte ihren Rücken.

»Schön, dass du wieder da bist. Ach Babe, ich bin ziemlich bedient.«

»Jo, das seh ich.«

Sie kraulte seinen Kopf und er schmiegte sich an ihre großen Brüste.

»Hab euch vermisst, hmmmm …«

Püppi räusperte sich.

»Ah, Püppi! Auch noch da?«

»Ja, ich hab Klausis Nummer nicht, ich wollte dich fragen, wenn du wach bist.«

»Ich geb sie dir gleich, aber lass mich erst mal wach werden.«

Glautsch stand auf.

»Mag noch wer ein gekochtes Ei und Toast?«

»Ja, bitte!« antwortete Püppi, und Tom murmelte: »Lieber ned.«

Erst jetzt bemerkte er unter dem Tisch bei seinem Fuß einen Beutel, der nicht ihm gehörte. Hmmm, dachte er, da ist doch Klausis Zauberpulver drin, das besonders oage aus Dornkirchen, direkt vom Onkelchen. Während Glautsch und Püppi redeten, ließ er es unauffällig verschwinden.

Püppi hatte einen Bärenhunger und Glautsch versorgte sie mütterlich mit Butter, Marmelade und ganz viel Toast.

»Ich hab gehört, Klaus war zu Besuch?«

»Ja. Oida, ein so ein Trottl. Also der braucht mir nimmer herkommen, gestern hat er echt den Vogel abgeschossen. Ich hab ihn rausgeschmissen.«

»Oha!«

Tom nahm sich noch einen Kaffee, er wurde langsam wach.

»Wir haben geplaudert und gefeiert, und wie die Püppi da dann vom Sessel gefallen ist, haben wir sie drüben hingelegt und weitergefeiert. Er ist dann so … existentialistisch geworden und hat viel Scheiße geredet. Mir war das irgendwann zu blöd, und ich hab ihm gesagt, er soll die Goschn halten. Und er labert und labert von echter Männerfreundschaft und dass ich sein einziger echter Freund bin blablabla, keiner versteht ihn, buhuhuuu, alles Schlampen, auch Mama, grausame Welt, das volle Programm und Schicksal, Entscheidung und was weiß ich, ich war ja auch hacke. Jedenfalls hat er plötzlich einen Revolver in der Hand und will mit mir russisches Roulette spielen.«

Püppi riss die Augen auf und Glautsch erschrak.

»Ich sag ihm, er soll die Puffn wegtun, aber er hält sie mir an die Stirn. Und frag mich nicht, welcher Teufel mich da geritten hat, jedenfalls fahr ich ihm mit den Fingern in seine Nasenlöcher, die Waffe klickt und ich führ ihn an seiner Nase raus und mach die Tür zu hinter ihm. So ein deppates Arschloch. Hab mich dann hingelegt. Jetzt fällt mir ein, ich bin mir gar nicht sicher, ob ich seither Hände gewaschen hab, na wurscht …«

Glautsch war entsetzt.

»Ist dir eigentlich klar, dass du dabei hättest draufgehen können?«

Tom blickte Glautsch belustigt an.

»Ich war, wie man so schön sagt, nicht ganz Herr meiner Sinne. Außerdem glaub ich nicht, dass die geladen war, und wenn schon, es ist ja nichts passiert. Passt schon, Glautsch.«

Glautsch verschränkte die Arme. Sie blickte das Mädchen ernst an.

»Püppi, ich glaub, du solltest dich echt fernhalten von diesem Typen!«

Püppi schwankte zwischen gesunder Angst und Abenteuerlust. Eine echte Knarre. Scheiße. Wow.

»Püppi, heast, das ist nicht mehr lustig.«

»Aber wie komm ich zu meinen Sachen?«

Glautsch dachte nach. Nach einer Weile sprach sie wieder, ganz bedächtig.

»Leute, ich hätte nie geglaubt, dass ich das einmal sagen würde, aber ganz ehrlich: Ich würde zur Polizei gehen.«

Tom und Püppi protestierten.

»Und Püppi: Warum auch immer du abgehauen bist, ich glaube, es ist besser, wenn du jetzt heimfährst.«

Püppi senkte den Kopf.

»Ich halts nicht aus, die ganzen Normies, die Schule, …«

Glautsch nahm Püppis Hände in die ihren und schaute ihr direkt in die Augen.

»Püppi. Wie schlimm ist es zu Hause? Ist Gewalt im Spiel? Oder reden wir von Missbrauch? Du kannst mir das ruhig sagen.«

Püppi lachte.

»Ah geh, nichts davon. Mein Vater fickt mich schon nicht, keine Sorge. Meine Oldies und ich leben halt auf ganz unterschiedlichen Planeten. Es ist daheim halt so … so lame, und wir haben ein Haus, da tun die am Wochenende dauernd nur putzen, streichen, ausbauen, umräumen. Dann schauen wir *Millionenshow* und gehen schlafen, die Getränke sind urteuer in den Lokalen, die Mädls sind so brav, still und spießig, die Burschen toxic und grabschig, ich halt das nicht aus, da wirst du wahnsinnig. Und wenns einmal eine Party gibt, schauen alle aufs Handy oder tun verkrampft lustig.«

»Sag mal, wie alt bist du jetzt?«

»Sechzehn.«

»Auf welche Schule gehst du?«

»Sechste Gym.«

»Da hast du noch zwei Jahre, dann kannst du nach Wien studieren kommen. Deine Eltern wollen doch, dass du studierst, oder?«

»Ja, unbedingt, ich eh auch, aber ich weiß noch nicht, was.«

»Das kannst du dir jetzt erst einmal in Ruhe überlegen, dich informieren, Leute fragen, Websites anschauen und vielleicht gibt es so was wie Beratungslehrer·innen an der Schule. In der Zwischenzeit: Fang an zu malen, zu zeichnen, zu schreiben, näh deine eigenen Klamotten oder gründ ne Band. Der Tom und ich haben auch eine Band, wir heißen *Kotzfleck*.«

»Boah, awesome!«

»Wie ich so alt war wie du, hab ich Gitarre angefangen, jetzt spiel ich Bass und Tom singt und spielt Gitarre.«

»Nice! Aber warum spielst du jetzt Bass und nicht mehr Gitarre? War Gitarre zu kompliziert?«

»Nein, für eine Gitarristin ist mein Rhythmusgefühl einfach nicht beschissen genug.«

»Hö …«, warf Tom ein.

»Red mit deinen Eltern. Vielleicht gibts ein Jugendzentrum, vielleicht findest du dort Leute und dann könnt ihr in eurem Keller proben. Oder gibts vielleicht eine Musikschule oder so?«

»Ja, schon.«

»Häng einen Zettel auf und lass dich nicht entmutigen, wenns eine Weile dauert, bis du passende Leute findest. Bleib dran! Fangt einfach mal an mit Coverversionen oder jammt einfach. Es wird am Anfang scheiße klingen, aber das ist normal, das wird besser, versprochen! In zwei Jahren kommst du nach Wien, da hast du dann schon Banderfahrung und findest viel leichter Anschluss. Komm in die Schuhfabrik.«

»Was ist'n das?«

»Ein autonomes Kulturzentrum mit Bühne, Proberäumen und, und, und.«

»Boah, das klingt geil!«

»Die Leute, die dort abhängen und aktiv sind, haben den Spitznamen *Schuhe*. Ich bin auch ein *Schuh*.«

»Haha … Sag, was für ein Instrument ist denn besonders gefragt?«

»Schlagzeug!«, sagten Glautsch und Tom unisono und alle lachten.

»Jaja, das Drummer-Drama …«

Püppi dachte nach. »Schlagzeug wär schon geil …«

»Na siehst du. Kannst ja auch Unterricht nehmen, wenn du magst. Glaubst du, deine Eltern würden das finanzieren?«

»Ich kann sie ja mal fragen.«

»Vielleicht könnt ihr sogar mal nach Wien kommen und in der Schuhfabrik spielen und übernachten.«

Jetzt war Püppi vollauf begeistert, die beiden tauschten Nummern aus und gelobten in Kontakt zu bleiben und auch Tom lächelte verkatert. In dem Moment läutete es an der Tür.

»Erwartest du wen?«

»Vielleicht ist es ja Klaus.«

Tom war immer noch in Unterhosen. Er öffnete die Tür.

»Guten Tag, Polizei. Können wir reinkommen?«

HENDLPUNX

Eine Woche später hatte Glautsch Küchendienst in der Schuhfabrik.

»HEAST! Wos hob i gsogt? Ausse mit dem Hendl!«

Glautsch scheuchte das Tier mit einem Geschirrtuch Richtung Tür. Das Huhn flatterte aufgeregt durch den Raum und landete auf einem Tisch.

»Was auf den Tisch kommt, wird gegessen!«, warnte Glautsch.

»Geh stress die Minerva ned!«

Dösi fing die Henne mit geübtem Griff ein und trug sie, beruhigende Worte murmelnd, vor die Tür. Mit seinem roten Iro und den roten Aschenbechern in den Ohrtunneln sieht Dösi selber ein bisschen wie ein Hendl aus, dachte Glautsch.

Es war Freitag und ein sonniger Frühsommernachmittag, und die Punks in der Küche der Schuhfabrik waren gerade mit Saubermachen beschäftigt, als Dösi und Jessi mit dem Bus vorfuhren, um ihren Most vorbeizubringen. Jetzt rauchte Dösi erst einmal eine mit Glautsch.

»Warum nimmst du das Hendl überhaupt mit in die Schuhfabrik?«

»Die haben wir erst seit ein paar Tagen und die anderen Hühner mobben sie ur. Hier passiert ihr nix.«

Minerva hatte sich etwas beruhigt und trank jetzt aus der Wasserschüssel für die Hunde.

Kiwis Hund Langosch war neugierig geworden und wollte nach Hundeart Minervas Hinterteil beschnüffeln, um sie kennenzulernen, bekam aber sofort eins mit dem Schnabel auf die Schnauze. Langosch jaulte auf und verzog sich ängstlich winselnd mit eingezogenem Schwanz zu seinem Besitzer, einem kleinen, drahtigen Punk mit grünem Schopf, der gerade die Tische und Bierbänke abwischte. Kiwi legte kurz den Fetzen hin, beugte sich zu Langosch runter und kraulte ihn tröstlich. Er und die anderen freuten sich schon auf das *MehrSau*-Konzert später am Abend, sie hatten sie noch nie live gesehen. Aber vorher gab es noch viel zu tun.

Inzwischen pickte Minerva an ein paar Tschickstummeln, begriff aber sehr schnell, dass sie ungenießbar waren, und ging lieber auf die Wiese der Open-Air-Bühne. Die Roadies waren dort gerade mit Reparaturen beschäftigt und ließen sich von Minerva nicht stören.

»War was am *Schuh*-Plenum am Freitag? Ich war ja nicht dabei«, fragte Glautsch Kiwi, während sie putzten. »Na ja, die GAF hat sich anscheinend gespalten.«

»Die was?«

»Die Gruppe Anarchistischer Fußgänger·innen.«

»Was ist mit denen?«

»Na ja, also das Statut der GAF besagt, dass mensch immer bei Rot die Straße überqueren muss und dabei die Internationale zu grölen hat.«

»Jössas, die sind das. Ich dachte, das ist ein Satireprojekt.«

Kiwi leerte den Kübel aus und füllte frisches Wasser ein, während Glautsch das saubere Geschirr einräumte. »Ich glaub, das wars ursprünglich eh, aber irgendwie ist das aus dem Ruder gelaufen. Jedenfalls haben sich Emil und Jessi ur darüber gestritten, ob man das wirklich bei jeder fucking roten Ampel machen muss oder nur, wenn es am Weg liegt. Es gab keinen Konsens, ergo Spaltung in Forum Anarchistischer Fußgänger·innen, also FAF, und GAF. Dann fand sich kein Konsens zu der Frage, ob es grundsätzlich zulässig sei, auch bei Grün die Straße zu überqueren, wenn es sich so ergibt, und darum gibt es jetzt noch die FrAF, die Fraktion Anarchistischer Fußgänger·innen.«

»Oida!«

»Genau. Hast nicht viel verpasst. Wobei ich glaub, dass Emil die anderen ein bissl auf die Schaufel nehmen wollte. Ansonsten … Na ja, Putz-, Koch- und Bardienstplan für Juli und August, eine Männer-Metalband wollte den Mittwoch im Proberaum 3, aber das wurde abgelehnt, weil in diesem Proberaum derzeit nur Vierzig-plus-Männer proben und jetzt einmal eine jüngere Band mit mindestens 50 % FLINTA*-Anteil reinsoll.«

»Klingt gut. Sonst noch?«

»Na ja, ein paar Bands wollen halt auftreten, aber das macht sich die Booking-Gruppe mit denen aus. Dann gings um das Thema Hundekot, da werden jetzt Sackerlspender und ein Schild mit einem entsprechenden Hinweis angebracht. Was ich super finde, weil Langosch so gern Scheiße frisst, gö, Langosch?«

Kiwi kraulte den Köter am Hals. Langosch schaute ihn unterwürfig an.

»Und dann haben wir noch über das Solifest geredet, da soll ja Geld reinkommen, damit wir das Dach vom alten Wärterhäuschen reparieren können. Und im Wohntrakt ist in der Alleinerzieher·innen-WG ein Zimmer frei geworden, das soll einer gewaltbetroffenen Frau mit ihrem Kind angeboten werden, ist ne Bekannte vom Tattoo-Schorsch.«

Jessi trat ein und begann, die Gemüsekisten reinzubringen.

»Wart noch a bissl, ich hab grad aufgewaschen, der Boden ist noch feucht!«, bat Kiwi. »Jo, dann gib mir derweil mal a Bier.«

Jessi stellte die Kiste hin, schüttelte ihre bunten Dreads, band sie zusammen und packte den Wuzeltabak aus. Minerva lugte zur Tür herein, aber Glautsch drohte ihr mit dem Besen, also hastete sie beleidigt gackernd davon.

»Gibts heut Hendl?«, fragte Jessi grinsend.

Im Garten saßen schon die ersten Leute auf den Bierbänken und einige tranken mitgebrachtes Dosenbier. Etwas abseits hockten drei Männer in schwarzen Militärhosen und Kampfstiefeln. Der erste trug ein graues T-Shirt, der zweite hatte ein schwarzes Armeekapperl auf. Der dritte hatte langes, schütteres Haar und trug eine Art Barett. Sie sprachen kaum miteinander und betrachteten die Szenerie durch ihre Sonnenbrillen.

»Kennts ihr die?«, fragte Jessi.

Glautsch räumte den Besen weg und schaute.

»Nie gesehen. Kiwi, du?«

»Naa.«

»Die sind irgendwie komisch, finde ich, die schauen die ganze Zeit so. Der mit den langen Federn hat mich angequatscht und gefragt, ob ich die Getränke bringe. Na no na, was glaubt der, dass ich das spazieren fahr oder was? Dann hat er gefragt, ob ich Feuer hab, und gemeint, mein Feuerzeug ist cool. Ur anbiedernd.«

Kiwi überlegte.

»Na ja, a bissl komisch sind die schon. Der mit dem Kapperl wollte vorhin ein Bier haben. Da habe ich ihm gesagt, dass wir noch geschlossen haben, und da wollte er ganz genau wissen, wann wir aufsperren.«

»Ja, und dann hat er gemeint, dass die Schuhfabrik urtoll ist und er sich auf den Abend freut.«

Glautsch wirkte ernst.

»Ich tippe auf Faschos oder Zivile.«

Jessi runzelte die Stirn.

»Also der mit dem grauen Leiberl hat glaub ich so Runen auftätowiert, genau hab ich's aber nicht gesehen.«

»Scheiße!«

»Ich bin mir nicht sicher, ich hab nicht so genau geschaut. Shit, der kommt grad!«

Der Mann mit dem grauen Leiberl erschien in der Tür. Ihn trafen misstrauische Blicke.

»Hey, ihr wisst nicht zufällig, wo man hier Papers und was zum Rauchen kriegt, oder?«

»Nein, wir haben hier nichts.«

Glautsch funkelte ihn an.

»Ah okay, kann man nix machen.«

Er ging zurück zu seinen Begleitern.

»Kiwarei«, knurrte Kiwi.

»Hundertpro!«, meinte Glautsch, und Jessi setzte nach: »Fix! Ich schreibs gleich in die Gruppe, dass wir heute unsere lieben Freunde und Helfer zu Besuch haben.«

»Wart«, sagte Glautsch. »Mach ein Foto von ihnen!«

»Scheiße, der holt grad sein Handy raus. Mah bitte, die machen ein Selfie. Schnell, solange sie abgelenkt sind!«

»Es ist etwas verwackelt.«

»Wurscht, stells in die Gruppe!«

Kiwi hatte eine Idee: »Wenn wir ihnen diskret zu verstehen geben, dass wir sie enttarnt haben, schleichen sie sich vielleicht.«

»Ja, aber wie?«

»Lass mich nur machen!«

Er fand einen einseitig bedruckten Flyer und suchte einen Stift. Schließlich fand er einen Bleistift und schrieb »1312« auf die Rückseite. Entschlossenen Schrittes ging er auf die drei zu, die ihn freundlich interessiert anblickten.

»Das da wird euch interessieren, glaube ich.«

Er legte den Flyer mit der bedruckten Seite nach oben vor sie auf den Tisch und ging erhobenen Hauptes zurück zum Gebäude.

»Genial!«

Die drei Punks blickten verstohlen zu dem Trio, das den Flyer aufmerksam studierte.

»Heast! Drehts ihn um! Drehts ihn um!«, murmelte Kiwi.

Doch leider steckte der Barettträger den Flyer ein, ohne die Rückseite anzusehen.

»So ein Mist!«

»Na gut, dann müssen wir weniger subtil sein! Denen geb ich was zum Rauchen!«

Jessi kramte ihren Wuzeltabak und drei Papers hervor, schrieb »1312« auf jedes von ihnen und ging zu den dreien, während Kiwi und Glautsch sie verstohlen beobachteten.

»Ihr wolltet Papers haben! Bitte sehr!«

Sie reichte ihnen die Zigarettenpapierstreifen und legte ihnen den Wuzeltabak hin. Die drei Männer wirkten etwas überrascht, aber bedankten sich und bedienten sich an Jessis Tabak. Mit geübten Fingern drehte sich jeder eine Zigarette und Jessi gab ihnen Feuer. Falls die Männer die Botschaft erhalten hatten, ließen sie es sich nicht anmerken.

»Glaubst du, haben sie's gecheckt?«

»Ich weiß nicht. Schaut nicht so aus.«

Das Trio saß gemütlich rauchend auf der Bank.

»Ich habs!«

Glautsch nahm drei bedruckte Bierdeckel und schrieb auf jeden »1312«.

»Kann man das eh lesen?«

Kiwi betrachtete den Bierdeckel.

»Na schau, da hab ich's hingeschrieben!«

»Ah, ja, eh. Wird schon passen.«

Glautsch fischte drei Bierdosen aus der Lade und brachte sie dem Trio.

»Ihr wolltet was trinken, da sind drei Bier, freie Spende wäre nett.«

Die Männer blickten freudig überrascht, bedankten sich und gaben Glautsch Zwanzig Euro. Als sie den Zwanziger Jessi und Kiwi zeigte, knurrte Kiwi: »Fix Kiwarei!«

Inzwischen hatte Dösi seinen Bus zu Dimitri in die Werkstatt gebracht. Dort roch es nach Maschinenöl, Benzin, Zigarettenrauch, Schweiß und Autoreifen, und durch die alten Fenster des Gründerzeitbaus schien die Sonne herein. Staubflankerl tanzten in den Sonnenstrahlen. Im Keller unter der Werkstatt befanden sich Proberäume und man hörte jemanden Schlagzeug üben. Als Dösi reinkam, schweißte Dimitri gerade an einer gigantischen Metallskulptur aus Altmetall. Sie sollte einmal eine Art Maschinenwesen darstellen, irgendetwas zwischen Panzer und Dinosaurier. Dazu recycelte er Zahnräder, Auto- und Motorradschrott, Stahlträger, Rohre, Werkzeuge, große Stahlmuttern, Schrauben und was er sonst noch fand. Er war so versunken in seine Arbeit, dass er Dösi zuerst nicht bemerkte, und Dösi hatte keine Eile und wollte ihn nicht stören. Er öffnete sich ein Dosenbier aus seinem Rucksack und schlenderte durch die Halle, um Dimitris fertige Werkstücke anzuschauen. Da war zum Beispiel ein Leopard aus Metall und Tierknochen; Dösi bewunderte die Eleganz, die Dimitri der Statue eingehaucht hatte. Der Kopf bestand aus einem Tierschädel, aus den Augenhöhlen blickten ihn Kupfermuttern an. Die Rippen waren aus Bandstahl. Außerdem standen reparaturbedürftige Stühle, halbfertige Gitter und sonstige Werkstücke herum.

Irgendwann unterbrach Dimitri sein Tun, nahm die Schweißerbrille ab und bemerkte Dösi.

»Servus Dimitri!«

»Hallo! Bringst du den Wagen?«

»Ja genau, ich muss bald das Pickerl neu machen lassen und da sind ein paar Sachen zu schweißen. Kannst du mal drüberschauen und mir sagen, was zu machen ist und was du dafür willst?«

»Klar. Aber du weißt, ohne Arbeitsgrube oder Hebebühne bin ich eingeschränkt. Sag, hast du noch ein Bier in dem Rucksack? Schweißen macht durstig.«

Dösi reichte ihm eine Dose und Dimitri genoss das Bier sichtlich. Dösi deutete auf die Riesenskulptur.

»Schaut schon echt gut aus, du kommst ja gut voran. Aber wie kriegst du das durch das Tor, wenns fertig ist? Das wiegt ja sicher eine Tonne.«

»Das schaffen wir schon. Zur Not frag ich meinen Hawara, der hat eine Baufirma, und dann machen wir das mit dem Kran durchs Dach. Der schuldet mir noch was vom Hausbauen. Kein Problem.«

»Na dann. Ich lass dich mal weiterwerkeln. Tschau derweil.«

»Passt. Komm in so zwei Stunden wieder vorbei. Bis dann!«

Er wandte sich wieder seiner Skulptur zu und Dösi trat ins Freie.

Er blickte sich um, aber Minerva war nirgendwo zu sehen. Er schaute zu den Hochbeeten der Wohngruppe, dort wurde Gemüse fürs Abendessen geerntet.

»Hast du mein Huhn gesehen?«

»Nein, aber wenn du eine Laufente gegen die Schnecken hast, dann immer her damit!«

»Leider nein. Aber bei uns am Vierkanthof gibts grad ziemlich viele Tigerschnegel, soll ich nächstes Mal welche mitbringen?«

»Das wär lieb!«

»Passt, mach ich.«

Dösi suchte weiter. Im Wohngebäude war Minerva nicht; die Tür zu den Proberäumen war versperrt, also konnte sie dort auch nicht sein. Er überlegte schon, ob er Kiwi fragen sollte, ob Langosch ihre Fährte aufnehmen könnte, aber er bezweifelte, dass Langosch das Huhn auch wirklich finden wollte. Er ging wieder Richtung ehemalige Betriebsküche, wo Glautsch, Kiwi und Jessi werkten, da bemerkte er, dass die Tür zum ehemaligen Büro des Warenausgangstraktes offenstand. Er hörte Musik und das charakteristische Surren einer Tätowiermaschine, offenbar hatte Schorsch gerade Kundschaft. Drinnen roch es nach Desinfektionsmittel, Schweiß und Räucherstäbchen. Schorschens Kunde lag auf der Liege und ließ sich den Rücken tätowieren. Der Meister selbst war ganz vertieft in seine Arbeit.

»Hey Schorsch!«

»Wer stört? Wart, ich brauch die andere Brille, ich seh grad nix.«

Schorsch war ein temperamentvoller Mittvierziger mit imposantem Bart- und Haarwuchs. Er setzte seine Fernbrille auf und blickte Dösi aus seinen kleinen, schelmischen Augen an.

»Ah Dösi, was gibts?«

»Hast du hier irgendwo mein Huhn gesehen?«

»So eine rotbraune Legehenne?«

»Ja, genau.«

»Die wirklich furchtbar neugierig ist und alles zuscheißt und am liebsten auf liegenden Menschen, die grad tätowiert werden, herumläuft? Nein, habe ich nicht.«

Er schmunzelte spitzbübisch und Dösi zeigte ihm grinsend den Finger.

»Frag mal die Künstler!«

Unweit der Werkstatt stand die Kunstfabrik, ein Gebäude, in dem die Kunstschaffenden residierten. Die Tür stand offen und Dösi trat ein. In der Halle waren einige Frauen damit beschäftigt, eine Ausstellung vorzubereiten. Auf einem abgeranzten Sofa lag ein junger Typ mit langen Dreads und schlief. Am Boden neben ihm döste ein Hund. Dösi blickte herum. Kein Huhn zu sehen. In der Mitte der Halle stand eine Installation, und die Künstlerin war gerade dabei zu testen, ob sie funktionierte. In einer circa ein mal zwei Meter großen und eineinhalb Meter hohen Glasvitrine befand sich ein Vibrator, der auf einem

Gestell mit einem Mechanismus montiert war und so umgebaut war, dass er statt mit Batterien mit einem Netzteil betrieben werden konnte. Unweit davon befand sich eine künstliche Vagina, die ebenfalls auf einem Gestell befestigt war. Darüber befand sich eine Art Seifenspender, alles war sichtbar verkabelt. Die Künstlerin betätigte einen Schalter. LEDs blinkten. Die Gummimuschi begann rhythmische Bewegungen zu machen, der Vibrator drang in sie ein und aus dem Spender tropfte Gleitmittel darauf. Das Surren der Maschinen vermischte sich mit einem verstörenden, rhythmischen Schmatzgeräusch. Auf einer Plakette stand der Titel des Kunstwerks: *The Unstoppable Sex Machine.*

»Hast du zufällig mein Hendl gesehen?«, fragte Dösi die Künstlerin.

»Ja, da ist vorhin eines vorbeigekommen, das hat ein Ei gelegt. Ich glaube, es ist raufgegangen in den Gemeinschaftsraum. Magst du das Ei haben?«

»Kannst du gern behalten, wenn du magst.«

»Danke.«

Die Künstlerin betrachtete das Ei nachdenklich. Dann huschte ein Lächeln über ihr Gesicht. Sie hatte eine Idee.

Dösi nahm die Treppe und da hörte er schon aufgebrachtes Geschimpfe und Gegacker, Minerva flatterte ihm entgegen und er fing sie ein.

»Ich dreh dem Scheißvieh den Hals um!«

Schritte polterten die Treppe herunter und dann stand ein zorniger Künstler mit wallendem Gewand vor Dösi und seinem Huhn.

»Ist das dein Vogel?«

»Ja, wieso?«

»Nimm das Vieh gefälligst an die Leine! Wir hatten grad echt was Feines aufgelegt und dann flattert das Scheißhuhn auf den Tisch und weht alles runter!«

KLAUSENS BEGRÄBNIS

Ein paar Stunden zuvor wurde Emil durch eine sanfte Melodie geweckt, er griff nach seinem Handy und drückte die Schlummertaste. Marianne seufzte und kuschelte sich an ihn. Vereint in einer warmen Umarmung dösten sie gleich wieder ein. Als der Handywecker nach ein paar Minuten wieder anging, löste er sich von ihr, um nochmals die Schlummertaste zu drücken. Das ungewohnte Hotelbett war weich und warm. Ach, könnten sie doch einfach so liegen bleiben, dachte Emil, einfach den Tag verschlafen, ihr Kopf mit den unglaublich süßen honigblonden Locken auf seiner Brust. Ihre Leiber aneinandergeschmiegt, im Schlaf vereint.

Das Handygesäusel zwang ihn in die Gegenwart zurück. Er streckte sich und Marianne vergrub ihren Kopf ins Polster. Liebevoll zupfte er sie an einer ihrer Locken. Sie grummelte.

»Na komm, Süße.«

Erneutes Grummeln.

»Ich mag nicht.«

Er kitzelte sie im Nacken und sie drehte ihr verschlafenes Gesicht zu ihm und blinzelte. Wie er es liebte, dieses wunderschöne Gesicht mit der Stupsnase und den Sommersprossen, am liebsten hätte er jede Sommersprosse einzeln geküsst, aber er küsste sie nur auf die Nasenspitze. Sie setzte sich auf, und als sie sich streckte, hoben sich ihre wunderbaren Apfelbrüste. Er nahm sie in die Hände und küsste Marianne auf die Stelle dazwischen.

»Hiiii, das kitzelt.«

Sie kicherte und schubbelte schnurrend Emils verwuschelten Iro. Ach, er war so süß! Und sie war so froh, dass er sie nach Dornkirchen begleitet hatte und sie das nicht allein durchstehen musste.

Heute wurde Klaus beerdigt und das würde schiach werden, da biss die Maus keinen Faden ab. Schwänzen war keine Option, er war trotz allem ihr Bruder gewesen … Ihr kleiner Bruder, den die Eltern eines Tages in einer Tragetasche aus dem Spital heimgebracht hatten. Der am liebsten Himbeersirup gehabt hatte, herumgekrabbelt war und in der Sandkiste gespielt hatte. Mit dem sie später Hausaufgaben gemacht hatte, am Wohnzimmertisch. Für den sie immer Palatschinken gemacht und sie ihm dick mit Himbeermarmelade bestrichen hatte. Der schon als Siebenjähriger Mamas Tabletten geklaut und Wein getrunken hatte, um sich zu betäuben. Ihr kleiner Bruder, der zu einem Monster herangewachsen war.

Emil sah, wie sich Mariannes Miene verfinsterte, wie sie verfiel, und er nahm sie in den Arm, während sie heftig schluchzte, und hielt sie geduldig und liebevoll fest.

»Ich rotz dich ja ganz voll …«

»Egal, lass es raus.«

Der Frühstücksraum im Hotel war rustikal. Marianne und Emil tranken Kaffee und gingen gerade die Tagesplanung nochmal durch.

»Also wenn wir hier ausgecheckt haben, nehmen wir ein Taxi zu uns nach Hause. Normalerweise würde uns mein großer Bruder Albrecht holen, aber der ist seit einiger Zeit im Spital und kommt auch nicht.«

»Was hat er denn?«

»Irgendeine Gefäßsache. Ganz ehrlich, so wie der fährt, ist mir ein Taxi ohnehin lieber.«

»Okay.«

»Ja, und zu Hause sind dann meine Eltern, meine ältere Schwester Susi mit ihrem Mann und den drei Kindern. Und vermutlich noch Onkel, Tanten und Cousinen und, und, und.«

»Wie möchtest du, dass ich mich verhalte?«

»Na ja, also meine Eltern werden von deinem Iro nicht begeistert sein, aber grad andere Sorgen haben, also ich werd dich nur kurz vorstellen, und dann ist es am besten, wenn du dich im Hintergrund hältst. Im Garten werden vermutlich viele Trauergäste sein, am besten du setzt dich irgendwo hin.«

»Ist gut.«

»Hey, und ich wollte dir noch sagen ... Ich weiß, wie sehr du diesen Anzug hasst, und ich weiß es echt zu schätzen, dass du dir den organisiert hast. Danke.«

»Klar doch.«

»Ich werde mich dann auch noch umziehen und wir lassen unser Gepäck dort irgendwo liegen. Um elf ist dann die Messe im Dom, dann die Beerdigung in der Familiengruft.«

»Ihr habt eine Familiengruft?«

»Ja, ist ziemlich groß und mit Wappen und so. Du solltest mal unseren Stammbaum sehen, der geht bis ins 12. Jahrhundert zurück. Hängt daheim in der Bibliothek, falls dich das interessiert.«

»Hehe, die Prinzessin und der Punk.«

Emil grinste, aber als er sah, wie sich Mariannes Gesicht verfinsterte, knuddelte er sie entschuldigend.

»Ich hab mir diese Sippe echt nicht ausgesucht.«

»Ich weiß, tut mir leid, war blöd.«

»Schon okay, ich bin ein bissl durch den Wind.«

»Klar.«

Marianne stocherte in ihrem Müsli. Sie hatte fast nichts gegessen.

»Ich krieg nichts runter.«

»Magst du einen Fruchtsaft?«

»Ja, das wäre lieb.«

»Nach der Beerdigung gehen wir zu Fuß zum Bärenwirt, dort ist der Leichenschmaus.«

Sie stockte, und Emil hielt ihre Hand, bis sie sich wieder gefangen hatte.

»Dann gehen wir ins Haus zurück, ist nicht weit. Und dann gibts wohl noch Kaffee und Kuchen, und dann schauen wir, dass wir uns so bald wie möglich abseilen und den nächsten Zug nach Wien nehmen. Und wenn wir in Wien sind, gehen wir in die Schuhfabrik, schauen uns *MehrSau* an und ich zumindest schieß mich so richtig ab.«

»Klingt wie ein Plan.«

Emil staunte nicht schlecht, als er das Haus sah. »Haus« war eine blanke Untertreibung, es war ein Anwesen. Die prächtige Jugendstilvilla stand in einem parkähnlichen Garten mit Mammutbäumen und englischem Rasen. Auf einer Anhöhe etwas abseits, umgeben von Rosen und Goldregen, stand ein schmiedeeisernes Salettl. Das Taxi hielt vor dem imposanten Tor. Darauf prangte das Familienwappen der Fuchsenseer und Emil fielen die vielen Sicherheitskameras auf.

Nach einer Tschick und einer festen Umarmung gingen die beiden den Schotterweg zum Hauptgebäude hinauf.

Rechts vom Eingang stand das Zelt einer Cateringfirma und die Kellner·innen versorgten die zahlreichen Trauergäste mit Kaffee und Erfrischungsgetränken. Ein paar nobel gekleidete Kinder spielten Fangen und ein Krabbelkind in Begleitung seiner Mutter guckte Emil und Marianne an. Die Mutter trug ein hautenges schwarzes Kleid und einen riesigen schwarzen Sommerhut. Mit bemerkenswerter Souveränität bewegte sie sich in schwarzen High Heels über den Rasen.

»Marianne!«

»Susi!«

Die Schwestern umarmten sich.

»Wie ist die Stimmung da drin?«, fragte Marianne.

»Na ja. Mama steht jetzt hoffentlich bald auf, der Doktor hat ihr was Kreislaufstärkendes gegeben. Und Papa solltest du lieber aus dem Weg gehen, glaub ich. Ist das dein Freund?«

»Ja, das ist Emil aus Wien.«

Susanne reichte Emil die behandschuhte Hand. Sie hatte einen guten Händedruck.

»Nichts für ungut, aber ich glaub, es ist besser, den stellst du jetzt den Eltern lieber nicht vor. Wenn sie fragen, okay, aber ich würde das jetzt nicht aktiv machen.«

»Kein Problem, ich halte mich im Hintergrund. Ich bin nur der Emotional-Support-Punk hier.«

Susi lächelte verschmitzt. Sie war etwa zehn Jahre älter als Marianne, und man sah auf den ersten Blick, dass die beiden Schwestern waren.

»Bubi, nein!«

Susanne hob den Kleinen hoch und fischte ein Schottersteinchen aus seiner kleinen Hand. Er greinte, da stürzte ihr Zehnjähriger herbei.

»Mama, ich hab Durst!«

»Wo ist dein Sakko?«

»Keine Ahnung.«

»Und ich hab gesagt, du sollst nicht so rumrennen, wir gehen nachher noch in die Kirche.«

»Mama, Durst!«

Der Bub stampfte mit den Füßen.

»Geh zum Zelt, dort kriegst du was.«

Er rannte davon. Susi seufzte.

»Ist dein Mann auch da?«, fragte Marianne.

»Ja, der sitzt drüben mit der Großen.«

Sie gingen hin.

»Bettina, tu das Handy weg und schau bitte, wo Gerhards Sakko ist. Und sag Hallo zu deiner Tante Marianne!«

Bettina schaute missmutig.

»Hallo, Tante Marianne, hallo, Punk.«

Emil grinste und verneigte sich. Ein Lächeln huschte über Bettinas Gesicht.

»Wer soll das da bitte sein?«

Mariannes Schwager hielt einen Prosecco in der Hand und taxierte Emil mit einem angewiderten Blick. Emil biss Marianne zuliebe auf seine Zunge.

»Das ist Emil. Emil, das ist mein Schwager Wolfgang.«

Eisiges Schweigen.

»Sag, Wolfgang, weißt du, wo Gerhards Sakko ist?«

»Nein. Übrigens, der Kleine hat auf dein Kleid gekotzt.«

»Scheiße! Geh, Wolfgang nimm ihn mir ab, ich muss rein!«

»Damit er mich auch noch vollspeibt? Sicher nicht. Tu ihn halt ins Wagerl.«

»Bettina, bitte, schau mal auf den Kleinen, und wenn du Zeit hast, hilf bitte Gerald, sein Sakko suchen.«

Bettina warf ihrer Mutter einen grantigen Blick zu. Susi steckte den protestierenden Kleinen ins Wagerl.

»Ihr beiden kommt am besten gleich mit. Mariandl, du musst dich ja auch noch umziehen und ich mach dir dann schnell die Haare.«

Drinnen war es kühler. Die bunten Fensterscheiben erleuchteten den Eingangsbereich wie eine Kirche. Eben kam Mariannes Vater, ein hochgewachsener Mann, die Treppe herunter. Er war um die Mitte sechzig und trug einen sehr exquisiten schwarzen Dreiteiler. Sein Haarschnitt war adrett, sein Habitus aufrecht und autoritär, fast militärisch. Emil bemerkte den Schmiss auf der rechten Wange und das grausame Kräuseln um die Mundwinkel. Als der Mann näher kam, sah Emil seine kalten Augen.

»Marianne!«, bellte er, und auch Emil zuckte zusammen.

»Hallo, Papa«, murmelte sie mit gesenktem Kopf. Sie war wieder ein kleines, dummes Kind, das etwas falsch gemacht und eine Strafe verdient hatte. Der Vater schnaufte und ballte die Faust. Seine zusammengepressten Lippen waren ganz weiß.

»Nicht genug, dass du …«

Er strahlte einen geradezu biblischen Zorn aus, der ganze Raum war erfüllt von seiner Präsenz. Er presste die Worte mit größter Selbstbeherrschung hervor.

»Und dann, als ob das nicht … bringst du *so was* in unser Haus.«

Er blickte Emil hasserfüllt an und brüllte: »Raus hier!«

Seine Kommandostimme hallte durch das ganze Gebäude.

Emil ließ sich nicht zweimal bitten und die Schwestern huschten davon wie Mäuse.

Im Garten fühlte Emil die missliebigen Blicke der anderen. Er beschloss, sich irgendwohin zu verziehen und auf eine Nachricht von Marianne zu warten. Der parkähnliche Garten bot sicher genug versteckte Winkel, wo er Ruhe haben konnte. Er fühlte sich wie im falschen Film und unter anderen Umständen hätte er sich ganz anders verhalten, aber er wusste, dass er jetzt für Marianne da sein musste. Er musste jetzt seine Wut loswerden, damit er für sie ruhig sein konnte. Er stapfte fest herum, um seinen Ärger zu kanalisieren und machte ein paar Atemübungen. Er tröstete sich mit der Aussicht auf eine wilde Nacht in der Schuhfabrik. Ein Bier wäre jetzt gut, dachte er, aber er hatte keine Lust, zum Zelt zu gehen.

Unweit des Salettls waren ein paar große, blühende Sträucher halbkreisförmig angeordnet, dahinter ließ er sich auf dem Rasen nieder und rauchte eine Tschick.

Nach einer Weile hörte er Stimmen, eine weibliche und eine männliche. Die Stimmen näherten sich. Durch die Zweige sah er eine Frau Mitte zwanzig, und obwohl sie recht elegant gekleidet war, sah er sofort, dass das nicht ihre Alltagskleidung war. Die Ärmel der Bluse waren hochgekrempelt, sie kratzte fortwährend ihre tätowierten Unterarme, ihre Augen waren eingefallen und es schien ihr schlecht zu gehen. Ihre Körperhaltung war gebückt, wie die eines misshandelten Hundes. Die männliche Stimme hatte eine frappante Ähnlichkeit mit der des Hausherren, und als Emil den Mann sah, war er sich sicher, dass es sich um den etwas jüngeren Bruder handeln musste. Er war kleiner und massiger als Mariannes Vater und trug einen teuren modischen Anzug. Seine Art sich zu bewegen zeugte von Erfahrung im Straßenkampf, und es hätte Emil nicht gewundert, wenn dieser unangenehme Mann ein Messer oder sogar eine Schusswaffe eingesteckt hätte. Die beiden Gestalten setzten sich ins Salettl und Emil wurde unfreiwillig Zeuge ihres Gesprächs.

»Geh Papa, bitte! Ich halt das nicht aus.«

Sie saß mit vorgebeugtem Oberkörper da und war ganz hibbelig.

»Reiß dich halt zusammen. Und ich hab Nein gesagt.«

»Papa, bitte, ich weiß, dass du was einstecken hast, und mir gehts echt dreckig. Nur ein bisschen was, na komm.«

»Hast du was mit den Ohren?«

»Deinen Mädls gibst du auch immer was.«

»Die verdienen wenigstens Geld. Das kann man von dir ja nicht behaupten, dauernd kommst du schnorren.«

»Papaaaa, bitteee, jetzt lass mich nicht so hängen, ich zahls dir auch nächste Woche, wenn das Geld kommt.«

Der Mann lachte hohl und sarkastisch.

»Das wär ja mal was ganz Neues, dass du auf einmal Geld *bringst.*«

»Hey, die Mädls haben gesagt, für'n Blowjob kriegen sie was bei dir. Ich kann dir auch einen blasen!«

Sie griff nach seinem Hosentürl, er schlug ihre Hand weg.

»Bist du wahnsinnig? Hier sehen uns doch alle.«

Er stand auf und verließ den Ort, seine Tochter stakste ihm hinterher, in den hinteren Teil des Gartens.

Inzwischen waren Susi und Marianne in ihrem alten Kinderzimmer. Susi hatte sich wieder fein gemacht, Marianne steckte jetzt in einem von Susis Kleidern. Die Schwestern waren froh, Zeit füreinander gefunden zu haben, und während Susi Marianne eine Hochsteckfrisur machte, konnten sie in Ruhe reden.

»Sag mal, Susi, was ist eigentlich mit Albrecht?«

»Ach Gott, übel sag ich dir, übel. Ist auch einer der Gründe, warum Papa so drauf ist.«

»Oje, was denn?«

Marianne hatte schon jahrelang keinen Kontakt zu ihrem ältesten Bruder und eng waren sie nie gewesen. Er war ausgezogen, als sie noch in die Volksschule ging. Soviel sie wusste, umgab er sich lieber mit Hunden als mit Menschen. Er züchtete sie in den Bergen in einem Haus der Familie und kam mit seinem Pick-up nur ins Tal, um Vorräte zu kaufen. Die Hunde nahmen all seine Zeit in Anspruch und waren vielleicht seine Art, sich die Welt und all ihren Ärger vom Leib zu halten.

»Was hat Mama dir gesagt?«

»Dass das irgendeine Gefäßsache ist.«

Susanne lachte freudlos auf.

»Okay, wenn sie das glauben will, soll sie. Vielleicht besser so. Also, du weißt, dass er in dem Haus in den Bergen lebt.«

»Ja, allein mit seinen Hunden.«

»Nun ja, anscheinend nicht ganz so allein. Ein anderer Mann lebt oder lebte wohl auch bei ihm.«

»Und?«

Marianne blickte ihre Schwester fragend an.

Susi rollte mit den Augen.

»Mariandl, bitte sei nicht so begriffsstutzig. Die Leute munkeln, dass die beiden, na ja, du weißt schon …«

»Schwul sind?«

»Bingo. Und das geht vielleicht in Wien als normal durch, aber nicht im erzkonservativen Dornkirchen und schon überhaupt nicht in dieser Familie. Aber genau wissen tu ich's nicht, es sind nur so Gerüchte, aber Albrecht sagt nichts, und keiner fragt, weil man wills in Wirklichkeit doch nicht so genau wissen, weil eh schon wissen, Fuchsenseer Familienehre blablabla. Aber das ist noch nicht alles. Anscheinend ist es da oben ziemlich fad und zumindest Albrecht hat vor ein paar Jahren wieder mit Junken angefangen.«

»Fuuuck!«

»Genau. Und das geht auf die Venen. Irgendwann waren alle Venen schon so versaut, dass er angefangen hat, zwischen den Beinen zu schießen.«

»Oh Gott …«

»Und dann kam eine Sepsis dazu und jetzt mussten sie ihm beide Hoden amputieren.«

Marianne zündete sich eine Zigarette an.

»Spinnst du? Du kannst hier doch nicht rauchen!«

»Ich mach das Fenster auf und rauch raus. Außerdem brauch ich die jetzt.«

»Dann gib mir auch eine.«

Die Schwestern rauchten eine Weile schweigend. Marianne blies den Rauch nachdenklich aus dem Fenster.

»Sag mal, wie kaputt ist Albrecht? Hast du ihn besucht?«

»Er will niemanden von uns sehen. Als ich ihn im Spital besuchen wollte, hat er mich rausgeschmissen. Aber er schaut scheiße aus, ganz eingefallen und gelb im Gesicht. Seine Arme sind ganz dünn, er hat ur abgenommen, ich hab ihn kaum erkannt. Er schaut aus wie ein alter Mann, dabei ist er nur ein Jahr älter als ich. Die Ärzte wollten mir nichts sagen, weil er ihnen ausdrücklich verboten hat, mit uns zu reden.

Aber dann hat mir eine Schwester gesteckt, dass es nicht gut ausschaut mit ihm, seine ganzen Organe sind hin. Ich glaub, er wird Klaus bald folgen.«

Sie rauchten sich noch eine an und hingen schweigend ihren Gedanken nach.

»Susi, mir ist gerade etwas klargeworden.«

»Was denn?«

»Die Fuchsenseer hätten keinen Stammhalter mehr.«

Die Schwestern blickten sich schweigend an.

»Mariandl, ich weiß nicht, ob das so schlecht ist. Schau dir unsere ach so tolle Familie an. Wenn wir so grausig sind, dann ist es vielleicht gut, wenn unser Name ausstirbt. Komm, es wird Zeit aufzubrechen.«

Und die knappe Viertelstunde, die die beiden Schwestern miteinander gehabt hatten, war wieder vorbei. Sie hätten sich noch so viel zu erzählen gehabt, aber die familiären Verpflichtungen rissen sie schon wieder auseinander. Kinder waren zu versorgen und ein Bruder zu begraben. Marianne schwor sich, öfter bei Susi anzurufen, aber sie wusste schon, dass das wieder nur hektische, kurze Gespräche ohne Tiefgang werden würden, weil sie immer auf Trab war.

Emils Handy summte und er las Mariannes Text: »Komm zum Salettl«. Na, da hatte er es ja nicht weit. Nachdem das verstörende Vater-Tochter-Gespann abgezogen war, war glücklicherweise niemand mehr gekommen und das war ihm nur recht. Wo war er hier reingeraten? Was war das nur für eine perverse Parallelwelt! Einzig der Gedanke an die Schuhfabrik hielt ihn über Wasser, aber vorher waren noch die Messe, die Beerdigung und vielleicht noch der Leichenschmaus zu überstehen.

Zeit, sich zu fokussieren.

Diese Leute konnten ihm scheißegal sein, es war irrelevant, dass sie ihn beleidigten und verachteten, sie kannten sein Herz schließlich nicht, und je mehr er über sie erfuhr, desto mehr war er überzeugt, dass er dieser Bande auch gar nicht gefallen *wollte*. Unter anderen Umständen, sagte er sich, hätte er ihnen allen den Finger oder den blanken Arsch gezeigt, ihren Garten verwüstet, die Bude abgefackelt und das beschissene Wappen mit einem großen eingekreisten A besprayt. Er hätte diesem Machoschnösel seine Tschick in den Prosecco geworfen. Und den alten Wichser, diesen Fascho mit dem Schmiss, den hätte er spitalreif geprügelt und dann auf ihn draufgepisst. Dann hätte er in den Pool geschissen, hätte den Porsche geklaut und wäre mit Marianne in den Sonnenuntergang …

Er kicherte über seine kindischen Gewaltfantasien. Hey, passt schon, alles gut, Cowboy, aber jetzt wieder Tacheles. Marianne kam gerade rauf zu ihm, das schwarze Kleid stand ihr gut, und ihm gefiel es, dass sie die feinen Schuhe ausgezogen hatte und barfuß war. Etwas atemlos kam sie oben an. Sie umarmten sich lang und innig.

»Alles gut bei dir?«, fragte sie.

»Danke, alles gut. Hab unabsichtlich noch mehr über diese Familie erfahren, das erzähl ich dir im Zug oder so. Aber ja, es geht mir gut, danke. Selbst?«

»Frage nicht – erzähl ich dir auch im Zug, ja?«

Sie fistbumpten.

»Okay, was ist jetzt der Plan?«

»Mama ist wohl nicht so gut zu Fuß heute, sie wird in die Kirche gefahren und der Rest geht so hin, ist nicht weit. Ich geh mit der ganzen Familie zu Fuß hin, in der Kirche sitzen wir dann ganz vorne. Es dürfte ziemlich voll werden, es werden viele stehen. Ist es dir recht, wenn du draußen wartest?«

»Wenns für dich so passt? Emotional-Support-Punk und so.«

Sie küsste ihn auf die Stirn und schubbelte seinen Iro.

»Ich werde neben Susi sitzen. Sie schaut zwar vielleicht nicht so aus, aber sie ist echt okay. Sicher wirds schiach, aber es wird mir helfen zu wissen, dass du draußen vor dem Dom bist. Nach der Messe bei der Beerdigung detto, halt dich im Hintergrund, und falls dich irgendwelche Reporter anquatschen, bist du Tourist, okay?«

»Reporter? Echt jetzt?«

»Hey, mein Vater sitzt im Landtag, im Herbst sind Wahlen, und die ganze Geschichte ist einfach zu groß, um derschlagen zu werden, das war in den Fernsehnachrichten und in allen Feeds und Printmedien, da nutzen die ganzen Kontakte nix mehr. Sie lassen auch die Lena nicht in Ruhe. Ihr Handy spielt verrückt, die wollen alle ein Interview und Prügelfotos von ihr und dem Baby. Ich bin froh, dass sie überhaupt auf meinen Text reagiert hat. Das Kind ist aus dem Spital entlassen worden, zum Glück keine bleibenden körperlichen Schäden, und sie sind jetzt einmal untergetaucht. Ich vermute, die ist jetzt in irgendeiner deutschen Hyttn, wo sie Kontakte hat.«

»Na servas!«

»Okay, ich muss jetzt los. Ich texte dich an, passt?«

Die Liebenden umarmten sich innig und Emil flüsterte ihr ins Ohr: »Du bist eine coole starke Frau und ich liebe dich, und heute Abend schau ma in die Schuhfabrik und saufen uns bei *MehrSau* die ganze Sache aus dem Hirn, ja?«

»Machen wir. Ich liebe dich auch! Ach übrigens, ich glaube, du kannst wieder deine normalen Sachen anziehen, es ist eh wurscht.«

Und weg war sie. Emil sah, wie sich der Tross in Bewegung setzte, und wartete, bis die letzten Nachzügler sich auf den Weg machten, dann zog er sich schnell um und folgte mit Respektabstand. Er überlegte kurz, irgendeinen Schabernack mit dem Anzug zu machen, unterdrückte aber den Impuls.

Es war ein sonniger Hochsommertag, und Emil hatte zwar von einem der vielen Brunnen getrunken, aber irgendwie hatte er echt Lust auf ein Bier. Als er an einem sehr traurigen Dönerstand vorbeikam, holte er sich eine Dose Dornkirchnerbräu, das kannte er noch nicht.

Der Dom war tatsächlich nicht weit, und Emil, der gebürtige Wiener, war überrascht, wie klein das gotische Gebäude war. Gut, Dornkirchen war eine Stadt mit knapp 50.000 Einwohner·innen, da machte so was wie der Steffl keinen Sinn. Das kleine mittelalterliche Stadtzentrum erinnerte ihn an Orte wie Steyr, Wels, Rust oder Zwettl. Bei der Anreise waren sie durch zersiedelte Gebiete mit Einfamilienhäusern und an einem Shoppingcenter mit Lagerhaus und den üblichen Handelsketten vorbeigefahren. Und wie das in so einer Stadt, wo nicht viel passiert, eben so ist, waren richtig viele Menschen an dieser Beerdigung interessiert. Und tatsächlich waren auch Reporter da. Jetzt war Emil froh, dass er seinen Rucksack dabei hatte, er wirkte wirklich wie ein Tourist. Während sich der Dom füllte, überlegte er, wo er warten sollte, und sah in einiger Entfernung eine Parkbank inmitten eines Beserlparks mit Blick auf den Dom. Er nahm Platz, knackte die Bierdose und rauchte sich eine an. Das Bier war gut. Er beobachtete die Reporter und die anderen Leute, die vor dem Dom herumstanden und sich unterhielten.

Nach einer Weile ging die Domtür auf und die Tochter von vorhin kam heraus. Sie wirkte jetzt viel entspannter, anscheinend hatte Daddy ihr was von seinem Stoff gegeben. Sie schaute sich etwas verpeilt um und ging dann relativ zielstrebig in seine Richtung.

»He, weißt du, wo hier ein Klo ist?«

»Sorry, bin nicht von hier.«

»Uh scheiße, ich muss aber ganz dringend. He, störts dich, wenn ich da in die Büsche mach?«

»Von mir aus.«

Sie stakste an ihm vorbei und verschwand hinterm Busch.

»Hast du ein Taschentuch?«

»Moment!«

Er warf ihr ein Päckchen rüber.

»Mah, danke, ich hab plötzlich ur Durchfall gekriegt.«

Emil wollte die Scheißgeräusche nicht hören, er stand auf und ging ein paar Schritte. Die hatte ihm gerade noch gefehlt, jetzt wollte er dort nicht mehr sitzen. Nach einer Weile kam sie hervor. Ihre Bluse schaute jetzt aus dem Rock und sie hatte sich die Strumpfhose zerfetzt. Sie roch intensiv nach Scheiße.

»He, hast du noch ein Bier?«

»Na, sorry, meins ist auch schon fast leer.«

»Mah, schade, aber a Tschick vielleicht?«

»Bitte.«

»Mah, du bist urlieb, danke. Du kommst aus Wien, gell?«

»Ja.«

»Mah, Wien ist super, da möchte ich auch wieder mal hin, aber ich hab grad ka Kohle. Machst du Urlaub hier? Cooler Iro!«

Emil überlegte kurz, ob er die Touristennummer spielen sollte, aber dann dachte er sich, scheiß drauf, die Familie hatte ihn ohnehin registriert, da konnte er ruhig ehrlich sein.

»Ich bin der Freund von der Marianne.«

Sie schlug die Hände zusammen und riss die Augen auf.

»Maaah, ich wusste gar nicht, dass die Marianne so einen coolen Freund hat, wie geil ist das denn! Ich dachte, die hat sicher auch so einen, na ja, normalen Schnöseltypen wie die Susi. Die Susi ist eh lieb, aber halt urspießig, hat Medizin in Wien studiert, aber nie den Turnus gemacht, nd jetzt hat sie drei Kinder und ein großes Haus. Maah, i packs ned, die Marianne, haha, die war immer so brav in der Schule und a bissi fad und dann ist sie nach Wien studieren. Was studiert sie nochmal?«

»Biologie, sie schreibt grad den Master.«

»Mahhh, Wahnsinn, das ist sicher urschwer, da muss man sicher ur viel lernen. Für mich ist das nix, ich hab die Schule abgebrochen. Hast du die Matura?«

»Ja, schon.«

»Und studierst du auch?«

»Ich bin Psychiatriekrankenpfleger und studier nebenbei.«

»Psychiatrie. Ja, kenn ich, war schon ein paarmal in der Nebelburg, meine Mama auch und die Mama von der Marianne auch. Kennst du die Nebelburg? Ich bin übrigens die Doris. Die Marianne ist meine Cousine.«

»Ich bin der Emil. Nein, Nebelburg sagt mir nichts.«

»Die heißt eigentlich anders, aber alle sagen Nebelburg, weil sie dich so vollspritzen dort, dass du ganz nebelig wirst im Hirn. Mah, hast du noch a Tschick für mich bitte?«

Emil reichte ihr eine und rauchte sich selber noch eine an.

»Hast du ihn gekannt, den Klaus?«

»Flüchtig.«

Er hoffte, dass ihr Hirn weich genug war, dass sie nicht zwei und zwei zusammenzählen konnte. Er hatte jetzt wirklich keine Lust, dieser armen, zugedröhnten Frau zu schildern, wie ihr Cousin umgekommen war.

»Ja, der Klausi war drei Jahre jünger als ich, wir sind alle miteinander aufgewachsen. Wir haben in dem großen Haus gespielt, die Susi, die Marianne, der Klausi und ich. Und mein Bruder, aber der ist schon tot.«

»Oje, das tut mir leid.«

»Ist schon lange her, Überdosis.«

Sie zuckte mit den Schultern.

»Er hat was von Papas unverschnittenem Zeug gespritzt.«

»Scheiße, klingt übel. Sag, spritzt dein Vater auch?«

»Aber geh, der Engel vercheckt nur und kokst lieber hin und wieder, aber nur vom reinen Zeug, da ist er sehr picky.«

Emil blickte Doris verwundert an.

»Engel?«

»Ach so, der Engel ist mein Vater, das ist der Engelbrecht Fuchsenseer, der jüngere Bruder, aber alle sagen Engel. Er hat ein Gasthaus mit Gästezimmern geerbt, da arbeiten seine Mädls für ihn. Meine Mama hat auch für ihn gearbeitet, so haben sie sich kennengelernt. Wir sind sozusagen die schwarzen Schafe der Familie, die Familie von der Marianne ist die bessere Seite. Onkel Norbert und mein Papa streiten immer, der Onkel Norbert findet das gar nicht gut, dass der Engelbrecht mit den Mädls Geld verdient, wegen Familienehre und so, aber das ist meinem Papa wurscht. Außerdem, sagt er, kommt der Onkel Norbert manchmal mit Freunden ins Gasthaus und geht auch aufs Zimmer, also braucht er gar nicht so anständig zu tun, sagt er. Na ja, so sind wir Fuchsenseer halt. Aber hast du unser Wappen gesehen? Ich habs da auftätowiert, schau mal!«

Tatsächlich hatte sie das Familienwappen am Oberarm tätowiert.

»Das hat die Lena gemacht. Da war der Engel ur angefressen, haha, und er hat gesagt, das steht mir nicht zu, weil ich keine richtige Fuchsenseerin bin, weil ich wie meine Mama heiße und ein Hurenkind bin. Da hat er mich ziemlich verprügelt, aber das wars mir wert. Für eine Piefke ist die Lena eigentlich echt nett. Weißt du, wo sie ist? Ich hab sie noch gar nicht gesehen, komisch, immerhin ist die ja so was wie Klausis Witwe.«

»Keine Ahnung.«

»Na ja, vielleicht konnte sie keinen Babysitter finden und wollte die Yamuna nicht mitnehmen. Ist ja noch sehr klein und schreit wahrscheinlich dauernd. Vielleicht kommt sie nachher noch.«

»Ist deine Mutter da?«

»Nein. Die war irgendwann einfach weg, da war ich zehn. War eh ganz gaga im Kopf und dauernd in der Nebelburg. So wie ich, haha. Vielleicht bin auch irgendwann einfach weg. Na ja, ich geh mal zurück in den Dom, kommst du auch?«

»Nein, ich warte lieber hier.«

»Alles klar, vielleicht sieht man sich noch. Ich besuche euch mal in Wien. Tschau derweil!«

»Tschau.«

Als die Messe aus war, öffneten sich die Tore und die Reporter, die nicht in die Kirche eingelassen worden waren, fotografierten die Trauerfamilie. Emil sah von weitem Marianne, die mit Susi die Mutter stützte. Die Mutter trug eine schwarze Sonnenbrille. Halt durch, Schatz!, dachte er, und er wünschte, Marianne könne seinen Gedanken hören. Er stellte sich so hin, dass sie ihn sehen konnte, und als sich ihre Blicke kurz trafen, nickten sie sich unauffällig zu. Die Trauernden bildeten eine Gasse und jetzt kamen der Pfarrer und die Ministranten mit den Räuchergefäßen, dahinter wurde der Sarg von Burschenschaftlern im Vollwichs und Trauerflor hinausgetragen.

»Meine Fresse!«, entfuhr es Emil.

Vor dem Sarg trugen zwei Burschenschaftler die Standarten. Dann folgte die Familie und auf dem Weg zum Friedhof reihten sich die anderen Gäste in den Trauerzug ein. Emil folgte in einigem Abstand. Der Friedhof war tatsächlich nicht weit und für Wiener Verhältnisse klein. Der Trauerzug hielt bei einer prächtigen Jugendstilgruft, wie Emil sie vom Zentralfriedhof kannte. Er stellte sich etwas abseits und beobachtete das Geschehen von weitem.

Ihm fiel auf, dass er nicht der einzige Zaungast war. Zwei etwas hippiemäßig gekleidete und grimmig-befriedigt dreinblickende Frauen mit Dotwork-Tattoos prosteten sich mit zwei Piccoloflaschen zu. Eine Gruppe, die auch in der Schuhfabrik nicht weiter aufgefallen wäre, reichte fröhlich einen Ofen herum und der süße, harzige Duft vermischte sich mit dem Weihrauch. Ihm fiel auch eine junge, blasse Frau auf, die mit ihren Eltern da war. Sie trug ein zerrissenes Kleid. Ihre Unterlippe bebte, und sie ließ stolz ihre Tränen der Genugtuung fließen, während die Eltern ihre Arme um ihre Schulter gelegt hatten. Weiter hinten wurde eine Schnapsflasche herumgereicht und Emil schnappte ein paar Gesprächsfetzen auf. Anscheinend war angedacht, in der Nacht nochmal herzukommen.

Wo er stand, konnte er Marianne nicht sehen, weil so viele reguläre Trauergäste da waren, stattdessen musste er angewidert den Männergesang der Burschenschaftler hören. Gut, dass er den Text nicht verstand, war besser so.

Endlich waren das Begräbnis und die Kondolenzen vorbei, Emil verzog sich etwas, um die Leute vorbeizulassen, die gingen. Jetzt sah er wieder von weitem Marianne, die mit Susi die Mutter stützte, und den Vater, der mit versteinerter Miene stolz und aufrecht vor ihnen schritt. Hinter den Frauen ging der Engel mit seiner Tochter, die wieder etwas zittrig wirkte, sich an seinen Arm klammerte und ihm eindringlich etwas zuflüsterte, was er grimmig ignorierte. Die engere Familie ging jetzt zum Leichenschmaus und verschwand im feinen Gasthaus. Kurz darauf summte Emils Handy.

```
M: Bin am Klo. Jetzt kann ich endlich texten.
E: Hey, alles klar? Gehts halbwegs?
M: Muss. Wo bist du?
E: Vor dem Gasthaus
M: Ich komme kurz raus.
```

Sie fielen sich in die Arme.

»Hör mal, ich muss gleich wieder rein. Ich bin so froh, dass du da bist, ehrlich, du bist mein Anker hier!«

»Aber Süße, klar doch …«

»Ich werde versuchen, mich nachher abzuseilen. Papa redet kein Wort mit mir, was mir nur recht ist, und Mama ist voll auf Benzos, die ist hacke und kriegt nix mit. Susi verstehts und der Rest kann mich mal. Hast du alles mit?«

»Ja.«

»Gut, nach dem Essen gehen wir dann eh gleich nach Hause, dann zieh ich mich um, pack meine Sachen und hau ab.«

»Wo magst du dich treffen?«

»Findest du zum Bahnhof?«

»Ja.«

»Kannst du Proviant checken und davor auf mich warten? Ich denke in so zwei Stunden sollte ich da sein.«

»Passt. Hey Süße, du hast es fast geschafft, und vergiss nicht: *Mehr-Sau* spielen in der Schuhfabrik heute!«

»Ja, Schuhfabrik for the win, Oida! Ich muss wieder!«

Und als die Liebenden ein paar Stunden später im Zug saßen und das Glück hatten, ein Sechserabteil für sich allein zu haben, die Vorhänge zu- und die Stiefel ausgezogen, das erste Bier getrunken und Dornkirchen weit, weit hinter sich gelassen hatten und der Zug sie beständig und verlässlich immer näher zu Wien brachte, dann, ja dann … konnten sie endlich ihren Tränen freien Lauf lassen. Sie heulten Rotz und Wasser.

SÖBA FLINTA

Es wurde Abend in der Schuhfabrik und wie so oft machte Sissi die Tür. Sissi war in den Nullerjahren Schwergewichtsboxer gewesen. Mittlerweile waren seine gestählten Muskeln etwas erweicht, aber er war noch gut in Form, sein langes Haar prächtig und lockig. Sein Kampfgewicht hatte er immer noch – und sogar etwas mehr. Er war nicht das einzige Original in der Schuhfabrik, aber sicher eines der auffälligeren. Wenn er sich mit seinen fast zwei Metern Körpergröße aufrichtete, sah er aus wie ein Einbaukasten, und das genügte oft schon, um diverse Fetzereien sehr schnell zu beenden. Wenn nicht, war er sehr geschickt darin, die handelnden Personen vor die Tür zu begleiten. Heute trug er ein verschwitztes Bandshirt, Leggings mit Leopardenmuster und einen Minirock, der so groß war, dass darin eine mittelgroße Punkköterin ihre Welpen hätte werfen und aufziehen können. Seine zahlreichen Ohrringe und Armreifen klimperten immer, wenn er sich bewegte. Gerade nuckelte er verstohlen an einem Vaporizer, weil gerade keine Konzertgäste kamen.

Neben ihm saß Kiwi. Auch er bediente sich am Vaporizer, während Langosch zu seinen Füßen döste. Kiwi war Schlagzeuger in mehreren Bands und erzählte Sissi gerade von der letzten Tour. Aus dem Keller dröhnte Livemusik und ein paar Tische weiter saßen Marianne und Emil, die gerade ihre halbvollen Mateflaschen mit Vodka auffüllten.

»Jedenfalls ist uns schon vor Linz unser Bus eingegangen, aber zum Glück hat uns dann der Hebi seinen geborgt. Gig war fein, nachher halt das übliche, aber dann sind wir noch auf ein Festl gegangen, irgendwo draußen. Wie wir um drei hinkommen, waren halt alle schon ziemlich waach, no na, aber nett. Irgendwann begann es hell zu werden, und da dachten wir, na ja, am ersten Abend sollte man es vielleicht nicht übertreiben, also gingen wir zum Matratzenlager. Du musst dir vorstellen –«

Ein paar Gruftis kamen rein.

»Wie viel ist Eintritt?«

»Freie Spende.«

Sissi und Kiwi nahmen die Spenden entgegen und gaben den Gruftis Stempel auf die Arme.

»Jedenfalls war das so, da war ein ganzer Flügel zum Pennen bereitgestellt, gefühlte zehn Durchzimmer mit Matratzen am Boden. Ich schlaf nicht so gern am Boden, aber wurscht.«

Sarina, der Schellengrufti, stand vor ihnen. Sie hatte Glöckchen an der Kutte, an den Füßen und sogar eines im Ohr. Sissi klimperte ironisch mit seinen Armreifen, Sarina schaute angepisst, warf fünf Euro in die Box, holte sich ihren Stempel und schellte davon.

»Muh«, machte Sissi, und Kiwi kicherte.

»Ich leg mich also auf eine Matratze, Handy, Schlüssel, Geldbörse griffbereit in Kopfnähe, und versuche einzuschlafen. Ich war ziemlich hacke, alles hat sich gedreht. Nach einer Weile höre ich circa einen Meter entfernt Wassergeplätscher. Zuerst denke ich mir nichts, dann check ich, dass es in diesem Zimmer ja keinen Wasseranschluss gibt. Wie gesagt, ich war ziemlich dicht. Aber das Plätschern hört nicht auf. Dann – die zündende Einsicht – wird mir klar, dass da wohl ein Mädl in einen Bierkrug pieselt, weil sie das Klo nicht erreichen kann oder mag, und die Pisse dann aus dem Fenster leeren wird.«

»Jo, macht Sinn.«

»Also lasse ich die Augen zu, man will ja nicht spechteln, aber die hört einfach nicht auf. Die brunzt wie eine Kuh!«

»Muh!«

Beide lachten.

»Dann scheiß ich drauf, mach die Augen auf.«

»Hö, das reimt sich!«

»Jo stimmt, jedenfalls hatte ich fast recht, es war ein brunzendes Mädl, bingo, aber die pisste einfach auf den Boden neben mir, und bisdudeppat, die hatte wirklich eine Blase wie ein Rindviech, die Lacke war schon so groß wie der Lago Maggiore – und die Pisse war auf dem Weg zu meiner Matratze, meinem Handy et cetera!«

»Na wäh, Oida!«

»Ich spring auf, schnapp mir mein Zeug, die Pisse erreicht meine Matratze und ich fuck sie voll an.«

»Verständlich«

»Sie jedenfalls hackedicht, glotzt mich an und starrt dann den Lago Maggiore an. Sie legt *ein* beschissenes Papiertaschentuch in den See, setzt sich auf ihre pissegetränkte Matratze und schaut deppat. Durch den Bahö sind die anderen wachgeworden und wir haben an Ort und Stelle beschlossen aufzubrechen.«

»Na servas. A propos, ich muss auch schiffen, magst was von der Bar?«

»Joa, bring ma a Bier mit bitte.«

Sissi erhob sich und schritt zur Herrentoilette. Unterwegs kam er an einem Tisch mit vier jungen Afghanen vorbei, die eng zusammensaßen und Sissi mit großen Augen betrachteten. Sie waren irgendwie an diesem merkwürdigen, aber anscheinend gastfreundlichen Ort gelandet und hatten angesichts Sissis Gestalt und schierer Existenz gerade wieder einen Kulturschock.

»Servas, Burschen.«

Sissi grinste sie an und ging an ihnen vorbei. Den Afghanen standen die Münder offen. Es war eine fremde und seltsame Welt für sie.

Inzwischen fertigte Kiwi ein paar Gäste alleine ab, da setzte sich Dösi zu ihm.

»Oida, i sogs da …«

»Was ist denn?«

»Heast, lass mich mal anziehen – danke! Jetzt freu ich mich auf ordentlich Rambazamba, aber die Band, die grad spielt, pack i ur ned. Die spielen seit gefühlten Stunden den selben langsamen Riff, dazu irgend so komische Visuals und haben nicht einmal Schlagzeug, nur so langsame Gruftibeats, und dann ist da ein sitzender, ein sit-zen-der Gitarrist!!!«

»Ah, deswegen die ganzen Gruftis heute. Na ja, aber die spielen eh nimmer lang, nachher sind *MehrSau*, taugen dir vielleicht mehr.«

»Ah, *MehrSau*, super! Na dann hol ich mir noch a Bier und schau mal nach der Minerva.«

»Wo ist die denn?«

»Ich hab sie mit Futter und Wasser in den Proberaum eingesperrt. Die vielen Leute stressen sie.«

Sissi war vom Pissoir zurückgetreten und ging sich die Hände waschen. Im Spiegel sah er hinter sich einen sehr dünnen, schwarzgekleideten Typen mit langen blonden Engelslocken. Er starrte Sissi irritiert an.

»Wos is, wüüst mi pudan, oda wos?«, grummelte Sissi das Spiegelbild des Gruftis an.

»Ich finde das nicht richtig!«

Sein Tonfall klang vorwurfsvoll, seine Stimme schneidend.

»Aha.«

Sissi drehte sich um und blickte zu ihm hinab.

»Und wos genau findest du ned richtig?«

»Die FLINTA*-Toilette ist nebenan.«

»Und?«

»Was, und?«

»No, bin i a FLINTA*, oda wos?«

Der Grufti schaute verdattert.

»I zeig dia mei FLINTA*!«, sprachs, griff unter seinen Rock, zog sein Gemächt hervor und hielt es ihm hin. Der Blonde schnappte nach Luft und machte fiepende Geräusche. Sissi packte sein Gemächt wieder ein und wandte sich zum Ausgang.

»Söba FLINTA*!«

Glautsch und Dösi setzten sich an einen Tisch. Sie stellten ihre Biere ab und begannen Zigaretten zu wuzeln.

»Wie war der Gig im Gürteltier?«, fragte Dösi.

»Hölle. Ein einziges Fiasko.«

»Echt? Was war denn los?«

Dösi nahm einen Schluck.

»Also wir kommen hin und da ist der Wurli und noch so ein anderer Typ, ich weiß nicht, ob du den kennst.«

»Wie schaut er aus?«

»Puh, mittelgroß, rundes Gesicht, Kapperl und echt auffallend große blaue Augen.«

»Sagt mir nix.«

»Ist ja auch wurscht. Jedenfalls hat der Wurli den offenbar eingeschult, die haben Englisch geredet und der Wurli hat ihm das Mischpult erklärt. Wir stehen halt auf der Bühne und warten, dass wir endlich Soundcheck machen können, aber die beiden sind immer noch übers Mischpult gebeugt, schauen irgendwelche YouTube-Tutorials und uns wird langsam fad, spät wirds auch. Wir wollten ja zwischen Soundcheck und Gig noch in die Pizzeria, aber es wurde klar, dass sich dann nur noch ein Döner ausgeht, wenn überhaupt. Dann verabschiedet sich der Wurli, weil er noch Nachtschicht im Altenheim hat und lässt uns allein mit dem. Jedenfalls fängt der an zu verkabeln, alles dauert urlang, er vertut sich dauernd. So gut Englisch kann er auch nicht, dass wir uns hätten gscheit verständigen können. Jedenfalls hat das Jessi dann irgendwie hingekriegt. Beim Soundcheck ist der Typ urnervös und drückt irgendwie herum, es pfeift und wummert. Jedenfalls mit Jessis Hilfe kriegt er das dann irgendwie hin und wir gehen uns Döner holen. Wie wir zurückkommen, ist der Typ weg. Zuerst denken wir uns nichts, aber wir warten und der kommt nicht mehr. Die Leute vom Bardienst hatten seine Nummer nicht und Wurli hatte sein Handy abgedreht – na ja, er war ja in der Arbeit.«

»Na servas. Und was habts gmacht?«

»Na ja, wir hatten Glück. Die Natascha wollte den Gig eh sehen und hat sich netterweise hinters Mischpult gestellt. Glück gehabt, die hat das super gemacht. Und die neue Anlage ist echt fein, jetzt kriegst auch keinen Kriechstrom mehr in die Pappn.«

»Immerhin. Na ja, gemma runter? Die *MehrSau* fangen glaub ich gleich an.«

Die erste Band spielte noch. Diejenigen, denen das gefiel, wiegten sich wie Wasserpflanzen in einem langsam fließenden Gewässer. Vor allem die Gruftis hatten genug Platz und Inspiration, ihre typischen Tanzbewegungen zu machen: *Spinnweben einsammeln*, *den Tisch abwischen*, *den Bauchtanz* und *den Aal*, bei entsprechendem Aggregatszustand und hohen Absätzen schon auch mal *die stolpernde Elchkuh*. Die meisten machten aber einfach nur das sehr anspruchslose *morsche Gummimetronom*.

Zwei Koksnasen ließen sich ihren Schwung nicht nehmen. Sie hüpften wie Flummis herum und brüllten irgendeinen Schwachsinn. Dösi fand die beiden echt zum Fremdschämen, noch dazu kannte er sie. Mit Jindra, dem Langhaarigen, hatte er schon öfters gejammt, das war so ein Funeral-Doom-Typ, an sich ein ganz ein Lieber. Den anderen kannte er nur flüchtig als Konzertgast.

Gerade hatte die erste Band fertig gespielt und baute ab, da trat der andere an Dösi heran.

»Hallo, Dösi, nett dich zu sehen.«

»Hallo. Du, ich hab deinen Namen leider vergessen, wie heißt du nochmal?«

»Juraj.«

»Ah, genau, du kommst ja auch aus Bratislava, oder?«

»Ja, Jindra und ich sind zusammen hergekommen, wir fahren dann mit dem Zug heim. Spielst du heute?«

»Nein, bin privat hier.«

Sie holten sich ein Bier und setzten sich hinten an einen Tisch. Dann kam Juraj irgendwann auf sein Hobby, nein, seine Berufung, zu sprechen. Er ließ ein paar merkwürdige Formulierungen fallen, die Dösi nicht verstand, aber dann stellte sich heraus, dass er anscheinend eine Art Pornostar war, was Dösi dann doch etwas überraschte. Er als Heteromann konnte sowieso nichts Sinnliches an Juraj sehen, aber was er so mitbekommen hatte in der Welt der Erotik, rangierte dieser Mann wohl eher im unteren Mittelfeld. Das Thema war Dösi etwas zu steil, aber Juraj quasselte ihn voll mit Details, die der nun wirklich nicht wissen wollte. Glücklicherweise war vorne jetzt Linecheck und Juraj musste die Pappn halten.

Als nächstes waren *MehrSau* dran, auf die sich Kiwi und Glautsch schon sehr gefreut hatten, weil sie sie noch nie live erlebt hatten. Vorher kam aber noch Jessi auf die Bühne und schnappte sich das Mikro.

»Hallo, Leute! Eine wichtige Durchsage! Aus gut informierten Kreisen haben wir erfahren, dass sich heute Zivilpolizei am Gelände befindet! Wie findet ihr das?«

Das Publikum pfiff und buhte.

»Bullen raus! Bullen raus!«, riefen ein paar, und andere: »Ganz Wien hasst die Polizei!«

Im nächsten Moment betraten *MehrSau* die Bühne und das Publikum applaudierte und johlte. Kiwi schlug die Hände zusammen und Glautsch fiel die Bierdose aus der Hand. Dösi war fassungslos.

Auf der Bühne schredderte die Gitarre, der Bass pumpte und das Schlagzeug fegte dahin wie ein Novembersturm. *MehrSau* waren in Bestform. Hinten bei Natascha, der Tontechnikerin, standen die Leute an die Wand gelehnt, weiter vorne verdichtete es sich, und je mehr man sich der Bühne näherte, desto mehr bewegten sich die Leiber im Flow der Musik, das Bühnenlicht blitzte und funkelte, Lichtkegel durchschnitten die Finsternis. Emil zog sein Shirt aus, warf es ins Eck und spürte die ausgelassene Lebensenergie der Leiber, die ihn herumstießen, warfen, drückten und trugen. Hier passte man aufeinander auf. Kein spitzer Schmuck, keine Ellbogen, keine Schmerzstellen, sondern ausgelassene Fröhlichkeit, Lebensfreude, Lebenswut, Frust, schiere Energie … Emil brüllte alles raus, die ganze Dornkirchenscheiße, den Horror, das Trauma, die Wut, raus, raus, raus … Er schwitzte wie eine Sau und er würde viele blaue Flecken haben, aber etwas in ihm regenerierte sich da gerade, diese Körperlichkeit und Urtümlichkeit hatten etwas zutiefst Heilsames, Reinigendes, etwas Atavistisches, Wahrhaftiges, Altes … Tief in seinem Inneren wuchs eine Ruhe, und er wusste, dass alles gut sein würde. Er fand Marianne und sie liebkosten sich energisch, innig und liebevoll. Sie gingen engumschlungen nach draußen, in die Sommernacht, suchten sich ein ruhiges Eckerl und rissen sich die Kleider vom Leib. Sie fielen wie die Wiesel übereinander her und liebten sich mit größter Verve.

»War okay, gö?«

Nach dem Gig fuhr sich der Bassist von *MehrSau* durch die langen Haare und setzte sein Barett wieder auf. Der Drummer zog gerade sein verschwitztes Gig-Leiberl aus und sein graues wieder an.

»Joa, hat gepasst. Die Kiwarei hätten wir halt nicht gebraucht.«

»Stimmt«, der Sänger packte seine Gitarre zurück ins Case und suchte nach etwas. »Habt ihr mein Kapperl wo gesehen?«

DER VIERKANTER

Nach dem Konzert ging Dösi in den Proberaum, um Minerva zu holen. Das verschlafene Hendl ließ sich widerstandslos einfangen und in die Transportbox geben. Dösi schaute kurz wegen Kot und so. Nicht so schlimm, die paar Kleckse wischte er schnell auf und die Federn blies er weg. Soda, passt schon.

Sie verließen die Stadt und fuhren eine Weile durch Dörfer und auf Landstraßen, an blinkenden Windrädern vorbei. Dann bog Dösi auf eine Schotterstraße ab und hielt vor dem imposanten Vierkanthof, stieg aus und öffnete die alten Torflügel. Von außen wirkte das Gebäude fast festungsartig. Links grenzte ein fußballfeldgroßer umzäunter Außenbereich mit einer Streuobstwiese an das Haus. Nur vier kleine, misstrauisch blickende Fenster schauten nach außen, ein markanter Kontrast zum wohnlichen Innenleben dieses Gebäudes. Wenn man das Tor passiert hatte, stand man in einem Innenhof. Links befanden sich die Ställe, die Garage und die Tischlerei von Petar und Jessi. Das Paar wohnte gegenüber mit zwei Kindern und Jessis Schwester Monika, und zur Rechten wohnte Dösis Familie. Die beiden Familien hatten den Hof vor ein paar Jahren gemeinsam gekauft und hergerichtet, Monika stieß irgendwann dazu, als das Leben gerade etwas kompliziert war, und blieb zur Freude aller da.

So ganz fertig wurden sie mit dem Herrichten irgendwie nie, aber das lag wohl in der Natur der Sache, wenn man in einem so alten Haus lebte. Immer gab es etwas zu streichen, zu verputzen, auszumisten, zu reparieren oder auszubauen. Seit Kurzem waren sie dank Wärmepumpe und Solarpaneelen energieautark. Die Wohngebäude waren mit Arkaden verbunden, sodass man sich auch bei Regen trockenen Fußes besuchen konnte, und der hintere Teil des Innenhofes war mit Sonnensegeln verhängt.

Die Anwesenheit von Kindern war unübersehbar: Bobby-Cars und ähnliche Vehikel sowie sonstiges Spielzeug überall. Unter dem Sonnensegel hatten die lieben Kleinen einen Sandspielplatz. Hier pumpten sie tagsüber eifrig, um das Wasserrad anzutreiben und sich recht vergnüglich zu suhlen, manchmal spielte auch die rote Wollsau Poldi mit, die ein sehr soziales und kinderfreundliches Wesen hatte. Dann war da noch das Hühnerhaus. Dösi überprüfte mit der Webcam, ob eh alle anderen Hühner drinnen waren, dann setzte er Minerva dazu. Poldi schlief brav in ihrem Stall, gut so. Eine der sechs Katzen schmiegte sich an und ging dann wieder ihrer eigenen geheimen Wege.

Und da kam Ulla aus dem Wohntrakt. Die beiden gaben sich einen Schmatz.

»No, alles gut, Liebste?«

»Jaja, nix Gröberes. Emma hat halt die Trotzphase, und Gustav und Martin müssen den Inkreismittelpunkt vom Umkreismittelpunkt auseinanderhalten lernen. Same old.«

Sie umarmten sich.

»Jojo, same old, same old.«

»Rauch ma eine? Wie wars in der Schuhfabrik?«

Sie setzten sich mit zwei Bier in den Innenhof und tauschten sich aus. Über Neuigkeiten aus dem Freundeskreis, anstehende Kinderarztbesuche, die Planung der nächsten Zeit, Einkäufe, Anschaffungen. Und dann schauten sie, ob die Hängematte eh trocken und leer war (sie war es!), legten sie sich zusammen hinein und rauchten einen Ofen.

In der Luft lagen das Zirpen der Insekten, das leise Säuseln des Windes, die Klänge der Felder und des Hauses. Aus dem Keller stieg ein modrig-kühler, felsiger Geruch, die Tiere und Menschen hinterließen ihre Duftmarken, Essen, Kaffee, Rauch und Räucherwerk, die Tischlerei mit ihren Sägespänen, Holzplatten, Maschinen, Lacken, Klebstoffen und Tinkturen, die geparkten Autos. Das alles ergab das sommerliche olfaktorische Bouquet des Vierkanthofes.

Am nächsten Morgen war Dösi mit Brutpflege dran. Die Katzen fraßen schon, und Dösi und die vier Kinder saßen beim Frühstück. Ulla, Jessi und Petar waren schon in der Arbeit. Jessis Schwester Monika schlief sich nach einer langen Schicht im Spital aus. Die drei Großen machten sich gerade aufbruchbereit. Sie hatten einen sicheren zehnminütigen Weg zur Schulbusstation vor sich. Dösi reichte ihnen ihre Schultaschen, Wasserflaschen und Jausenboxen und setzte ihnen Hüte auf. Noch eine Runde Abschiedsbussis (wer wollte), dann wetzten sie davon. Dösi schmunzelte, als er sie davonziehen sah.

Er schaute rüber zu Emma, die mit ihrem Marmeladefinger gerade das Tellerchen bemalte. Sie war fasziniert von der Farbe, der Haptik, dem Geschmack, der Textur, dem Geruch der Marmelade, und Dösi ließ sie machen. Die Kleine war beschäftigt und zufrieden. Er räumte derweil die Küche zusammen und kochte sich noch einen Kaffee. Dann schnell vor die Tür eine rauchen … Endlich …

Inzwischen wurde Emma das klebrige Gefühl unangenehm und der Kindersitz fad, sie raunzte, Dösi dämpfte seufzend die Tschick aus, hob Emma heraus und stellte sie in die Badewanne. Dort zog er sie aus, warf die Kleidung in den Wäschesack und wusch sie behutsam ab, trocknete ihren Leib und ihr Haar und zog sie an. Dann putzten sie gemeinsam Zähne und schauten nach den Tieren.

Neben dem Stall führte eine Tür in den umzäunten Außenbereich. Ein Teil gehörte dem Schwein, dann war da eine Streuobstwiese und der Selbstversorgergarten. Dort befanden sich zahlreiche Beete und ein Geräteschuppen. Dösi entließ die Hühner aus ihrem Nachtquartier in den Außenbereich und gleich verteilten sie sich. Emma scheuchte sie ein bisschen herum und hatte Riesenspaß dabei. Inzwischen sorgte Dösi für frisches Wasser. Mit Emma fütterte er zuerst die Hendln, dann Poldi.

Poldi war eine imposante rote Wollsau, dabei hatte Ulla sie eines Tages als Kümmerling heimgebracht. Sie war beruflich bei einer Züchterin gewesen, die dem Zniachterl kein langes Leben prognostiziert hatte, weil es einfach zu schwach war, sich eine Zitze zu erkämpfen. So ließ sich Ulla das Ferkel schenken, und mit ein paar guten Tipps zur Ferkelaufzucht packte sie es in eine Kiste mit etwas Stroh und brachte es heim. In der Anfangszeit brauchte das Tierchen tatsächlich viel Pflege. Petar und Jessi witzelten über Spanferkelrezepte, aber Ulla päppelte es zu einem vitalen Jungschwein auf. Ein Schweinestall wurde gezimmert und ein Teil des Außenbereiches reserviert. Mittlerweile war sie ausgewachsen und wog fast 200 kg. Jetzt freute sie sich, gebürstet und geputzt zu werden.

Sie gingen in den Garten arbeiten und zupften Unkraut, zwischendurch übten sie Klogehen. Irgendwann wurde es Zeit, Essen zu richten, und Dösi machte Erdäpfelschmarrn mit Sauce und dem frischen Gemüse, das sie gerade geerntet hatten.

Soeben kamen die Volksschulkinder nach Hause, nach dem Essen legte er Emma hin, sie setzten sich an die Hausaufgaben und Dösi holte sein Notebook. Sie schauten sich das mit den Mittelpunkten bei Dreiecken gemeinsam an, dann ein paar YouTube-Tutorials und schließlich hatten sie es heraus.

Dösi versuchte nebenbei ein Arbeitsmail abzuarbeiten, aber die Kinder brauchten seine ganze Aufmerksamkeit. Er hatte aber auch sonst noch ein paar ziemlich dringende Sachen zu erledigen. Was tun? Die Kinder brauchten ohnehin eine Lernpause und Emma wurde gerade wach. Er schickte alle für eine Stunde oder so raus.

So, jetzt erstmal in Ruhe eine rauchen … und dabei die zeitkritischen Mails abarbeiten, die anderen würde er sich anschauen, wenn er mehr Luft hatte, vielleicht am Abend oder morgen früh. Jetzt konnte er das Bad putzen und eine Ladung Wäsche waschen. Dazwischen musste er eine kleine Streitigkeit schlichten und Emma wollte aufs Klo. Dann hatte die Bande Hunger und musste gefüttert werden. Sie hatten einen halben Kübel voll Schnecken gesammelt und wollten sie jetzt auch noch als Haustiere in ihren Zimmern halten. Ach du Scheiße. Dösi atmete tief durch, behielt die Nerven und erklärte den Kindern, dass die Schnecken aber ganz traurig bei ihnen im Haus wären, dass Schnecken viel lieber draußen im Wald leben und frei sein wollten. Das leuchtete den Kindern ein. Er schlug vor, nachher in den Wald zu gehen und den Schnecken an besonders schönen Plätzen die Freiheit zu schenken. Dösi stellte den Kübel raus in den Schatten und deckte ihn so zu, dass die unglaublich viel scheißenden Drecksviecher drinblieben, aber atmen konnten.

Dann setzten sie sich noch an die restlichen Aufgaben, recherchierten für ein Referat über den Wolf, malten die Bundesländer in unterschiedlichen Farben an, übten für das Diktat, und schließlich konnten sie die Schulsachen wegräumen und gemeinsam in den Wald zum Bach gehen. Also die Rucksäcke packen, die Schuhe anziehen, die Wasserflaschen und die Schnecken nicht vergessen! Der Wald war nicht weit, sie gingen ein Stück den Feldweg hinterm Haus entlang und bogen dann links in das kleine waldige Tal ein, das der Bach im Laufe der Zeit gebildet hatte. Unterwegs setzten sie Schnecken ins Moos, auf Baumstümpfe, unter Büsche und Bäume, ins Laub, auf bewachsene Steine, ins Farnkraut und zu ein paar schönen, aber giftigen Schwammerln, die von Schnecken angeknabbert waren. Dann fanden sie eine ganze Menge essbarer Röhrlinge. Dösi zeigte ihnen, dass man einen Pilz aufschneiden muss, um nachzusehen, ob er von Würmern bewohnt ist. Sie lernten, wie man Pilze richtig erntet, freuten sich schon aufs Kochen und überlegten, wie sie wohl am besten schmecken würden. Dösi stellte ein Foto der Pilze in die Vierkantgruppe und Ulla, Petar, Jessi und Monika reagierten entzückt.

Dann waren sie am Bach. Sie erfreuten sich an den kleinen grauen Trichtern des Trichtermooses. Sie stellten sich vor, wie wohl die Welt für eine Ameise aussieht, die durchs Moos geht. Sie beobachteten den Ameisenhaufen und schenkten den Ameisen ein Zuckerl. Dann spielten die Kinder mit den Kieseln und bauten Dämme, und so wurde es spät und es wurde Zeit heimzugehen. Auf den Feldern und Wiesen zirpten die Insekten, als sie endlich heimkamen.

Die anderen waren schon zurück. Heute wurde bei Dösis für alle gekocht. Das war nicht jeden Tag so, aber heute gab es so viele Pilze und Zucchini, das ergab einfach Sinn. Dösi und die beiden Ältesten machten Ragout mit Nudeln und alle ließen es sich schmecken, erzählten von ihrem Tag, bewunderten Kinderzeichnungen, lobten kleine Erfolge und trösteten bei kleinen Missgeschicken. Dann setzten sich die Erwachsenen mit einem Bier hinaus und die Kinder spielten noch etwas. Bald wurde es Zeit, Emma ins Bett zu bringen, das machte heute Ulla. Schließlich zogen sich alle bis auf Dösi zurück, der in der Hängematte noch ein paar Mails abarbeitete. Jessi und Petar schauten sich noch eine Serie an, Monika ging früh schlafen, weil sie am nächsten Tag wieder einen langen Dienst vor sich hatte, und Ulla las ihren Roman. Irgendwann träumte Emma schlecht, sie legte sich zu ihrer Mama und die beiden schliefen ein. Morgen war Ulla mit Kinderhüten dran, und Wurli, der Vater von Jessis größeren Buben, würde tagsüber vorbeischauen. Petar und Jessi würden wieder an die Baustelle fahren und es würde wieder ein ganz normaler Tag am Vierkanthof sein, same old, same old.

ERGOTHERAPIE

An guten Tagen hatte Peter Fanta die Illusion, dass die Erde im Lot sei. Dies ermöglichte ihm ein halbwegs würdiges Leben, ein Leben in einer Welt, die ihm immerzu rätselhaft und merkwürdig blieb und in der er sich zutiefst fremd fühlte. An diesen Tagen konnte er funktionieren und das war nicht nichts. Entspannen konnte er sich hingegen nicht, denn allzu oft konnten solche Tage kippen, und dann war er froh, wenn er seine Tabletten bei der Hand hatte.

Dann wurden gute Tage zu erträglichen Tagen. Die Realität flackerte immer wieder, die Logik nahm die Physik bei der Hand und die beiden gingen auf ein Bier. Er betrachtete die Welt durch eine Scheibe und die Schrecklichkeiten brachen nur manchmal auf ihn ein.

An schlechten Tagen klammerte sich die Welt schreiend an ihm fest und drohte ihn in einen brüllenden Schlund hinabzuziehen. An diesen Tagen war es eine Herausforderung, die speziellen Tabletten korrekt einzunehmen, sich zu verkriechen und zu hoffen, dass sie bald wirken würden, damit es wieder erträglich wurde.

Heute war eigentlich ein ganz guter Tag und Peter Fanta ging wieder zur Ergotherapie. Sein neuer grünhaariger Therapeut hatte seinen Hund unterm Tisch liegen. Die beiden kamen Peter Fanta bekannt vor, vielleicht hatte er sie in einem Plattenladen oder in der Schuhfabrik gesehen, und auch der Therapeut schien ihn vom Sehen zu kennen.

Heute sollte Peter Fanta mit Ton arbeiten und einfach die Hände machen lassen, was sie wollten, er sollte versuchen, seinen Geist ziehen zu lassen. Draußen vor dem Haus war eine Baustelle, und Peter Fanta lauschte dem Hämmern, Flexen, Bohren, Stampfen und Baggern und ließ seinen Händen freien Lauf. Einfach nur hineinfühlen, zulassen, gleiten, ziehen lassen …

Nach einer Weile bemerkte er, dass sich in ihm etwas zu verschieben begann, eine tiefe Unruhe erfasste ihn und er schaute, was seine Hände getan hatten. In jeder Hand hielt er einen kleinen androgynen Glatzkopf. Etwas sagte ihm, dass diese Köpfe bedrohlich waren, dass von ihnen eine große, diffuse Gefahr ausging. Sie drehten sich zu ihm, sie hoben an zu sprechen, und er wusste, dass das, was sie sagen würden, die Welt zum Explodieren bringen würde. Panisch schreiend schleuderte er den Ton von sich. Da öffnete sich unter ihm ein tiefer Abgrund und er versank in …

DIE ANTN

Als Kiwi und Dösi mit ihrem Van eines Morgens nach einem Bandausflug und einem Allnighter hinterm Steuer wieder in die Schuhfabrik einfuhren, um das Equipment in den Proberaum unter Dimitris Werkstatt zu bringen, staunten sie nicht schlecht: Die Decke war über Nacht unter dem Gewicht von Dimitris Riesenskulptur zusammengebrochen.

In den darauffolgenden Wochen wurde in und an Dimitris Werkstatt intensiv gewerkelt. Zuerst kam tatsächlich Dimitris Hawara mit dem Kran und die Skulptur wurde ins Freie auf eine Art Wagen gestellt. Dann wurde entschieden, dass es eigentlich wirklich besser wäre, eine Grube auszuheben, als die Decke neu zu machen. Zum Glück gab es in der Schuhfabrik ja noch andere Keller, die als Proberaum taugten. Als die Werkstätte hergerichtet war, wurde die Skulptur wieder hineingeschoben, dabei wurde darauf geachtet, dass sich darunter kein Keller befand. Und dann hörte man Dimitri fast unentwegt flexen, schweißen, schneiden und hämmern. Er lehnte in dieser Zeit alle Aufträge und Reparaturen ab, er habe jetzt keine Zeit, sagte er. Er ließ auch niemanden hinein, er meinte, da liege gerade überall so viel scharfkantiges Zeug rum. Nicht einmal mit Kiwi Schach spielen wollte er.

Eines Abends kamen Kiwi und Dösi aus dem Proberaum. Sie hatten stundenlang Krawall gemacht, geplaudert, politisiert, getrunken, geraucht, philosophiert, gescherzt und noch mehr Krawall gemacht, jetzt wollten sie noch draußen ein Abschiedsbier trinken. Als sie an Dimitris Werkstatt vorbeikamen, sahen sie ihn davorsitzen und den Abend genießen.

»Kiwi, hast du deine Sticks dabei?«, fragte er.

»Ja, warum?«

»Kommts rein. Ich zeig euch was.«

Dimitri hatte das Metallmonster komplett umgebaut: Vorher hatte es ausgesehen, als hätte er scheinbar wahllos sehr viele sehr schwere Teile zusammengeschweißt, es hatte sehr urtümlich und primitiv gewirkt. Nun war die Skulptur so groß wie ein Kleinwagen und stellte ein Wesen dar, das wie eine wilde Mischung aus Ameise, Ente und Stegosaurusskelett aussah. Der Körper war jetzt hohl und man konnte sich hineinsetzen. Die Knochen und Schwanzstacheln waren aus unterschiedlich langen Metallstäben geschmiedet und aus dem Rücken wuchsen dem Ungetüm Platten aus Metall, Holz und anderen Materialien.

Kiwi und Dösi waren beeindruckt. Jetzt holte Dimitri einen Geigenbogen hervor und strich damit über die Schwanzstachel, sodass ein satter, tiefer Ton zu hören war, dann holte er zwei Paukenschläger hervor und begann auf dem Ding zu trommeln, und Kiwi und Dösi begriffen, dass das Ganze ein riesengroßes Musikinstrument war, ein Instrument mit unglaublich viel Potenzial. Kiwi packte seine Sticks aus und erforschte die Klänge, die in diesem Ding schlummerten, und Dösi ließ sich auch nicht lange bitten und trommelte mit den Händen. Die Tür stand offen und ein paar neugierige Gesichter schauten herein. Kurz darauf waren fünf Menschen an dem Tier, sie fanden einen gemeinsamen Rhythmus und hatten bald einen sehr guten Flow. Die Umstehenden feuerten sie an, trommelten mit und tanzten, die afghanischen Burschen mittendrin.

Dann schleppte Dösi eine Aktivbox aus dem Proberaum an, baute seine Krawallkastln auf und improvisierte. Es war großartig, und so beschlossen Kiwi, Dösi und Dimitri, so bald wie möglich mit dem Monstrum auf Tour zu gehen. Und Jessi würden sie auch mitnehmen, mit *Kotzfleck* lief es grad eh nicht so gut.

In den nächsten Wochen arbeiteten die vier intensiv an ihrem Musikprojekt. Mit Wurlis Hilfe versahen sie das Monstrum an unterschiedlichen Stellen mit Tonabnehmern. Das ergab einen mörderischen Kabelsalat, der in ein Mischpult eingespeist wurde. Sie probierten und verwarfen viel und hatten eine gute, kreative Zeit miteinander, erforschten gemeinsam die Klangwelten dieses fantastischen Instruments. Dimitri bearbeitete noch ein paar Stellen, um es zu verbessern. Und so kamen sie ins Musikschaffen. Sie erjammten sich Strukturen, Rhythmen, Dynamiken, Kaskaden, Stimmungen, schwebten und hämmerten dahin, groovten, schabten, schlugen, trommelten mit Fingerkuppen und Schlägeln, die sie sich auch selbst bastelten, die sie ausprobierten und laufend verbesserten.

Sie bauten ein Soundsystem um das Monstrum herum und machten das Ganze witterungs- und transportbeständig. Immerhin wollten sie damit ja herumziehen.

Als sie das Ding endlich der Schuhfabrik vorstellten, war das Echo gewaltig und die Freude groß. Die Kiddies schleppten noch ein paar Boxen an und machten Vocals dazu, großartig! Und auf einmal kamen alle mögliche Schlagzeuger, mit denen sonst keine Band zu machen war, aus ihren Löchern gekrochen und wollten auch, und es sprach ja nichts dagegen, also musizierten sie bis tief in die Nacht.

Dem Quartett wurde klar, dass ihre eigene Performance oft nur der Auftakt des Abends sein würde, und das erfüllte sie mit Freude. Sie könnten mit einem Bier oder Ofen in der Hand lauschen und lernen.

Sie setzten sich zusammen und beratschlagten, wann sie fahren würden. Dösi und Jessi mussten sich beim Vierkanter freispielen. Wurli würde in dieser Zeit öfters vorbeikommen und Dösis Mutter würde auch für ein paar Tage da sein. Viel war zu koordinieren, aber schließlich standen doch ein paar Fixtermine für eine schnell organisierte Herbsttour – zu den üblichen DIY-Konditionen: Spritgeld, Essen, Trinken, Schlafen, Anteil der Eintrittsgelder bzw. Hutgeld.

Alle freuten sich schon darauf. Und ja, es wurde Zeit, dem Projekt einen Namen zu geben, wegen der PR und der Flyer warats. Nach langem Überlegen einigten sie sich auf *Antbeaters*, und das Instrument nannten sie die Antn.

NIMM MICH!

»Schaahaatz, du stiiinkst!«

Glautsch hatte schon geschlafen, als Tom heimkam und seinem Liebesbedürfnis Ausdruck gab. Er sang neckisch: »Nimm mich jetzt, auch wenn ich stinke, denn sonst sag ich winke, winke …« von den *Doofen*, zog sich die Hose aus und verlor dabei kurz das Gleichgewicht, konnte jedoch eine Stuhllehne fassen. Er warf sein T-Shirt auf den Boden. Mit seinem drahtigen Körper nestelte er sich zu Glautsch unter die Decke und begann sie sogleich beherzt zu besteigen. Glautsch wollte ja eigentlich jetzt gerade nicht, und so ganz geheuer war es ihr auch nicht, wie er sie so einfach nahm, aber sie schob den Gedanken schnell beiseite. Außerdem, jetzt war er schon drin …

Tom war recht bald fertig und schlief dann gleich ein. Aber Glautsch lag noch eine ganze Weile schlaflos neben ihm und versuchte, das, was gerade passiert war, einzuordnen.

UPDATES

Marianne kam gerade von einem Workshop, den sie im sogenannten Kinderzimmer geleitet hatte. Das Kinderzimmer war ein Refugium und Safe Space für Jugendliche, viel mehr als nur ein Jugendclub. Dort konnten sie beatboxen, auftreten, Partys feiern, Lerngruppen und Workshops besuchen und sich zu allen möglichen Dingen beraten lassen – oder einfach nur abhängen, ohne konsumieren zu müssen. Heute hatte sie ein paar Kids gezeigt, wie man Fahrräder repariert, und jetzt hatte sie Lust auf ein Bier. Sie beschloss, sich eines an der Bar zu holen, sich in die Wiese zu setzen und zu schauen, wer so vorbeikommt. Abdu und Momo, zwei der afghanischen Burschen, schleppten gerade mit Sissi das Gemüse in die Küche.

»Heast, naaa, ned do her! Auffe hob i gsogt!«

Glautsch stand auf einer Leiter und nagelte eben ein selbst gebasteltes Schild neben dem Eingang an die Wand. Auf dem Schild stand:

NO SEXISM
NO VIOLENCE
NO HOMOPHOPIA
NO RACISM
NO XENOPHOBIA
NO BORDERS
NO NATION
NO CHICKENS!

»No Chickens« war etwas größer und in Rot geschrieben worden.

»Na servas, hattet ihr wieder Besuch von Dösi und Minerva?«

Glautsch nickte.

»Das nächste Mal mach ich Paprikahendl aus dem Viech!«

»Ui, was hats denn angestellt?«

»Sie hat sich auf den Kuchen gesetzt, der war wohl gerade so schön ofenwarm!«

Die Frauen umarmten sich herzlich und tauschten sich jetzt endlich richtig über die Sache mit Klaus aus, vorher hatten sie nur getextet.

»Jetzt versteh ich auch, warum Emil und du bei *MehrSau* so abgegangen seid, kein Wunder nach der ganzen Scheiße …«

»Ja, schon. Sag, die Polizei war ja auch bei euch, oder? Die haben Klausens Handy in Nullkommanix entsperrt, und Toms Nummer war der letzte Kontakt. Und schon hatten die auch eure Adresse.«

»Ja, da hamma ziemlich blöd gschaut, wie die Kiwarei plötzlich ganz höflich vor der Tür gestanden ist. Bin ich froh, dass ich den Tisch vorher sauber gemacht hab, da hatte es ordentlich geschneit und Tom war noch ziemlich zerknautscht.«

»Was haben die mit der Püppi gemacht?«

»Na ja, die war ja als vermisst gemeldet. Die haben sie gleich zu Hause anrufen lassen und wieder nach Dornkirchen zurückgebracht. Den Rucksack haben die eh bei euch abgeholt?«

»Jaja. Sag, Glautsch, was haben Tom und Klaus eigentlich aufgeführt?«

»Ich kenne nur Toms Erzählung. Sie haben ordentlich von Klausens Zauberpulver gezogen und gesoffen und – wie immer – irgendwann gestritten. Jedenfalls wollte Klaus schon mit Tom diese Russische-Roulette-Nummer machen, aber der hat ihn einfach rausgeschmissen.«

»So was machst du auch nur im Godmode … Na ja, wie Klaus dann bei uns war, war er sehr selbstmitleidig und hat un-glau-blich viel Scheiße geredet und dann hat er …«

Ihre Lippen fingen an zu zittern, die Tränen stiegen ihr in die Augen, sie sank in Glautschs ausgebreitete Arme und wurde von einer Welle von Wut und Trauer hinweggespült. Glautsch reichte Taschentücher und bot Halt. Nach einer Weile gings wieder.

»Haben euch die Bullen Ärger gemacht?«, fragte Marianne.

»Na ja, sie haben alles protokolliert, und was Püppi gesagt hat, weiß ich nicht. Ob Püppi mitgezogen hat, weiß ich auch nicht, das könnte Tom noch Ärger bereiten, aber da kann man jetzt nix mehr machen. Vielleicht glauben sie eh, dass Klaus sie alle versorgt hat.«

»Stimmt ja auch, oder?«

»Eben.«

»Ja, wäre sonst blöd wegen Toms bedingter Vorstrafe. Was hat er da eigentlich angestellt?«

»Er wollte einen Streit schlichten und die Sache ist eskaliert.«

»Ach so.«

»Und wie war das bei euch mit der Polizei?«

»Na ja, die haben a bissl blöd geschaut, weil ich geputzt hatte, aber der Notfallpsychologe hat gemeint, das sei nichts Ungewöhnliches. Der war übrigens super. Na ja, Tatortsicherung, Fotos, Spurensicherung, Vernehmung – ich hab das lieber auf Netflix als in echt.«

»Glaub ich dir …«

»Na ja, und dann Leiche abtransportieren, Tatortreiniger, Sofa wegbringen, …«

»Maaah Oida …«

Glautsch nahm Marianne wieder in den Arm und strich ihr mütterlich über den Kopf. Marianne genoss es, von dieser großartigen, massigen Frau wie ein kleines Kind getröstet zu werden. Ihr fiel auf, dass ihre eigene Mutter viel zu oft zu unpässlich gewesen war, zu müde, zu geistesabwesend, um sie so zu halten, und dass sie oft eine Fahne gehabt hatte. Die hatte Glautsch zwar auch, aber das war was anderes.

»Und irgendwann am Vormittag waren die alle weg. Emil hat eh schon in der Arbeit angerufen, dass er nicht kommt, die haben ihm gleich gesagt, er soll sich zumindest eine Woche krankschreiben lassen, das hat er auch gemacht. Wir haben dann versucht zu schlafen, aber das konntest du vergessen. Jedenfalls haben wir dann den ganzen nächsten Tag Wohnung geputzt wie die Blöden. Ich weiß noch nicht, was ich mit der Stelle in der Wohnküche machen soll, wo das Sofa gestanden ist, wo er …«

Eine neue Welle brach über sie herein und Glautsch hielt sie schweigend fest.

Eine Weile später saßen die beiden Frauen auf der Wiese, wo Glautsch die Bar im Auge behalten konnte. Sie sahen eine hochgewachsene, stark tätowierte Frau mit Wuschelhaaren ein Baby vorbeitragen.

»Lena?«, rief Marianne.

Die Frau drehte sich zu ihr.

»Marianne! Servus!«

Sie umarmten sich, Lena setzte sich dazu und ließ Yamuna auf dem Gras herumkrabbeln. Marianne hatte ihre Nichte schon eine ganze Weile nicht mehr gesehen, die Kleine war ja schon ziemlich mobil mittlerweile.

»Lena, ich wusste gar nicht, dass du die Marianne kennst!«, staunte Glautsch.

»Ich wusste, dass du eine Bekannte von Schorsch bist, aber das ist ja der Hammer! Und ich dachte, du bist in Deutschland. Erzähl!«, rief Marianne.

»Zuerst habe ich auch an Deutschland gedacht, aber dann hat mir der Schorsch zufällig ein lustiges Meme geschickt – das tun wir öfters –, und da habe ich mir gedacht, ich frag ihn einfach. War ja schon lange nicht mehr da gewesen und hier ist es auf jeden Fall besser als bei meinen Eltern. Und zum Glück war eben ein Zimmer in der Frauen-WG frei. Da habe ich alles in den Kombi gepackt, was ging, und bin hergekommen.«

»Und gehts euch gut hier?«

»Ja, schon. Die Piefkewitze werden nicht besser, aber die Leute sind echt nett und hilfsbereit. Jetzt fürs erste steche ich hier in der Tätowiererei und helfe in der Kindergruppe mit, hin und wieder verarzte ich wen, zum Beispiel nach Demos. Und die Leute kommen zu mir mit ihren eitrigen Zehen, komischen Ausschlägen und Magenschmerzen.«

»Klingt doch super!«

»Ja, schon. Aber wie es mittel- und langfristig weitergeht, wird sich erst weisen. Ich weiß noch gar nicht, wie das jetzt mit Unterhalt funktioniert, aber da habe ich übermorgen einen Termin. Mittelfristig wird es wohl das Beste sein, ich arbeite Teilzeit als Krankenschwester und steche nebenbei. Das hängt aber davon ab, was die mir für einen Dienstplan geben wollen. Das sehen wir alles demnächst.«

»Klingt stressig.«

»Ist es auch, aber was soll ich machen? Und, wie gehts dir so?«, fragte Lena.

»Na ja. Sagen wir mal so: Ich funktioniere im Großen und Ganzen. Ich hab halt Albträume und Flashbacks, kein Wunder in der Wohnung. Hin und wieder leichte Panikattacken. Manchmal stelle ich fest, dass meine Zähne ganz fest zusammengebissen sind, einfach so. Ich glaub, ich hol mir Hilfe, Emil macht auch schon eine Therapie.«

»Wär wahrscheinlich auch in meinem Fall kein Fehler«, seufzte Lena. »Na ja, ihr Lieben, ich muss leider weiter. Man sieht sich!«

Die Frauen umarmten sich noch einmal herzlich und schrubbelten sich gegenseitig aufmunternd die Schultern, neckten sich und lachten.

Dann klaubte Lena Yamuna auf und ging ins Wohngebäude. Drinnen war es dunkel und angenehm modrig-kühl. Sie ging die Treppe hinauf, da sah sie eine blau gefärbte Ratte die Treppe herunterhupfen.

»Servus, Lenin.«

Der Ratz blieb kurz stehen, stellte sich schnuppernd auf die Hinterbeine, fiepte und hoppelte davon. Lena ging weiter – *noch ein Stockwerk, puh, die Kleine wird immer schwerer* – und öffnete die Tür.

In ihrer WG lebten neben Lena und Yamuna noch Kara und Daniela mit ihren kleinen Kindern. Daniela fütterte gerade ihren Kleinen, als Lena reinkam. Sie grüßten sich und Lena setzte Yamuna in den Hochsessel. Da stand plötzlich Kara, die dritte Mitbewohnerin, vor ihnen – ganz nackig, und zwischen ihren kräftigen Schenkeln schaute ein weißes Fädchen hervor. Lena atmete tief ein. Kara setzte sich mit ihrem blanken Hintern auf einen Sessel, breitete sich genüsslich aus und begann einen Apfel zu essen. Es wird echt Zeit, dass ich was Eigenes finde, dachte Lena.

»No, alles klar, Lena?«, fragte Kara mit einem strahlenden Lächeln.

Lena nickte freundlich und versuchte, nicht auf ihr Genital zu starren. Kara war einfach so – schambefreit. Jetzt kratzte sie sich gerade unter ihren milchtropfenden Brüsten.

»He, kannst du mal schauen, was da ist?«

Sie hielt Daniela die Unterseite ihres Busens hin. Daniela legte ihren Zeigefinger auf Karas Busen.

»Meinst du da?«

»Ja, genau.«

»Hm, schaut wie ein aufgekratztes Wimmerl aus.«

»Geh, kannst du's mir ausdrücken?«

»Ja, sicher. Wart, ich hol ein Taschentuch.«

Lena verzog sich mit Yamuna in ihr Zimmer.

Sie war als Krankenschwester einiges gewohnt und kam aus einer Gegend, wo die Menschen mit Nacktheit recht gelassen umgehen, aber das da … Nee, oder? Daniela schien das alles nicht zu stören, nicht einmal wenn Kara wieder einmal bei offener Klotüre scheißen musste. Diese bemerkenswerte Unbeschwertheit zeigte sich leider auch bei ihrem Liebesleben … Na ja, mal sehen, was mit dem Spitalsjob werden würde, vielleicht gabs da ja eine Dienstwohnung.

Die Kleine spielte mit ihren Klötzchen und Lena drehte Lou Reed auf.

WARUM HAST DU NICHTS GESAGT?

Glautsch und Tom lagen im Bett, sie hatten sich gerade geliebt. Ihre Wangen strahlten noch von postkoitaler Glücksseligkeit und Glautsch fuhr mit dem Finger von Toms Nase über seinen Mund – »Wuff!« – da schnappte er spielerisch nach ihrer Hand und sie quiekte vergnügt. Dann fuhr sie mit ihrem Finger über sein bartstoppeliges Kinn mit dem Grübchen in der Mitte, den Hals hinunter über den Adamsapfel, dabei schluckte er grinsend. Sie fuhr weiter nach unten, unter seine Kehle, wo der Brustkorb begann, über das Brustbein Brusthaare zäuselnd hinunter zum Bauch. Die Haarlinie runter zum Bauchnabel, dort popelte sie eine Fussel raus, den Schamhaaransatz nach unten bis zu seinem Gemächt.

»Hmmmm«, schnurrte er. »Das war schön.«

»Oh ja.«

Sie hielten sich in den Armen und dösten ein.

Nach einiger Zeit wachten sie wieder auf. Glautsch setzte sich auf. Sie hoffte, dass das Timing jetzt gut war.

»Du, Tom …?«

»Hmmm ….«

»Ich möchte mit dir wegen neulich reden.«

»Aha.« Er machte die Augen auf. »Was denn?«

»Na ja, neulich hast du mich ja in der Nacht geweckt wegen Sex. Das machst du immer wieder einmal.«

»Schlecht?«

»Na ja, ich hatte da eigentlich keine Lust auf Sex, aber du hast halt einfach gemacht.«

»Warum hast du nichts gesagt?«

»Hab ich eh. Ich hab gesagt, du stinkst, und du hast das nicht ernst genommen.«

»Muss ich mich jetzt jedes Mal duschen vorher, oder was? Graust dir vor mir?«

»Nein, gar nicht, aber ganz so stinkert finde ich jetzt auch nicht so geil.«

»Geh komm, ich wollte nur spontan schnell vögeln. Dass du mir jetzt, ein paar Tage später, quasi eine Vergewaltigung unterstellst, obwohl du nachher gekommen bist, finde ich echt scheiße von dir. Oder hast du's gefaked?«

Tom setzte sich aufs Bett und schickte sich an aufzustehen. Glautsch hielt ihn zurück. Ja, sie hatte tatsächlich ihm zuliebe mitgespielt. Was hätte sie denn sonst tun sollen? Aber das konnte sie ihm jetzt nicht sagen. Nicht wenn er so wütend war.

»Nein, habe ich nicht. Und so war das gar nicht gemeint.«

Tom riss sich los und begann sich anzuziehen.

»Dann überleg dir, wie du so etwas sagst. Ich hatte den Eindruck, du bist halt ein bisschen verschlafen, aber es passt schon. Ich war auch schon etwas angsoffn und ziemlich spitz, da musst du schon klarer kommunizieren, wenn dir was nicht passt. Außerdem hatte ich den Eindruck, dass es dir Spaß macht, du warst auch ganz feucht und hast geschnurrt.«

»Ja, eh, habe ich dann eh auch …«

»Also wo ist dann das Problem? Soll ich dich jedes Mal einen Fragebogen ausfüllen lassen, oder wie stellst du dir das vor?«

»Nein, aber …«

»Jetzt hatten wir vorher auch gerade Sex. War das jetzt auch eine Vergewaltigung, oder was? Weil wenn ja, dann hast du ein echtes Problem!«

»Nein, das war super! Aber …«

»Und warum versaust du's dann nachher mit deinem Gerede? So, mir reichts, ich hab das echt nicht notwendig.«

Tom packte sich zusammen und knallte hinter sich die Tür zu.

Und Glautsch fragte sich, wie sie diese Eskalation hätte verhindern können. Und wie sie ihm erklären sollte, dass sie bei ihrem Partner zu Hause eben nicht im Abwehrmodus sein *wollte*, weil das war sie eh dauernd. Wie sollte sie ihm klarmachen, dass sie da draußen ohnehin dauernd auf ihre Mannbarkeit reduziert wurde? War es zu viel verlangt, von ihm zu erwarten, dass er auch ein impliziertes Nein verstand? Auch wenn er hacke war? Konnte er nicht verstehen, dass er sie überrumpelt, am falschen Fuß erwischt hatte? Und erwartete er von ihr, dass sie immer wachsam und bei Sinnen war, wenn er es selbst auch nicht immer sein wollte?

Tom blieb die ganze Nacht weg und kam irgendwann in den Morgenstunden heim. Glautsch ließ ihn schlafen und ging arbeiten, ohne ihn zu wecken. Nach der Arbeit holte sie ihren Bass, Tom war nicht da. Vielleicht war er schon im Proberaum? Sie fuhr in die Schuhfabrik, und als sie die Treppe in den Proberaum nahm, hörte sie schon Jessi zeugln. Sie trat ein und die beiden Frauen begrüßten sich herzlich.

»Hast du Tom schon gesehen?«

»Nein. Ich bin seit einer Stunde da, vielleicht ist er noch oben irgendwo? Es ist eh noch nicht fünf.«

»Na ja, ich hätte noch gern mit ihm geredet vor der Probe.«

Jessi sah Glautschs angespannte Miene.

»Habt ihr euch wieder gefetzt?«

»Na ja …«

»Oida … Das wird wieder eine gschmeidige Probe mit euch beiden.«

»Darum hätte ich das gern vorher geklärt gehabt.«

»Hmmm.«

Sie rauchten sich eine an, und Glautsch erzählte Jessi, was los war.

»Da hat jemand überreagiert und das warst nicht du, so wie du mir das schilderst«, meinte Jessi schließlich.

»Ich bin sicher, wenn ich klarer kommuniziert hätte, wäre das alles nicht passiert.«

»Na ja, ich weiß nicht …«

»Schau, ich muss nicht immer urgeil sein, wenn wir miteinander schlafen. Es ist grundsätzlich auch okay für mich, wenn ich gerade nicht sooo Lust habe, aber er halt schon.«

»Aber da entscheidest du dich doch dafür, oder? Aus Liebe, Mitleid, nenns, wie du willst, aber du willigst schon ein, nicht?«

»Na ja, wir sind beide nicht immer nüchtern …«

Die Tür ging auf und Tom trat ein. Er war ziemlich blass und seine Augen waren unterlaufen, er wirkte grantig und verkatert. Sie begrüßten sich, aber danach breitete sich eine unangenehme Stille aus.

»Verstehe. Ich bin oben, wenn ihr proben wollt.«

Jessi schnappte ihren Rucksack und verließ den Proberaum.

»Was ist jetzt mit der los?«

»Na ja, sie hat mitgekriegt, dass wir uns gestritten haben.«

»Ja, aber wohl deswegen, weil du es ihr erzählt hast.«

»Ich glaube, sie will uns Raum geben, dass wir nochmal reden.«

»Es gibt nichts zu reden. Du siehst in mir offensichtlich einen Vergewaltiger. Punkt.«

»Das habe ich nie gesagt …«

»Geh bitte!«

Er setzte sich hin und starrte wütend auf den Boden. Glautsch streckte ihre Hand nach ihm aus.

»Fass mich nicht an.«

»Okay …«

Schweigen.

»Weißt du, ich hab auch Gefühle.«

»Ja, Schatz, ich weiß … Natürlich.«

»Und wenn du dann hinter meinem Rücken solche Lügen über mich erzählst, macht mich das echt wütend.«

»Was für Lügen? Und ich hab nur mit Jessi geredet.«

»Ja was weiß ich, was die sich jetzt zsammreimt und oben grad rumerzählt.«

»Tut mir leid. Aber ich hab Jessi wirklich keine Lügen über dich erzählt.«

»Es reicht schon, wenn du ihr deine verschobene Sichtweise kommuniziert hast.«

Glautsch wusste nicht, wie sie Tom klarmachen sollte, was sie meinte. Er war wie vernagelt, sie drang einfach nicht durch zu ihm. Dabei wollte sie sich mit ihm vertragen, wollte wieder gut sein mit ihm. Und Jessi würde oben auch schon ziemlich angepisst und ungeduldig sein. Es würde wohl das Beste sein, wenn sie jetzt erst einmal proben würden.

»Magst du jetzt proben? Soll ich die Jessi holen?«

»Von mir aus.«

Jessi schaute säuerlich, als sie sich hinter die Drums setzte. Die beiden gingen ihr mächtig auf die Nerven mit ihren ewigen Streitereien. Sollten sie sich doch endlich trennen … aber es wäre schade um die Band, dachte sie. Na egal jetzt, spielen wir mal das Set durch, der nächste Gig war schon bald.

Bass und Gitarre waren gestimmt, die Effektpedale lagen verkabelt am Boden, das Mikro und die Instrumente waren eingesteckt, die Lautstärke war okay, los gehts.

Sie zählte ein und *Kotzfleck* erwachten zum Leben. Nach kurzer Zeit waren sie alle kongenial verwoben im Augenblick ihrer Musik, dieser Kunst, die flüchtiger ist als Rauch. Badeten in den Klängen, dem Druck der Boxen, erfreuten sich an ihrem Können und verschmolzen zu einem Klangkörper, der so viel mehr war als die Summe seiner Teile.

AUF DER WALZ

Kiwi saß mit Langosch auf der Wiese in der Schuhfabrik und schaute dem Treiben zu. Da betrat ein junger Mann die Schuhfabrik, den Kiwi noch nie gesehen hatte. Er trug solides Schuhwerk, einen breitkrempigen schwarzen Hut, schwarze ausgestellte Hosen mit roten Streifen auf den Außenseiten, eine schwarze Weste, ein schwarzes Jackett und ein weißes Hemd. Eine Art Rucksack hing über seine linke Schulter, in der Rechten hielt er einen langen gedrechselten Wanderstock. Der Mann blickte sich um, und da außer Kiwi niemand in der Nähe war, steuerte er auf ihn zu. Langosch betrachtete ihn misstrauisch, vor allem den Stab mochte er nicht.

»Cooles Outfit!«, rief Kiwi.

»Danke. Das ist meine Kluft. Kann ich dich was fragen?«

Der Mann hatte einen ostdeutschen Dialekt. Kiwi tippte auf Sachsen.

»Sicher. Kannst du nur bitte den Wanderstock wegtun, mein Hund hat Angst.«

»Klar doch.«

Er legte den Stab auf den Boden und setzte sich zu Kiwi.

»Ich bin der Örich.«

»Erich?«

»Genau, Örich. Ich bin auf der Walz und wollte fragen, ob ihr einen Elektrikergesellen brauchen könnt.«

»Ich glaube, da finden wir schon Verwendung für dich. Aber was hat es mit dieser Walz auf sich?«

Örich erklärte Kiwi, dass es unter Handwerkern eine alte Tradition war, sich nach der Gesellenprüfung für drei Jahre auf die Walz zu begeben, um Erfahrungen zu sammeln, zu arbeiten und die Welt zu sehen.

Es gab dabei bestimmte Regeln, dazu gehörte das Tragen der Kluft, ein Verhaltenskodex und noch ein paar andere Dinge. Örich war – wie es sich gehörte – per Autostopp nach Wien gekommen und wollte sich hier nun für einige Zeit niederlassen und mit anpacken.

Kiwi meinte, das sei Plenumsangelegenheit, aber er könne ihn ja einmal herumführen und ein paar Leuten vorstellen. Sie schauten, ob jemand von der Bau- und Reparaturgruppe da war, aber fanden niemanden. Örich schaute sich mit Kiwi die Wohngebäude an. Da war genug zu tun für seinesgleichen, das sah er sofort. Sie trafen ein paar *Schuhe*, die seine Kluft bestaunten, und Kiwi erkundigte sich, ob sich vielleicht noch ein Wohnplatz für den potenziellen Neuzugang finden ließ, und so saßen sie dann im Garten, die alte Hedi bot ihm Sonnenblumenkerne an, Lena ließ Yamuna herumkrabbeln und sogar der alte Loisl setzte sich dazu. Er hatte aber sein Hörgerät oben vergessen, verstand zu wenig, um dem Gespräch folgen zu können und döste bald ein.

Nach einer Weile kam Lenin dazu und beschnüffelte Örich. Er kletterte auf seine Hand und turnte auf ihm herum.

»Haha, Lenin mag dich, das ist gut.«

Kiwi grinste.

»Ist das deine Ratte?«, fragte Örich.

»Nein, Lenin ist Punk und gehört sich selber. Er hängt mit uns ab, wohnt mal hier, mal dort.«

»Aber irgendwer muss dem doch das Fell gefärbt haben.«

»Keine Ahnung. Wenn ich darüber nachdenke, fällt mir auf, dass Lenin irgendwie immer schon da war. Sag, Hedi, weißt du, seit wann der Lenin herum ist?«

»Der war schon in den 80ern bei der Besetzung dabei.«

»Geh Blödsinn! Das ist vierzig Jahre her!«

»Ich schwöre!«

Hedis alte Augen blitzten schelmisch.

»Menno, jetzt hat er mich angepisst!«, maulte Örich.

»Sei froh, das heißt, dass er dich akzeptiert«, tröstete ihn schmunzelnd Kiwi.

Inzwischen war das Essen in der Küfa fertig und Örich ließ sich den veganen Eintopf, den Sissi mit Abdu und Momo gekocht hatte, schmecken. Heute Nacht würde er auf Hedis Sofa schlafen, alles weitere würde sich in den nächsten Tagen klären.

GROSSFELDSIEDLUNG

Peter Fanta stand an einer Kreuzung in der Großfeldsiedlung und sah zu, wie ein neuer Betonklotz gebaut wurde. Es war heiß und schwül, und Fanta konnte die Schweißperlen auf den Körpern der Bauarbeiter sehen. Der Neubau stand unmittelbar vor der Fertigstellung, und in das Schreien der spielenden Kinder aus der Ferne mischte sich das Fräsen, Flexen und Hämmern der Bauarbeiter. Fasziniert lauschte Fanta den Geräuschen, die für seine Ohren Musik nicht unähnlich waren. Das gleichmäßige Klopfen eines Hammers, im Hintergrund ein Kompressor und dazwischen sporadisches Flexen bildeten ein Leitmotiv und unzählige andere Geräusche ergänzten es: eine zerspringende Bierflasche, ein vorbeifahrendes Auto, Moped oder Motorrad, ein startender LKW, ein vorbeiziehender Flieger, Vogelgezwitscher, Kindergeschrei, Hundegebell, all das bildete eine Sinfonie, der Fanta andächtig lauschte.

Im Schritttempo fuhr ein lila Cabrio heran, darin saß ein glatzertes, schwarz gekleidetes androgynes Pärchen. Aus der Autoanlage hörte man in einer Wahnsinnslautstärke *Die Interimsliebenden* von den *Einstürzenden Neubauten.* Das Auto hielt mit laufendem Motor direkt neben Fanta. Die Insassen ignorierten ihn und blickten den Neubau andächtig interessiert an. Der Rhythmus fuhr Fanta in die Knochen, er musste unwillkürlich mitwippen.

Zwischen temporär und Tempura
Zwischen Seil- und Säbeltanz
Zwischendurch und auf dem Meeresboden
Zwischen Semtex …

In diesem Moment vernahm Fanta eine kleine, unauffällige Explosion, und der Neubau stürzte sauber und ordentlich in sich zusammen.

… und Utopie liegen sie sich in den Armen

Und genau das taten die beiden auch gerade, und eines von ihnen (Fanta konnte beim besten Willen nichts über ihr Geschlecht sagen) drückte Fanta gelangweilt einen Zettel in die Hand. Das andere trat aufs Gas, und während eine gigantische Staubwolke, die von dem eingestürzten Neubau herrührte, die Sonne verdeckte und es langsam dunkel wurde, lauschte Fanta der sich entfernenden Musik, in die sich nun neue, andere Geräusche mischten.

Fanta schaute sich den Zettel an: Seit dieser Sache tat er sich mit dem Lesen schwer und die Schrift war kaum leserlich, er erkannte nur irgendeine Formel oder etwas in der Art, die groß und fett gedruckt war.

Fanta stand wie angewurzelt da, die Musik war kaum noch zu hören, aus den Trümmern kroch ein blutüberströmter Arbeiter und starb. Fanta hielt den Zettel, den ihm die Interimsliebenden gegeben hatten, in den Händen und betrachtete den eingestürzten Neubau. Hin und wieder rieselte noch irgendwo irgendetwas, während das Gequatsche der umstehenden Massen anschwoll, um von den lauter werdenden Polizeisirenen kurzfristig übertönt zu werden.

Der Polizeiwagen hielt direkt vor Fanta, und da dieser als einziger einen Zettel der Interimsliebenden in den Händen hielt, wurde er rein prophylaktisch mitgenommen.

PENSIPUNX

An diesem sommerlichen Spätvormittag saß die alte Hedi draußen vor dem Wohngebäude der Schuhfabrik. Sie hielt ein Häferl Milchkaffee in der runzligen Hand und trug eine Sonnenbrille. Vor ihr lagen ein Tabakpackerl und ein Sackerl mit Sonnenblumenkernen, die sie mit ihren verbliebenen Zähnen knackte. Die Schalen lagen am Boden verstreut. Eben kam Lena mit der kleinen Yamuna im Tragetuch aus dem Haus.

»Morgen, Hedi!«

»Servus, Lena!«

»Na, wie gehts dir heut, Hedi?«

»Oasch!«

Hedi grinste.

»Die Beine tun mir wieder weh, aber ich hab vorhin Pferdesalbe draufgeschmiert und ich geh nachher eh wieder meine Runde. Na jo, 's is, wie's is … Und, hat dich die Kleine schlafen lassen?«

»Mehr oder weniger, schon okay. Ich bring sie jetzt zur Kindergruppe, ich hab nachher einen Kunden. Wie gehts dem Loisl?«

Hedi hob resignierend die Hände.

»Unverändert. Hockt tagsüber nur über seinen Büchern, döst vorm Fernseher ein, dann schurlt er die ganze Nacht rum und kann ned schlafen. Und wann i ned wie a Haftlmacher aufpass, vergisst er seine Medikamente. Und rausgehn will er überhaupt ned.«

»Na ja, er tut sich wohl schwer mit den Stiegen seit dem Schlaganfall.«

»Der ist einfach nur ein fauler Hund! Zur Ergotherapie geht er auch nicht. Mir tun die Haxn auch weh, aber das Stiegensteigen in den dritten Stock hilft. Der Loisl wohnt eh im ersten Stock, der soll si ned anscheißen.«

Yamuna raunzte und suchte nach der Brust. Lena setzte sich zu Hedi, um die Kleine zu stillen.

»Mei, so liab, die Kleine.«

Hedis runzliges Gesicht strahlte.

»Und, Lena, gehts dir halbwegs?«

»Puuuh … Darüber will ich gar nicht nachdenken, sonst reg ich mich nur auf und dann gibts keine Milch.«

»Recht hast.«

Sie schwiegen, und Hedi knackte weiter Sonnenblumenkerne, während Yamuna mit ihren winzigen Händchen die mütterliche Brust festhielt und genussvoll nuckelte.

Als sie satt und zufrieden ein Bäuerchen gemacht hatte, verabschiedete sich Lena und brachte die Kleine zur Kindergruppe, dann ging sie zur Tätowiererei. Schorsch war schon da und arbeitete gerade an einem Entwurf. Lena hatte noch ein bisschen Zeit, bevor Kiwi kommen würde, und machte derweil Kaffee. Sie setzte sich mit dem Häferl raus an die Sonne.

Während Lena an Kiwis Bein weiterarbeitete, erwähnte sie Loisls Probleme.

»Du bist doch Ergotherapeut, magst du ihn mal besuchen? Zucker und Blutdruck check ich eh, aber der sollte wieder mal zum Arzt. Vielleicht, dass ihn wer begleitet?«

»Ich weiß ja nicht, was er genau für Übungen braucht, aber ich kann ja nachher mal vorbeischauen bei ihm. So wie das klingt, müssen wir uns langsam was überlegen, damit er uns nicht verschimmelt, der Loisl.«

»Sag, stimmt es, dass die Alten seit der Besetzung in den 80er-Jahren hier wohnen?«

»Ja, das ist tatsächlich die erste *Schuh*-Generation. Die haben teilweise noch im Milchstern gespielt und manche in der Andi gewohnt. Das war ein besetztes Haus in der Andersenstraße. Der Loisl ist der älteste, der war als Teenager 1965 dabei, wie der Ernst Kirchweger auf der Demo von Faschos derschlagen wurde. Der Loisl hat das erste Fanzine in Wien mitgegründet, die Kunstfabrik, er ist ein Literat und, und, und. Den Franzl kennst du auch?«

»Ja, der Schmächtige mit der dicken Brille.«

»Genau. Der hat in hundert Bands gespielt und auch ein echt cooles Label gehabt, wo ur viele veröffentlicht haben.«

Er nannte ein paar Bandnamen, mit denen Lena nichts anzufangen wusste.

»Der Typ ist eine Legende.«

»Sag mal, die Hedi und der Loisl, die leben getrennt, aber ich glaub die sind zusammen, oder? Sie wirken wie ein altes Ehepaar.«

»Puuuh … Was ich weiß, ist das so eine jahrzehntelange On-off-Geschichte. Die habens glaub ich beide nie so mit Monogamie gehabt.«

Sie schwiegen eine Weile, nur das Surren der Tätowiermaschine war zu hören.

»Sag mal, Kiwi, der Pinguin da am Fuß ist neu, oder?«

»Ja, den hab ich mir in einer Stadt in Tschechien machen lassen, hab den Namen vergessen. Wir waren mit der Band dort und der Veranstalter hat sich irgendwie verkalkuliert und jedenfalls konnte er uns nicht einmal Spritgeld geben. Er hat uns angeboten, dass wir stattdessen entweder ein Piercing oder ein kleines Tattoo haben können. Dösi hat sich einen Prinz Albert machen lassen … Brrr na, Oida … Da ist mir der Pinguin lieber.«

»Versteh ich! Und wie war der Gig?«

»War cool. Mit uns haben so Power-Violence-Kids gespielt, dann so Cyberpunx. Die Tschechen habens echt mit Masken und Kostümierung auf der Bühne, wär mir zu anstrengend, wenn ich ehrlich bin. Dann sind wir weitergefahren zur deutsch-tschechischen Grenze und haben in einem Wirtshaus gespielt, vor den ganzen Rednecks. Die hatten dort Südstaatenflaggen hängen, war mir nicht so recht. Vor uns war eine Schülerband, die waren solide, aber wie die fertig waren, ist das ganze junge Publikum mit denen abgezogen und es blieben nur so fünf bis zehn Alkis, denen eh alles wurscht war. Das war einigermaßen zaach. Aber Berlin war am schlimmsten.«

»Was, ausgerechnet Berlin?«

»Ja. Wir hatten den ersten Slot und nach uns kamen – wie sich später herausstellte – lauter so Singer-Songwriter. Wir mit unserem Krawallduo waren da ziemlich deplatziert. Wir haben vor einer leeren Halle gespielt, immer wieder haben Leute reingeschaut und sich gleich wieder umgedreht. Langosch war unser einziges Publikum. Der lag vor der Bühne und leckte sich lang und ausgiebig seinen Oasch und Beidl, dann streckte er sich und trottete auch noch davon. Treulose Seele.«

Lenas Handy summte.

»Hey, machen wir mal Pause, ich muss die Yamuna stillen.«

»Kein Ding, ich ess inzwischen auch was.«

Während der Pause saß Kiwi draußen und sah seinen Ergotherapiepatienten Peter Fanta etwas abseits sitzen. Fanta war so um die fünfzig, die Spuren seiner vernarbten Kopfverletzungen fielen einem flüchtigen Betrachter zwar nicht auf, doch sie diktierten sein Leben. Kiwi wusste, dass Fanta einen Schaden von einer traumatischen Verletzung hatte und er daher anscheinend die Welt manchmal anders wahrnahm.

Neulich, da hatte Kiwi ihn mit Ton arbeiten lassen. Zuerst war alles ganz okay gewesen, aber plötzlich hatte Fanta so einen argen Anfall bekommen, dass sie ihn hatten sedieren müssen. Arme Sau. An sich ein ganz ein Ruhiger, Lieber. Kiwi hatte keine Ahnung, was ihn getriggert hatte, das waren doch einfach nur Tonklumpen ohne erkennbare Form gewesen. Immerhin, heute schien es ihm gut zu gehen. Jetzt saß er ganz ruhig da und schaute dem Treiben zu. Kiwi fragte sich, was Fanta wohl wahrnahm. Sie nickten sich freundlich zu.

Sie tätowierten eine Weile schweigend weiter und hörten *EA80.*

»Und, wie gefällts dir bei uns in der Schuhfabrik?«

»Gut. Ich bin echt froh, dass ich hier unterkommen konnte. Hier kommen zum Glück andere Leute als in Dornkirchen. Dort waren Geburtsdaten, Wappen und Österreichflaggen sehr gefragt, die habe ich meist weggeschickt.«

»Die Geburtsdaten auch?«

»Nein, die nicht, aber die Gespräche mit diesen Leuten waren oft anstrengend. Andererseits … Na ja, es ging ja meistens recht flott und brachte auch Kohle. Einmal war eine Gruppe junger Türken da, die wollten alle irgend so Runen haben, aber die meisten waren sowieso zu jung, und denen hab ich gesagt, so was mache ich nicht. Dann die supergescheiten Liebespärchen, die dann ein paar Monate später ein Cover-up des Partnertattoos am Handgelenk wollen.«

»Autsch.«

»Genau. Einmal kam eine frische Witwe um die sechzig, die wollte, jetzt wo ihr Mann tot war, eine Rose am Arsch haben. Die fing gerade ein neues Leben an. Eh cool, aber auch irgendwie traurig, dass sie das erst mit sechzig machte. So, fertig für heute!«

KOMM ZU MAMA

Wieder einmal saß Peter Fanta in der 49er-Straßenbahn auf dem Weg nach Hause. Er hatte seinen alten Discman eingeschaltet und auf dem NDW-Sampler, den er eingelegt hatte, das erste Lied, Joachim Witts *Goldenen Reiter*, auf Repeat laufen. Dieses war das einzige Lied auf der CD, das ihm gefiel, einzig und allein wegen dieses Liedes hatte er in den 90ern den horrenden Preis von 369 Schilling für den Tonträger geblecht. Doch der *Goldene Reiter* war es ihm wert.

Schon in den 80ern hatte er dieses Lied geliebt. Er hatte es seinerzeit auf dem kleinen Transistorradio-mit-eingebautem-Kassettendeck in der Küche seiner Eltern aufgenommen, als es gerade in der Hitparade kam. Dann war er zu einem Mitschüler gegangen, dessen Eltern reich waren und der daher zu Weihnachten eine Kompaktanlage mit Doppelkassettendeck bekommen hatte. Bei ihm hatte er das bruchstückhafte Lied – am Beginn und am Ende quatschte ein damals sehr populärer Moderator dazwischen und mittendrin kam eine Verkehrsdurchsage, doch das störte den jungen Fanta wenig – endlos hintereinander auf eine Kassette überspielt. So kam er zu sechzig Minuten *Goldener Reiter* nonstop, mit welchem er seine Eltern so lange molestierte, bis sie ein Machtwort sprachen und der junge Fanta sich gezwungen sah, seinen *Goldenen Reiter* nur während der Abwesenheit seiner Eltern zu hören. Dann spielte Fanta seinen *Goldenen Reiter* dafür umso lauter und ausgiebiger, sodass das kleine Transistorradio-mit-eingebautem-Kassettendeck dröhnte und die Musik als solche nur noch fragmental zu erkennen war. Aber auch das störte den jungen Fanta wenig.

Eines Tages jedoch geschah das Unvermeidliche. Fanta war durch das Hören des *Goldenen Reiters* gerade wieder in einen euphorischen Zustand gekommen, da begann das Band plötzlich zu eiern, bis es stehenblieb. Entsetzt stürzte Fanta zum Transistorradio-mit-eingebautem-Kassettendeck, um zu sehen, was passiert war. Sein Verdacht bestätigte sich: Das Kassettendeck des Transistorradios-mit-eingebautem-Kassettendeck hatte seinen *Goldenen Reiter* aufgefressen. Er versuchte verzweifelt, das Band aus den Gedärmen des Transistorradios-mit-eingebautem-Kassettendeck herauszukletzeln, doch es war zu sehr verwurschtelt. Schließlich musste er es blutenden Herzens mit einer Schere herausschneiden und die etwa zwei Zentimeter langen Stückchen mit einer Pinzette herausziehen. Er versuchte, das Band mit Tixo zusammenzukleben, doch er musste einsehen, dass es sinnlos war. Seufzend warf er die Reste der Kassette in den Mistkübel und verfluchte das Transistorradio-mit-eingebautem-Kassettendeck.

Dies war ein schwarzer Tag für den jungen Fanta und zum ersten Mal seit Jahren weinte er bitterlich. Am nächsten Tag fragte er in der Schule herum, ob sie vielleicht noch irgendwo den *Goldenen Reiter* auf Tonträger hätten, woraufhin er verspottet wurde, das Lied sei a) eine Schnulze und b) out, c) solle er doch lieber einmal *AC/DC* hören, das sei urleiwand. Tatsächlich war NDW mittlerweile gestorben und Fanta schaffte es auch trotz größter Anstrengung nicht, den *Goldenen Reiter* aufzutreiben. Erst in den 90ern, als in Wien das NDW-Revival ausbrach, stieß er auf einen NDW-Sampler, auf dem der *Goldene Reiter* vertreten war.

Also, Fanta saß in der Straßenbahn und lauschte Joachim Witt, als er plötzlich feststellen musste, dass die Batterien leer wurden. Er drehte das Gerät leiser, damit er weiterhören konnte, wodurch er eine interessante Mischung von Lied und Umweltgeräuschen zu Gehör bekam.

Die Straßenbahn schlängelte sich gerade quietschend durch den schönen 7. Bezirk, auch Neubau genannt, Fanta träumte davon, eines Tages in dieser Gegend eine Wohnung zu erhaschen, doch waren alle Wohnungen in Fantas Lieblingsbezirk sehr teuer. So musste er sich mit seinem WG-Zimmer in Meidling abfinden. Er wohnte mit einem vedischen Briefträger und einer alleinerziehenden Buddhistin und deren Söhnchen Siddhartha zusammen. Obwohl seine Mitbewohner·innen ausgesprochen friedfertig und nett waren, störte ihn das fortwährende Gesinge des Briefträgers, und dass die Buddhistin mit ihrem zwar akustisch stillen, aber sonst sehr munteren Söhnchen sein – Fantas – Zimmer durchqueren musste, um zu ihren Räumlichkeiten zu gelangen, machte die Sache auch nicht leichter.

Der kleine Siddhartha war Spezialist für stille Katastrophen. Mit Vorliebe zündete er Fantas Papierkorb an, verteilte den Biomüll über die ganze Wohnung oder versuchte, aus dem Fenster zu fallen. Allen seinen Aktionen war eines gemein: Sie geschahen immer dann, wenn sie wirklich niemand erwartete und verursachten nicht das leiseste Geräusch. Als Siddhartha einmal die Wohnung flutete, bemerkte es Fanta erst, als er morgens aus dem Bett stieg und feststellte, dass er knöcheltief im Wasser stand. Der Kleine hatte am Vorabend, als schon alle schliefen, den Duschschlauch über den Wannenrand gehängt und behutsam das Wasser aufgedreht. Der Vede und die Buddhistin konterten Siddharthas Attentate mit stoischer Ruhe, doch Fanta war überzeugt, dass mit Siddhartha eine neue Generation von Terrorismus heranwuchs, und fürchtete den Tag, an dem Siddhartha erkennen würde, dass es auch andere Dinge als die eigene Wohnung zu verwüsten gab.

Die Straßenbahn hielt gerade an einer roten Ampel, als Fanta feststellte, dass sich unter den leiser werdenden *Goldenen Reiter* und die Gespräche der anderen Fahrgäste ein neuer Klang mischte: Neben dem 49er, in dem Fanta saß, hielt das lila Cabrio der Interimsliebenden und ihr Lied tönte laut und brillant aus dem exzellenten Autoradio.

Fanta schaltete den Discman aus und verräumte ihn sorgfältig in seiner Aktentasche. Er blickte gebannt auf das geschlechtslos wirkende Paar in dem Cabrio. Er ahnte Schreckliches.

»Nein! Tut es nicht«, brüllte Fanta. Auf seiner Stirn standen Schweißperlen.

Zwischen Semtex …

In diesem Augenblick vernahm Fanta überall um sich herum leise, unspektakuläre Explosionen, und der gesamte Bezirk Neubau stürzte ein, während sich die Interimsliebenden in den Armen lagen. In der sich hebenden Staubwolke, die das Sonnenlicht verdunkelte, brauste das Cabrio davon.

Fanta schluchzte, die Hände vor dem Gesicht. Es war mittlerweile Nacht geworden. Zeit, Mutter zu besuchen. Sie wohnte in einem winzigen Haus am Stadtrand, ein Bus fuhr dort in der Gegend, doch musste man noch einen etwas längeren Fußmarsch auf sich nehmen, bevor man das Haus erreichte.

Als Fanta ausstieg, schien der Mond und warf blauschwarze Schatten. Das Haus lag ziemlich abgelegen auf einem Hügel im Wald, und während Fanta durch die Mischung von Laub, Moos und Erde stapfte, erkannte er schon von Weitem das kleine Licht an Mutters Haus. Er erkannte ihre Gestalt am Fenster, sie saß zusammengekauert da, ihre fedrigen grauen Haare fielen in ihr ockerfarbenes Gesicht und schon aus er Ferne glaubte er sie zu riechen, diesen fischig-blutig-süßlichen Gestank ihres kranken Schoßes und den scharfen, stechenden Geruch ihres Schweißes. Die Tür war offen, und als Fanta das Haus betrat, war es genau dieser Geruch, der ihm wie eine Faust entgegenschlug.

»Hallo, Mutter! Ich bins, Fanta!«, rief er, während er seinen Mantel auf eine Garderobe aus Hirschgeweih hängte.

Der Bretterboden knarrte, Fanta versuchte, nicht in die überall herumliegenden, sich in verschiedenen Stadien der Verwesung befindlichen Exkremente zu steigen, was nicht so leicht war. Er betrat die Küche, wo Mutter stumpf auf den Tisch guckte, auf dem sich die Ratten mit den Kakerlaken gütlich taten: Die Kakerlaken fraßen die Essenreste, während die Ratten die Kakerlaken fraßen. Mutter stank ungeheuerlich. Als Fanta den Raum betrat, zeigte sie keinerlei Reaktion.

»Hallo, Mutter, erkennst du mich? Ich bins, Fanta. Ich habe dir etwas mitgebracht.«

Er zog eine Flasche billigen Rotwein aus der Tasche und stellte sie auf den Tisch, was weder Ratten noch Kakerlaken in ihrem Appetit beeinträchtigte.

»Na, wie wärs? Trinken wir ein Gläschen? Aber sicher trinken wir ein Gläschen. Na, wie gehts, was tust du so? Ich sags dir, die Arbeit geht mir echt auf den Wecker, vor allem mein Chef, der lässt mich dauernd Überstunden machen.«

Nach einer halben Stunde packte Fanta die ungeöffnete Flasche wieder ein und ging zur Tür. Da gab die Frau erstmals ein Lebenszeichen von sich: Sie hob den alten Kopf mit den erloschenen Augen und winselte: »Komm zu Mama!« Dann nahm sie Fanta an ihre Brust.

MARIA MENARCHE

Das Kollektiv in der Kunstfabrik hatte in den letzten Wochen an einer Ausstellung mit dem Titel *Maria Menarche* gearbeitet. Wir erinnern uns an *The Unstoppable Sex Machine* und dass Dösis Huhn Minerva dort neben einem ziemlichen Aufruhr auch ein Ei hinterlassen hatte. Heute war die Vernissage und es gab viel zu sehen: Videomapping, Installationen, Performances, Stationentheater und natürlich auch Skulpturen, und Ulla und Dösi wollten sich das auch wegen Glautschs Performance anschauen. Im Erdgeschoß wurde die große Halle bespielt und im ersten Stock ging es weiter. Bevor es losging, holten sich die beiden was zum Trinken und schauten sich um. Im Eingangsbereich befand sich eine Objektinstallation, die an das Innere einer Kirche erinnerte.

Im hinteren Bereich der Halle stand eine Art hautfarbenes Zelt, und wer hineinwollte, musste sich durch die rosafarbenen Vorhänge, die Vulvalippen symbolisierten, durcharbeiten. Drinnen wurde die Innenansicht eines weiblichen Genitals an die Wände projiziert und aus einem Lautsprecher tönten die entsprechenden Geräusche. Kunstblut tropfte von der Decke.

»Ich frage mich, ob diese Vagina auch eine Gebärmutter hat«, sinnierte Ulla und schaute weiter nach hinten. Dort saß tatsächlich eine als Gebärmutter kostümierte Person.

»Soso, wegen dir habe ich immer wieder mal PMS«, scherzte Ulla.

»Ist ja kein Wunder. Schließlich bin ich ja hysterisch.«

Ulla lachte, aber Dösi blickte sie etwas ratlos an.

Die Gebärmutter erklärte: »Der altgriechische Name für die Gebärmutter lautet *hystéra* und das Wort *hysterisch* bezieht sich ursprünglich auf Probleme mit diesem Organ. Die alten Ägypter – und später die Griechen – glaubten, dass wenn eine Frau keinen oder zu wenig Sex hat, die Gebärmutter durch den Körper wandern kann und dass die Frauen davon deppat werden.«

»Echt jetzt?«

»Aber die Christen waren auch nicht ohne. Man glaubte, dass Frauenleiden die Strafe für Sünden waren und hysterische Frauen vom Teufel besessen waren. Gut, Frauen waren ja sowieso das Gefäß der Sünde … Später wurden Missbrauch, Mangel an Sex, ungewollte Kinderlosigkeit, Überzivilisiertheit und Faulheit als Ursachen genannt.«

»Also war Hysterie ein reines Frauenleiden?«

»Da gab es unterschiedliche Ansichten.«

Ulla wandte sich an die Gebärmutter: »Und, gehst du heute noch wandern?«

»Mal sehen, ob ich Bock hab.«

Auf dem Weg nach draußen trafen sie drei Leute, die offenbar zusammengehörten. Sie stellten, wenn man den Aufdrucken auf ihren T-Shirts glauben wollte, das Freud'sche Ich, Über-Ich und Es dar. Das Über-Ich führte das Es an der Leine und das Ich stand irgendwie dazwischen und versuchte zu vermitteln.

»ICH WILL DICH FICKEN!«, brüllte das Es und versuchte, sich auf zu Ulla stürzen, aber das Über-Ich riss es zurück.

»Schäm dich! So was geht doch nicht, was werden die Leute sagen? Und die arme Frau hast du auch erschreckt.«

Das Ich entschuldigte sich bei der lachenden Ulla.

»BOA, GEIL! BIER! HABENWILL!«

Das Es versuchte, die Bar abzuräumen, aber das Über-Ich hielt es wieder zurück.

»Du hast gerade eines gehabt, das reicht jetzt erst einmal.«

»MIR IST FAD, ICH MAG EINE TSCHICK RAUCHEN!«

»Von mir aus …«

Das Über-Ich führte das Es hinaus und das Ich trottete hinterher. Draußen schauten Dösi und Ulla rauchend und trinkend dem Trio bei seinen Aktionen amüsiert zu.

Jetzt begann die Eröffnungsperformance. Sie war an eine katholische Messe angelehnt und fand in der implizierten Kirche statt. Es spielten folgende Charaktere: Habenwürden, mehrere Priesterinnen und die junge Maria. Es gab eine Predigt, Gesänge, Gebete und schließlich wurde auch roter Wein in einem Kelch herumgereicht. Leider verstand man nicht alles, was da gesagt wurde, aber es ging darum, Marias erste Regelblutung zu zelebrieren. Maria stand auf einer roten Linie und bekam neben Hygieneprodukten auch Handlungsanweisungen wie: »Ab jetzt darfst du nicht mehr allein mit fremden Männern in den Wald gehen oder in den Lift steigen!«, »Jetzt darfst du nicht mehr bei deinen Schulkollegen übernachten!«, »Sitz wie eine Dame, was werden die Leute sagen?« und »Achte auf deine Jungfräulichkeit, denn dein Leib soll rein bleiben, um den heiligen Geist zu empfangen und den Sohn Gottes zu gebären!« Dann reichte eine Gestalt, die den Teufel darstellte, Maria einen Apfel und einen Vibrator und flüsterte ihr etwas zu. Maria biss in den Apfel, nahm daraufhin den Lustspender und deflorierte sich selbst, was die Priesterinnen mit schrillen Wehgesängen kommentierten, denn nun hatte sie Gottes Plan durchkreuzt! Der Teufel reichte allen Priesterinnen Äpfel, in die sie zögernd hineinbissen. Darauf verwandelte sich das Wehklagen in Jubel, denn auch sie hatten vom Baum der Erkenntnis gegessen, sie waren jetzt mit Gott fertig und frei. Vergnügt taten sie sich selbst und den anderen Gutes.

Dösi und Ulla hatten wieder Lust auf eine Tschick und trafen draußen das rauchende Freud'sche Trio an. Das Es machte eine obszöne Geste Richtung Ulla und bekam dafür vom Über-Ich eine Gnackwatschn. Das Ich stammelte eine Entschuldigung. Etwas abseits saß die kiffende Gebärmutter und bot Dösi und Ulla ein paar Züge an, die sie gerne nahmen. Sie jammerte über den Mangel an gutem Sex und erzählte von Queen Victorias Vorliebe für Cannabis bei Regelbeschwerden und Kokain sowieso. Irgendwann zog sie dann weiter. Dösi dämpfte den Stummel aus.

»Schauen wir in den ersten Stock? Dort waren wir noch gar nicht und ich mag mir das Stationentheater anschauen.«

Die beiden gingen die Treppe rauf und standen jetzt in einem langen Gang, von dem links und rechts Zimmer abzweigten. In der Mitte eines Raumes stand *The Unstoppable Sex Machine* und auf die Wände wurden verstörende KI-generierte Pornos voller grotesker Glitches projiziert.

Im nächsten Raum stand eine pulsierende Installation aus Schläuchen und Textilien, die von mäandernden Visuals erleuchtet war.

In einem anderen Raum fand das Stationentheater statt. Hier verkörperten ein Mädchen, eine Mutter und eine Greisin die indoeuropäischen Schicksalsgöttinnen. Die christliche Dreifaltigkeit wurde durch drei Männer dargestellt. Sie stritten darum, wer zuerst da war, wer jetzt fake und wer echt war, da stieß das Freud'sche Trio dazu. Das Es legte für alle ein paar Lines Koks in Gedenken an *Freud, die alte Koksnase* auf. Die Debatte wurde immer hitziger und schließlich handgreiflich, sehr zum Gaudium des Es.

An den Wänden des nächsten Raumes hingen hunderte blutende Vulven. Jede sah ein bisschen anders aus, manche waren durch Beschneidung verstümmelt, manche behaart, manche rasiert oder stoppelig, manche jung, manche alt, jede so individuell wie ein Gesicht.

Der nächste Raum sah wie ein Kleidergeschäft aus. Alle Textilien hatten die typischen Flecken, die nun einmal entstehen, wenn die Monatshygiene versagt.

Im gegenüberliegenden Raum sangen *Blunzn* gerade ein Gstanzl. Sie zupfte einen Kontrabass, er spielte dazu Akkordeon und die Gebärmutter begleitete sie mit der Geige. Die Bassistin sang:

Mei Wuaschtsemmal stingt noch Fisch
Mei Wuaschtsemmal stingt noch Fisch
Und es zwiefelt und es brunzelt
Und es ist scho ganz verhutzelt
Doch i wü, dass es wer zuzelt
Unterm Tisch

Dösi und Ulla konnten mit dem Humor nichts anfangen und zogen weiter. Der Boden des nächsten Raumes war vollständig mit Hühnereiern bedeckt, die teilweise hinausgerollt waren, und man musste auch am Gang aufpassen, wo man hinstieg. Die Installation hieß *Walking on Eggs in a Male Dominated World*.

Ein paar Türen weiter fand eine Art Workshop statt. An der Wand war ein Spiegel wie in einer Ballettschule angebracht, und die Akteur·innen in Yogakleidung standen davor und folgten den Anweisungen von Glautsch, der Kursleiterin. Dösi und Ulla hatten den Anfang ihrer Performance leider verpasst. Glautsch gab der Gruppe gerade Anweisungen.

»Jetzt die Pobacken fest zusammenzwicken, dabei spürst du, wie sich dein Genital nach vorne bewegt.

Nun lege deine Hände locker und zärtlich auf dein Genital.

Und lass dir Eier wachsen.

Atme ruhig und regelmäßig.

Visualisiere deine Eier zwischen deinen Beinen.

Erlaube ihnen zu entstehen.

Gib ihnen Platz zu wachsen.

Spüre, wie sie sich mit jedem Ausatmen stärker manifestieren.

Lass dir Eier wachsen.

Nun atmen wir gemeinsam und lassen jedes Ausatmen mit einem kraftvollen Ha ertönen.

Lass dir Eier wachsen!

Ha!

Lass dir Eier wachsen!

Ha!

Lass dir Eier wachsen!

Ha!«

Das Publikum applaudierte.

Im letzten Raum war es ganz finster, nur ein kleiner Spot leuchtete von der Decke auf eine kleine Stelle am Fußboden. Wenn man dort Platz nahm, hörte man eine leise Stimme unentwegt flüstern: »Setz dich hin, sei still und schäm dich. Setz dich hin, sei still und schäm dich …«, und wenn man sich woanders hinsetzte, flüsterte eine andere Stimme unentwegt: »Scham, Schande, Schuld. Scham, Schande, Schuld …«, woanders: »Unrein, befleckt, geschändet« und »Das Weib soll in der Gemeinde schweigen.«

Sie kehrten um und kamen noch einmal bei *Blunzn* vorbei, die gerade einen anderen Song spielten. Darin ging es um eine Fleischhauerfamilie, beim nächsten ging es um Senf und Leute am Würstlstand. Das Publikum applaudierte, die Künstler·innen verneigten sich und Dösi und Ulla hatten wieder Lust rauszugehen.

»Die habens echt mit Fleischwaren …«

»Na ja, passt eh, Blunzn halt.«

Sie holten sich Drinks an der Bar und fanden zwei Liegestühle unweit des Freud'schen Trios. Die reichten gerade eine Schnapsflasche herum, das aufgeregt plappernde Es hatte noch ein paar Lines aufgelegt und die beiden anderen zogen kräftig mit. Nach und nach fielen sie aus ihren Rollen und wurden immer ähnlicher, schneller und lauter. Eines fiel dem anderen ins Wort, jedes wollte, dass ihm die anderen zuhörten, keines fühlte sich verstanden, jedes wusste es besser.

Irgendwann sangen sie gemeinsam: »Hey, hey, Wickie, hey, Wickie, hey …«

»Wie kommen die jetzt da drauf?«, fragte Dösi.

Ulla grinste.

»Na ja, denk mal nach. Was macht Wickie immer, bevor er eine Idee hat?«

Sie rieb sich die Nase mit dem Zeigefinger und atmete scharf ein, so als ob sie ein Pulver sniefen würde. Ulla lachte und Dösi jaulte auf.

»Wickie ist also ein koksendes Kind. Wenn ich über Wickie und die starken Männer nachdenke, ist das wirklich Tragische, dass die Männer von Flake fast alle unglaublich dumm sind. Und die Frauen sind sehr klug, aber haben nichts zu melden. Und alle machen, was das koksende Kind sagt.«

»Die Männer sind ja auch immer auf großer Fahrt. Was glaubst du, wie sie an all die Schätze kommen?«

»Danke, dass du mir meine Kindheit versaut hast, Liebste!«

»Schau uns an! Kein Wunder, was aus uns geworden ist!«

Sie gaben sich einen Schmatz.

Schließlich wurde es Dösi und Ulla zu hektisch, sie suchten sich einen ruhigeren Platz, davon gab es in der Schuhfabrik ja viele. Dort rauchten sie gemütlich einen Ofen und begannen zu schmusen, schließlich zogen sie sich in den Bus zurück und dort taten sie alles, um zu verhindern, dass Ullas Gebärmutter auf Wanderschaft ging.

PENISPUNX

Es war ein heißer Sommertag, und Wurli, Tontechniker im Gürteltier und Jessi's Ex, war in der Tätowiererei, um sich bei Lena ein neues Tattoo machen zu lassen. Schorsch, der Inhaber, saß skizzierend am Arbeitstisch, es lief *Alice in Chains* und Lena füllte konzentriert die Hexagone auf Wurlis Brust mit Dotwork aus. Immer wieder setzte sie ab, sprühte etwas drauf und wischte Blut und überschüssige Farbe weg.

Surren, sprühen, wischen. Surren, sprühen, wischen.

Wurlis Gesichtsausdruck verriet die unangenehmen Stellen. Es war ja nicht sein erstes Tattoo, aber die Brust war empfindlicher, als er gedacht hatte. Noch ging es, aber er würde bald eine Pause brauchen.

»Woher kennt ihr euch eigentlich?«, fragte er.

Schorsch drehte sich zu ihm.

»Aus Hamburg. Da haben wir beide beim Achim gelernt.«

Lena schmunzelte.

»Jaja, der Achim. Was wir Orangen tätowieren mussten, bevor er uns ranließ …«

»Oh ja, jedes Mal, wenn ich Orangen rieche, muss ich an Hamburg und Achim denken. Hast du eigentlich noch Kontakt?«

»Nö, du?«

»Ich habe ihn vor zwei Jahren das letzte Mal gesehen, das war auf einer Convention. Er hatte dort auch einen Stand. Na ja, ist auch nicht jünger geworden und braucht auch schon eine Brille.«

»Was habt ihr vorher so gemacht?«

»Ich habe an sich Grafiker gelernt, aber das hat mir irgendwann keinen Spaß mehr gemacht, dauernd mies bezahlt irgendwelche Werbesujets entwerfen, Kunden, die nachverhandeln, wenn das Projekt abgeschlossen ist und sie endlich zahlen sollen. Und im Grunde bist du ein Rädchen in dieser Wegwerfgesellschaft, die dir dauernd irgendeinen neuen Scheiß verkaufen will.«

»Ich bin eigentlich diplomierte Krankenpflegerin, aber das System frisst dich auf. Gezeichnet habe ich immer schon gern. Und, wie bist du Tontechniker geworden?«

»Na ja, eigentlich bin ich Altenpfleger, aber nur noch Teilzeit. Tontechnik mache ich nur nebenbei, das hat sich irgendwie so ergeben. Dann habe ich halt ein paar Kurse belegt.«

Lena war überrascht: »Die haben dir erlaubt, in Teilzeit zu gehen? Cool!«

»Na ja, ich hatte Burnout und war fast ein Jahr im Krankenstand. Ich hab denen gesagt, mehr geht einfach nicht, take it or leave it.«

Lena nickte nachdenklich. »Diese Pflegejobs gehen echt auf die Substanz.«

»Ja, vor allem diese schwachsinnigen Dienstpläne mit zig Überstunden. Kein Wunder, dass so viele früher oder später den Hut draufhauen, aber dadurch wird das Problem nur größer.«

»Man erlebt aber auch wirklich viel, fad wirds nicht.«

»Wir hatten da so einen ehemaligen Mathematikprofessor aus Polen, der war schon ziemlich dement. So ein kleiner, dünner Greis mit einer riesigen Brille, er sah ein bisschen wie eine Maus aus. Er konnte früher richtig gut Deutsch, aber wegen der Demenz hat er nur noch Polnisch gesprochen, verstanden hat er Deutsch aber schon. Das war dann oft schwierig, weil er so frustriert war, wenn wir ihn nicht verstehen konnten. Der hat sich auf seine alten Tage noch verliebt.«

»Awww, in wen denn?«

»Seine Angebetete war auch schon über neunzig, aber noch ganz hell im Kopf. Die hat einen herrlichen Schmäh gehabt. Eine Kollegin hat sie einmal gefragt, was sie an Professor Maus so anziehend gefunden hat, und sie hat gesagt: ›In meinem Alter kann man nicht wählerisch sein.‹ Herrlich! Klingt jetzt etwas kaltherzig, aber sie hat ihn dauernd betuttelt, ihm gesagt, er soll die letzte Apfelscheibe aufessen und so. Sie sind auch gern händchenhaltend im Garten gesessen.«

»Echt süß.«

»Ja, schon. So was wärmt das Herz.«

Lena war mit einem weiteren Hexagon fertig.

»So, Pause.«

Wurli setzte sich raus, um zu essen, zu trinken und zu rauchen. Lena ging ein paar Schritte und streckte sich, dann schaute sie in die Kindergruppe. Yamuna schlief noch, sie würde später zum Stillen vorbeikommen.

»Wenns wenigstens nicht so verdammt heiß wäre«, beklagte sich Wurli einige Zeit später, während Lena weiterarbeitete. Sie hörten gerade *Ween*.

»Na ja, du könntest ja eine kurze Hose anziehen bei den Temperaturen, nicht?«, warf Schorsch ein. Wurli biss die Zähne zusammen. Seine Lippen waren schmal, er atmete immer wieder schwer. Schön langsam hatte er genug für heute. Es ging gut voran und Lena würde bald für heute fertig sein, aber bis dahin hieß es, sich zammreißen.

»Das mit den langen Hosen ist so eine Sache bei mir …«

»Aha?«, fragte Lena.

Wurli schwieg.

»Magst du deine Beine nicht herzeigen?«

»Darum geht es nicht.«

»Sondern?«

»Das ist mir jetzt etwas peinlich.«

»Ah geh. Was beim Stechen gesagt wird, bleibt dort.«

»Wenn ich's euch sag, verarscht ihr mich sicher nur, wenn ihr mir überhaupt glaubt.«

»Jetzt bin ich wirklich neugierig.«

Schorsch warf Wurli einen herausfordernden Blick zu.

»Okay, Lena, bitte versteh das jetzt nicht falsch, ja?«

»Mich schreckt nichts mehr …«

Sie arbeitete unbeirrt weiter.

»Na gut, also … Wie soll ich sagen, ich habe halt einfach ein, ähm, sehr großes Gemächt. Und wenn ich Shorts anziehe, dann, na ja, kann es passieren, dass mein Nudlaug hervorlugt.«

»Schön für dich, schön für die Damenwelt.«

Lena tätowierte gelassen weiter.

»Ja, das sagen alle, aber ihr habt ja keine Ahnung, wie das ist.«

»Bruder, ich hab das gleiche Problem!«

Lena grinste.

»Was? Echt?«

Wurli war erleichtert, in Schorsch eine verwandte Seele gefunden zu haben.

»Kein Scheiß, es ist die Hölle.«

»Ja. Es fängt schon mal mit der Unterwäsche an …«

»Genau!«

»… von Badehosen einmal ganz abgesehen. Ich war das letzte Mal mit dreizehn im Schwimmbad.«

»… und nachher nie wieder, ich auch!«

»Und wenn du an der Pissrinne stehst, glotzen auch die Heteros.«

»Ja, genau. Und manche gratulieren dir und sagen, dass sie dich um dein Glück beneiden.«

»Dabei haben die keine Ahnung, das ist echt nicht lustig. Weißt du, wie oft die Frauen geradezu geschockt sind, wenn sie ihn das erste Mal sehen? Die kriegen richtig Angst vor dem Ding. Und manche haben schon gesagt, sorry, aber nein. Weißt du, wie frustrierend das ist?«

»Jaaa, voll! Und Kondome kannst du auch nicht einfach beim dm kaufen.«

Lena schmunzelte.

»Die ganzen Blicke bei der Musterung …«, fuhr Wurli fort. »Ich fliege schon seit Jahren nicht mehr wegen der Securitychecks, das ist mir einfach zu peinlich«, setzte Schorsch nach.

»Ich auch nicht.«

Lena wischte.

»So, fertig für heute.«

Wurli setzte sich erleichtert auf. Lena sprühte und wischte noch einmal das Tagwerk ab, dann schmierte sie eine Creme drauf. Schorschens kleine Augen blitzten listig.

»Wirst du auch manchmal ohnmächtig, wenn du eine Erektion hast?«, fragte er.

Wurli blickte Schorsch an und sah erst jetzt, dass er Shorts trug.

»Oida, du bist so deppat …«

Er wirkte ehrlich gekränkt. Er schwieg, während ihm Lena sein Tattoo noch einmal reinigte und verpackte. Er überreichte Lena wortlos den vereinbarten Betrag, den sie dankend einsteckte. Er ging Richtung Tür, aber dann drehte er sich doch um und schaute Schorsch zornig an.

»Das ist ein echtes Problem, weißt du?«

Er schickte sich an zu gehen, aber Schorsch war noch nicht fertig mit ihm.

»Na dann zeig mal her, das große Problem.«

Der meinte das ernst.

»Du willst jetzt echt meinen Schwanz sehen, oder was?«

Schorsch nickte ihn herausfordernd an und Lena war offenbar auch neugierig. Wurli rollte mit den Augen.

»Ihr zwei seid echt so was von kindisch …«

Er nestelte an seiner Hose und ließ sie heruntergleiten, dann zog er auch seine Unterhose runter und blickte die beiden herausfordernd an.

»Na, zufrieden?«

»Bisdudeppat …«

»Wow …«

Er hatte tatsächlich ein sehr beeindruckendes Geschlecht.

»Und nein, bevor ihr fragt, mein Vater war weder ein Pferd noch ein Esel, ich brauche keinen Waffenschein dafür, und ja, ich habe versucht, mir selbst einen zu blasen, aber das geht sich dann doch nicht aus. Und nein, Lena, ich will NICHT, dass du ihn fotografierst.«

Sie schaute betreten und steckte das Handy wieder weg. Wurli zog sich wieder an und Schorsch reichte ihm ein Versöhnungsbier.

»Ich nehme alles zurück und entschuldige mich.«

»Akzeptiert.«

»Wisst ihr, wie scheiße das ist, wenn deine Familie an so was zerbricht? Darum hat mich Jessi verlassen. Und ich kann nicht mal sauer sein, es hat einfach auf Dauer nicht funktioniert. Ich geh damit eh nicht hausieren, aber wenn schon wer fragt und du einmal mit wem ernsthaft drüber reden willst, verarschen dich alle. Das nervt.«

Lena senkte den Blick.

»Sorry …«

Wurli grummelte: »Passt schon.«

Sie bemerkten, dass gerade *Waving My Dick in the Wind* lief und prusteten los wie Teenager.

Der Komtur

Marianne trug die schweren Einkaufstaschen die Treppe hinauf. Noch ein Stockwerk, dann würde sie sich erst einmal eine Kanne Tee machen. Als sie den Schlüssel ins Schloss steckte, bemerkte sie, dass die Tür nur zugeschnappt war. War Emil schon zu Hause? Sie zog sich die Schuhe aus, ging in die Wohnküche und ließ vor Schreck die Einkaufssackerln fallen.

Ihr Vater saß am Küchentisch, breitbeinig und raumfüllend mit seiner patriarchalen Aura. Er trug Krawatte und einen tadellosen schwarzen Dreiteiler. Sein Hut lag auf dem Tisch. Er wirkte hier, in ihrem Heim, so bedrohlich und surreal wie die zum Leben erwachte Friedhofsstatue des Komtur in der Mozartoper, und sie fühlte sich wie Don Giovanni, der zur Rechenschaft gezogen und dann in die Hölle gestoßen wird.

»Setz dich!«

Marianne gehorchte.

Nach einer Weile presste sie ein »Hallo Papa!« hervor.

»Hallo. So, jetzt räum die Sachen in den Kühlschrank und mach einen Kaffee. Und ich erwarte eine saubere Tasse.«

»Wie schaut es mit der Masterarbeit aus?«

»Ich bin am Finalisieren. Diplomprüfung wird wohl Ende Wintersemester sein.«

»Gut. Ich erwarte, dass du deine ganze Aufmerksamkeit deinem Abschluss widmest. Nach deinem Abschluss wirst du zurück nach Dornkirchen kommen und dich um deine Mutter und das Haus kümmern.«

Marianne starrte ihn an.

»Das bist du uns schuldig.«

Der Vater blickte schweigend aus dem Fenster. Nach einer Weile deutete er auf die Stelle, wo das Sofa gestanden hatte.

»Da drüben, oder?«

Marianne nickte. Er stand auf, schritt über den knarzenden Parkettboden zu der Stelle und kniete nieder. Er kehrte Marianne seinen Rücken zu, so blieb er eine ganze Weile. Dann bekreuzigte er sich und stand auf.

»Wieso bin ich euch das schuldig?«

»Ich bin überzeugt, du hättest dieses Missgeschick verhindern können. Aber wahrscheinlich hast du nur dagesessen und geglotzt.«

»Papa, der hat mir den Revolver an den Kopf gehalten und abgedrückt, was glaubst du, wie es mir da gegangen ist?«

»Ihr Weiber habt alle keine Eier! Schau, deine Mutter ist ja immer schon labil gewesen, seit dieser Sache ist es nur noch schlimmer geworden. Ich trage viel Verantwortung und kann sie nicht babysitten.«

»Dafür gibt es Profis. Haushaltshilfen, Pflegekräfte, …«

»Dafür gibt es Familie! Töchter und Tanten. Deine Mutter hat dich getragen, geboren, aufgezogen – und jetzt bist du dran, dich zu revanchieren. So funktioniert das in dieser Welt.«

»So funktioniert das in *deiner* Welt.«

»So funktioniert das in der einzig relevanten Welt. Das da …«

Er deutete auf die Poster, Wandtücher und Schallplatten.

»… ist irrelevant. Eure ganze Genderei nervt euch ja selber! Klebt euch auf die Straße, blockiert den Verkehr mit euren hirnrissigen Demos, macht eure lächerlichen Workshops. Es wird Zeit, dass du wieder vernünftig wirst und dein Leben in die Hand nimmst, dort wo du gebraucht wirst. Deinen Beitrag leistest, etwas zurückgibst.«

»Hast du was von Albrecht gehört?«

Das saß. Eben erst hatte er Klaus verloren, und der ältere Sohn lag im Sterben und ließ ihn nicht an sich heran. Für einen Moment verzerrte ein tiefer Schmerz das ansonsten beherrschte Gesicht des Patriarchen. Und seine Lippen zitterten.

Als der Vater kurz darauf aufbrach, um den Zug nach Dornkirchen zu nehmen, war Marianne erleichtert, dass er weg war. Sie riss die Fenster auf, wusch das Geschirr, wischte die Küche sauber, saugte und brachte den Müll zum Container. Als sie wieder die Treppen hochstieg, da merkte sie schon, wie ihr Hals immer enger wurde, ihre Zähne knirschten, wie sie eine heiß-kalte Hand zwischen den Schulterblättern anfasste und dass es ihr gar nicht, nein, wirklich überhaupt gar nicht gut ging. Ihre Hände zitterten, als sie versuchte, die Tür zu öffnen, die Verzweiflung kam hoch, was, wenn sie die Tür nicht mehr aufkriegt, Panik, nochmal, jetzt endlich, so, rein, Schuhe aus, hinlegen, Boden, nein, Bett, hinlegen, Decke, Polster, weich, ausziehen, reinkuscheln, ins Polster schreien.

DIE MAUSERPROBE

Als Emil heimkam, lag Marianne in Embryostellung im Bett. Oje, die Schicht war hart genug gewesen, jetzt das auch noch.

Er freute sich schon auf die Reha, die anstandslos bewilligt worden war. Als Psychiatriekrankenpfleger wusste er viel über posttraumatische Belastungsstörungen, und es war offensichtlich, dass sie beide darunter litten. Den Scheiß wollte er so schnell wie möglich besiegen.

Eigentlich wären jetzt ein Ortswechsel, eine meditative Tätigkeit und klare Tagesstruktur gut für ihn, aber hier lebte er am Ort des Geschehens. Außerdem arbeitete er im Radldienst und die brauchten ihn dort, er konnte sich nicht einfach in den Krankenstand vertschüssen, obwohl er ihn eigentlich dringend benötigte. Wurscht, nehm ich Burn-out gleich mit, is a scho ghupft wie ghatscht. Emil schmunzelte resigniert.

»Hey, Süße …«

»Hmmm? Ah, hallo, Emil, komm her …«

Sie schlug die Decke zurück und er legte sich zu ihr ins Bett.

»Und? Ollas oasch?«

»Ollas oasch!«

Sie rubbelten sich zärtlich ab. Mariannes Hand hob sein Shirt und schubbelte seine Brusthaare. Emil schnurrte und fing an zu grunzen und Marianne lachte – sie hat so ein schönes Lachen, dachte er, wie Sonne im Herzen, so lange hast du nicht mehr gelacht, meine Liebste, du toughe, coole, geile Frau, du – und sie blödelten und neckten einander, hatten richtig guten Sex und schliefen dann den süßen Schlaf der gerechten Gepuderten.

Marianne musste Pipi, sie löste sich behutsam aus der Umarmung, um Emil nicht zu wecken. Der hatte eine lange Schicht hinter sich und sollte erst einmal schlafen. Sie machte sich eine Kanne Ayurvedatee, setzte sich an den Tisch und ließ ihre Gedanken schweifen.

Und so erinnerte sie sich an eine Begebenheit, die sie mit siebzehn ausgestanden hatte. Ihr Vater war mit ihren Zukunftsplänen nicht einverstanden gewesen.

»Ich lasse nicht zu, dass du mir in Wien verwilderst. Du wirst hier in Dornkirchen studieren.«

»Aber dort kann man nicht Biologie mit diesem Schwerpunkt studieren.«

»Dann studierst du eben etwas anderes.«

Sie standen im holzgetäfelten Jugendstil-Arbeitszimmer des Patriarchen, das Fenster in den Garten war geöffnet. Marianne wusste nicht weiter. Sie wollte unbedingt nach Wien. Deshalb hatte sie sich ein Studium ausgesucht, das es nur an der Uni Wien gab. Aber er war nicht umzustimmen.

Von der Mutter konnte sie keine Hilfe erwarten. Die lag benebelt herum.

Doch es gab noch eine Möglichkeit, eine alte Familientradition der Fuchsenseer. Die war aber schon die höchste Eskalationsstufe bei einem Konflikt. Wollte sie es darauf anlegen? Die Regeln waren klar und unerbittlich. Sie zögerte, aber nach einer Weile dachte sie, *hell yeah*, und sprach mit klarer, fester Stimme:

»Vater, lassen wir das die Mauserprobe entscheiden.«

Ihr Vater blickte sie ernst an: »Die Mauserprobe soll entscheiden, ob du in Wien studieren wirst.«

»Die Mauserprobe soll entscheiden, ob ich in Wien studieren werde.«

Sie gaben sie sich einen guten, festen Händedruck. In ihren Augen war Entschlossenheit und Stolz, in beiden floss doch das Blut der Fuchsenseer, mit all seinem Wahnsinn.

»Also um Mitternacht, hier im Arbeitszimmer«, sprach der Vater.

»Ich werde kommen.«

Um Mitternacht klopfte Marianne an die Tür und ihr Vater rief: »Herein.«

Sie schloss die Tür hinter sich und nahm an dem Tisch Platz, wo bereits die Kassette lag. Sie trug die Aufschrift »Mauser«.

Sie saßen einander gegenüber, im Schein der Lampe sah man ihre Hände auf dem Tisch, das Licht warf tiefe Schatten über ihre Gesichter.

»Was sagst du nun, um Mitternacht? Willst du immer noch in Wien studieren?«

Jetzt hätte Marianne nur sagen müssen: »Nein, ich werde nicht in Wien studieren«, um aus der Sache noch einmal rauszukommen. Aber sie zog es durch:

»Die Mauserprobe soll entscheiden, ob ich in Wien studieren werde.«

»Die Mauserprobe soll entschieden, ob du in Wien studieren wirst.«

Sie zündete sich eine Zigarette an und er reichte ihr den Aschenbecher. Bei der Mauserprobe war Rauchen im Haus erlaubt. Inzwischen öffnete der Vater die Kassette und nahm den Revolver heraus. Er hatte dem Gauleiter Helmuth Fuchsenseer gehört und war ein Familienerbstück. Helmuth begründete die Mauserprobe im Hause Fuchsenseer und diese Tradition wurde von Generation zu Generation weitergegeben.

Die Herausforderin reinigte die Waffe, der Opponent baute sie zusammen und lud eine Kugel in die Trommel. Die Herausforderin ließ die Trommel kreisen, dann legte sie die Waffe gesichert auf den Tisch.

Jetzt konnten beide immer noch kapitulieren, aber weder Herausforderin noch Opponent taten es, stattdessen sprachen sie:

»Die Mauserprobe soll entscheiden, ob ich in Wien studieren werde.«

»Die Mauserprobe soll entschieden, ob du in Wien studieren wirst.«

Die Herausforderin entsicherte die Waffe und richtete sie auf ihren Kopf. Auch jetzt hätte sie noch kneifen können, aber sie tat es nicht.

»Die Mauserprobe soll entscheiden, ob ich in Wien studieren werde.«

Auch der Vater hätte seine Niederlage eingestehen und sie nach Wien ziehen lassen können, allein, er tat es nicht.

»Die Mauserprobe soll entschieden, ob du in Wien studieren wirst.«

Sie drückte ab und es klickte.

Erleichtert legte sie die Waffe auf den Tisch. Der Vater drehte die Trommel, hielt die Mauser an seinen Kopf und drückte ab. Es klickte, und ganz kurz bröckelte seine Fassade und er schnappte hektisch nach Luft.

Die Mauserprobe hatte entschieden. Marianne würde in Wien studieren und der Vater hatte sein Gesicht gewahrt.

HACH, SCHATZ!

»Und deshalb muss ich jetzt nach Dornkirchen fahren und mich der Mauserprobe stellen, verstehst du?«

Emil starrte Marianne entgeistert an.

Rang nach Worten.

Kämpfte eine Panikattacke runter.

Schwieg.

Schließlich presste er hervor: »Du willst mit deinem Vater dieses perverse russische Roulette spielen?«

Das durfte doch alles nicht wahr sein!

»Spinnst du?«, schrie er verzweifelt.

»Sonst wird er mich nie in Frieden lassen.«

»Ist dir eigentlich klar, wie absurd dieser Wahnsinn ist? Außerdem, du bist eine erwachsene Frau, du kannst machen, was du willst, du schuldest ihm keinerlei Rechenschaft. Und er kann ja auch seine tolle politische Karriere beenden und sich selber um seine Frau kümmern, wenn ihm Familie so wichtig ist.«

»Pflege ist in seinen Augen nicht die Aufgabe von wichtigen Männern wie ihm.«

»Und diese Rollenverteilung akzeptierst du jetzt einfach?«

»Ja, das ist scheiße. Aber du hast keine Ahnung, wie mächtig er ist. Leute mit meiner Ausbildung arbeiten oft in staatlichen Institutionen, staatsnahen Betrieben, Museen, Forschungseinrichtungen oder im Umweltministerium. Da kann er mir ordentlich Steine in den Weg legen.«

»Ja, aber ich glaube nicht, dass er so allmächtig ist, wie du zu glauben scheinst. Und selbst wenn, könntest du immer noch bei einer NGO unterkommen oder etwas anderes machen, als dir dein FUCKING HIRN WEGZUBLASEN!«

Emil schurlte auf und ab, während Marianne am Tisch saß. Sie nippte an ihrem Tee.

»Ich weiß, für Außenstehende ist das schwer zu verstehen.«

Ihre Wuschellocken waren offen und fielen über ihr wunderschönes Puppengesicht mit der Stupsnase, die Emil so liebte. Sie trug blautürkise Schlabberklamotten und ihre schwarzlackierten Zehennägel lugten unter den Stofflagen hervor. Er hatte sie so unglaublich lieb, aber ihre Familie mit ihren Sitten machte ihm Angst. Und Marianne teilte offensichtlich ihren Wahnsinn.

»Mädl, bitte, ihr habts zu viel Tarantino und japanische Heldenfilme gschaut.«

Marianne zuckte mit den Schultern. Hach Schatz, da werden wir uns wohl nicht einig werden, schade. Sie hatte ihn so unglaublich lieb, aber manche Dinge verstand er eben nicht, da kam er aus seiner Bubble nicht raus.

Emil versuchte es anders: »Aber du hast die Mauserprobe doch mit siebzehn schon gemacht, wie du sagst. Du bist doch schon in Wien!«

»Ja, aber die zählt nur fürs Studium, nicht für die Zeit danach.«

Emil stieß einen verzweifelten Urlaut aus. Es war zum Wahnsinnigwerden.

Sie schwiegen. Da hatte Emil noch eine Idee und zückte sein Handy.

»Sag mal, du hast gesagt, dass das eine Mauser ist, oder?«

»Ja.«

»Aus der Nazizeit …«

»Genau.«

Emil tippte. Nach einer Weile sagte er: »Interessant.«

»Was?«

»Komm her, schau dir das an!«

Er hatte am Handy schnell »Mauser« gegoogelt. Ein paar Klicks weiter war zu lesen, dass Mauser erst ab den 1970er-Jahren Revolver herstellte.

»Also irgendwas ist faul an der Legende.«

Marianne kaute schweigend an ihrer Lippe.

»Vielleicht ist unsere ja ein Prototyp, der nie in Serie ging? Das würde auch erklären, warum sie so besonders ist.«

»Und ich dachte, die ist so besonders, weil sich der Gauleiter-Naziopa damit vor seiner Ergreifung durch die Alliierten gedrückt hat. Ganz wie Adolf Hitler.«

»Na also bitte, das ist aber schon was anderes. Hitler hat sich einfach erschossen, der Helmuth hat das Schicksal entscheiden lassen.«

Emil warf ihr einen entgeisterten Blick zu. Echt jetzt, wie brainwashed kann man sein! Na ja, vielleicht ist jetzt eh ein guter Zeitpunkt, es ihr zu sagen …

»Du, ganz andere Sache jetzt.«

»Ja?«

»Also ich hab dir eh schon gesagt, dass ich PTBS hab und das behandeln lass. Jetzt ist es so, dass ich mich hier in dieser Wohnung einfach nicht mehr wohlfühlen kann. Es geht einfach nicht. Dein Bruder ist da« – er deutete auf die Stelle – »ums Leben gekommen und … ich werde ständig retraumatisiert und deshalb zieh ich jetzt mal für ne Weile aus. In der Schuhfabrik ist in einer WG grad ein Zimmer für ein Jahr frei geworden.«

Und du machst mich krank, meine Liebste, dachte er, und ja, das tust du nicht mit Absicht, aber diese Meldung vorhin hat meine letzten Zweifel beseitigt.

Die Worte schmerzten Marianne, aber sie nickte schweigend. So saßen sie still da, in ihren Gedanken versunken. Marianne war zu dickköpfig, um es zuzugeben, aber Emil hatte Zweifel an dem Mausermythos gesät. Da würde sie sich erst einmal schlau machen, bevor sie ihren Vater herausforderte.

Nach einer Weile kuschelten sie sich schweigend im Bett aneinander, und auf Mariannes Zunge brannte eine Frage, die sie sich nicht zu stellen traute: Willst du, dass ich dich dann dort besuche, in deinem WG-Zimmer?

MAMIE

Ein blaugrüner Morgen. In der Schuhfabrik war es still, nur der leichte, ruhige Regen war zu hören. Lena stand in der Tür des Wohntrakts, genoss die Ruhe und atmete die frische Luft tief ein. Noch waren Reste des Sommers zu spüren, aber die Blätter begannen sich zu verfärben und ein paar lagen schon am Boden. Die Tage wurden wieder kürzer und sie würde langsam Winterkleidung für Yamuna brauchen.

Irgendwann hörte sie Schritte. Auf der anderen Stiege schlapfte jemand langsam in Pantoffeln die Treppe herunter. Schließlich trat sie hervor: Mamie, eine kleine Greisin mit langem Haar, das Gesicht gezeichnet von Armut und Grauen. Ihre großen dunklen Augen blickten in sich gekehrt, sie schien in ihrer eigenen Gedankenwelt versunken. Sie schlurfte mümmelnd unters Vordach. Dort streckte sie sich und blickte herum, und als sie Lena sah, erhellte sich ihre Miene. Die Frauen nickten sich freundlich zu. Mamie bat Lena gestikulierend um eine Tschick und sie rauchten schweigend gemeinsam.

»Mamie, magst du auch einen Kaffee?«

Die Alte nickte und hob zahnluckig grinsend den Daumen.

Der Regen ließ nach und hörte schließlich ganz auf, und die Morgensonne schien auf die Möbel vor dem Wohntrakt. Einige Zeit später stieß Dimitri mit seinem Schachbrett dazu. Er brachte Semmeln und eingelegte Wurst mit. Lena blieb bei ihrem veganen Essen, aber Mamie und Dimitri zuzelten schweigend an den Würsten, tief versunken in die Partie.

Lena hatte gehört, dass Mamie jahrelang obdachlos gewesen und immer etwas abseits des nahegelegenen Supermarktes gesessen war, inmitten ihres Urins, mit ihrem Pappbecher. Die Punks hatten sie immer wieder gegrüßt, ihr was zum Essen und Trinken gebracht und sie auch eingeladen, in die Schuhfabrik zu kommen. Schließlich, an einem besonders kalten und niederschlagsreichen Tag, war sie mitgekommen und geblieben. Sie mochte anfangs gar nicht ins Haus gehen und campierte zunächst unter dem Vordach. Sie musste erst wieder lernen, sich sauber zu halten und aufs Klo zu gehen, das hatte sie irgendwann vergessen. Anfangs hatte Mamie auch wenig gesprochen, nur gelegentlich Wortfetzen in einer Sprache, die niemand in der Schuhfabrik verstand. Sie konnte damals kaum Deutsch, aber Schach liebte sie und mit der Zeit taute sie auf.

Jetzt zog sie, an einer Semmel mümmelnd, mit dem Turm. Lenin saß auf ihrem Schoß und ließ sich ein Stückchen Wurst schmecken.

Lena brachte Yamuna zur Kinderbetreuung und kam dann mit einer frischen Kanne Kaffee zurück. Örich, der Ossi auf der Walz, Sissi, Momo und Abdu hatten sich dazugesetzt und bald darauf tauchte auch Püppi wieder einmal auf. Sie hatte schon wieder im Strausspark mit den Drogenkids bis tief in die Nacht gefeiert, war weggepennt und der Regen hatte sie geweckt. Ihre Clique war ohne sie weitergezogen, ihr Handyakku, ihre Geldbörse und ihre Seele waren leer, sie sah blass und verwahrlost aus, war ziemlich einsilbig, kaute an einem Brot und schlürfte Milchkaffee.

Als sie etwas lebendiger wurde, kam sie mit Sissi ins Gespräch, und der lud sie ein, doch mal zum Wuzeln zu kommen.

»Ich überlegs mir«, sagte sie.

Mit vollem Handyakku, einem Zwanziger von Sissi und einem relativ guten Gefühl zog Püppi weiter. Der Tag hatte sich sehr positiv entwickelt, fand sie. Fehlte nur noch Tom mit seinem Zauberpulver, dann würde der Tag perfekt sein. Na, vielleicht war er heute im Gürteltier.

Jetzt schlurften Franzl und Hedi mit Wolljacken und Kaffeehäferln herbei. Franzl hatte am letzten Wochenende ein Konzert mit ein paar anderen Pensipunx gespielt. Er zeigte Schallplatten aus den 80ern herum.

»Die do, sigst? Des bin i, die ondan san scho olle hin.«

»Was?«

»Jo, der do is ausm Fensta gsprungen, der hot gsoffn und der hot Krebs ghobt.«

»Und mit wem hast du gestern gespielt?«

»No mit anderen Überlebseln von anderen Bands von damals, haha.«

Lena staunte immer wieder über diesen schwarzen Wiener Humor.

»Na jedenfois, nach dem Soundcheck geh i kurz haam, muass i unterwegs plötzlich schiffn.«

»Mah, warum bist du nicht vorher gegangen?«, schimpfte Hedi.

»Naa, hob i ned denkt dran. Na jo, i stell mi in an Hauseingang und wischl. Und plötzlich stehn do zwaa Kiwara.«

»Na need! Host Strof zoit?«

»Naa, i hob mi umdreht und ganz bedeppat gschaut. So, Herrinschpeektor, tuat ma laad, wissens eh, in meim Oita … Und da habens mi verwarnt und mir gsagt, i soi des nächste Moi vurher schiffn gehn. Na jo, soit i eh. Aber guat, dass mi ned durchsucht hobm, i hob jo no wos einstecken ghabt …«

»Heast, wo sind schon wieder meine Schlüssln?«

Hedi nestelte in ihrer Tasche, da kam der alte Loisl aus der Tür, mit einem Märchenbuch unter dem Arm. Er wurde freudig empfangen und bekam ein schönes Platzerl. Hedi nestelte, und Loisl schaute ihr eine Weile zu, wie sie keppelte.

»Der taucht schon wieder auf. Musst drei-, viermal am selben Ort nachschauen.«

Loisl sprach mit einem herrlich aus der Zeit gefallenen, alten Wienerisch. Hedi grummelte.

»Bist du mit der Theorie der temporären Gegenstände vertraut?«

»Naa, bin i ned!«

Sie schien auch gerade keine Lust zu haben, davon zu hören, aber das störte Loisl nicht.

»Diese Theorie besagt, dass bestimmte Dinge zwischen den Dimensionen wandeln, wenn ihnen langweilig ist, und dass sie in diesen Parallelwelten Abenteuer erleben. Sie kommen aber fast immer irgendwann in unsere Dimension zurück. Üblicherweise betrifft das Stifte, Feuerzeuge, Schlüssel et cetera. Und so erklärt sich, dass du dreimal wo nachschaust und beim vierten Mal ist es plötzlich wieder dort.«

Loisl lächelte weise, schelmisch und gütig.

»Ha! Do sans!«

»Siehst du? Alles wieder gut.«

»Du, Loisl, magst du mal in die Kindergruppe vorlesen kommen?«, fragte Lena auf das Buch deutend.

»Vorlesen? Kann ich schon machen, warum nicht? Oder, noch besser: Märchen erzählen! Dieses Buch hier, *Morbide Märchen,* gehört gerade zu meinem Forschungsprojekt.«

Er zeigte es herum.

»Forschung?«

Lena wusste, dass der Loisl ein Uniprofessor gewesen war, aber dass er immer noch als Philologe tätig war, war ihr entgangen.

»Ich arbeite gerade an einem wissenschaftlichen Buch über Märchen. Aber ich komme gern demnächst zu euch vorlesen oder erzählen, aber da nehm ich etwas anderes, das da ist nichts für Kinder. Da nehmen wir lieber etwas erbaulichere Erzählungen.«

»Klingt cool, das machen wir! Bis dann!«

Lena brach auf, sie hatte bald ihren ersten Kunden heute, und Dimitri ging gleich mit. Er ließ das Schachbrett da und Lenin schnüffelte es nach Bröseln ab.

Loisl wirkte jetzt betrübt und hielt seine Wange. Hedi schaute ihn an.

»Hast Zahnweh, Loisl?«

»Ja, und mit kranken Zähnen wirst du des Lebens nicht mehr froh.«

»Dann geh doch zum Zahnarzt, du alter Depp!«

»I mog ned.«

Die Alte begann zu keppeln, Loisl brummte betrübt, das ging eine ganze Weile so, aber schließlich gab er seinen Widerstand auf und ließ sich von einem jungen Nachbarn zum Zahnarzt begleiten.

Jetzt kam auch Kiwi runter, er trug ein Sackerl zum Biomüll. Er hatte einen Liebhaber oben im WG-Zimmer und wollte unauffällig das Liebesspielzeug verschwinden lassen. Mamie sah ihn eine einzelne, ganze Salatgurke hineinwerfen, sie sprang auf und rief: »Gib mir! Ist noch gut!«

Kiwi blickte etwas verlegen.

»Nein, die ist nicht mehr gut, Mamie … Mamie, bitte nicht …«

Die Alte schob Kiwi überraschend kraftvoll beiseite, fischte die Gurke aus der Tonne und begutachtete sie.

»Ist gut. Schmutzig. Egal.«

Sie deutete an, dass sie sie schälen würde und grinste.

»Mamie, ich gebe dir eine andere, die kannst du nicht mehr essen. Die ist eklig.«

»Gib mir zweite.«

Sie grinste runzlig.

Du alte Straßenfüchsin, du, dachte Kiwi.

»Nein, Mamie, wirklich, nicht essen!«

Mamie schnupperte an der Gurke und schaute ihn mit zusammengekniffenen Augen an.

»Hast du in Popo?«

Kiwi nickte genervt.

»Ich schäle.«

HUNDEPUNX

Kiwi und Dösi kamen gerade von einer Demo und fuhren mit der Straßenbahn zum Gürteltier. Sie rochen noch nach Schweiß, Pyro und Pfefferspray, und Dösi hatte ganz rote Augen.

»Jetzt schaust wirklich aus wie a Hendl!«

Dösi zeigte ihm den Finger und Kiwi grinste. Er hob sein T-Shirt.

»Schau mal, sieht man da was?«

Er zeigte Dösi seinen Rücken. Da waren ein paar ordentliche Striemen.

»Na servas! Gummiwurscht?«

»Joa. Gummiwurscht mag ich schon, aber anders.«

»Gusch, Kiwi!«

Neben ihnen saßen zwei Witwen, die sich laut darüber austauschten, was denn ihre Fiffis und Waldis am liebsten aßen. Fiffi aß nur Kalbsleber, keine Rindsleber, und frisch musste sie sein, Waldi hatte am liebsten geschälte Birnen und Hähnchenbrust. Nebenbei zogen sie über die *Oslenda* her, über sozialschmarotzende Studenten, Gsindl, Sandler und die Jugend von heute im Allgemeinen. Keine Manieren hätten sie. Dass ihnen kurz davor die beiden Punks unaufgefordert Sitzplätze freigemacht hatten, hatten die beiden in ihrem Eifer gar nicht bemerkt.

Irgendwann zog die eine ihren Fiffi aus der Handtasche und der Mikroköter fing gleich laut und markzerstäubend an zu kläffen. Er schnappte geifernd nach Kiwis Jacke. Langosch winselte. Kiwi nahm die Situation relativ gelassen und bat die Alte, ihrem Hund klarzumachen, dass er seine Jacke loslassen solle. Es sei nicht so schlimm, wenn die Jacke zerrissen werde, aber nicht an dieser Stelle, das sehe beschissen aus. Die Alten begannen zu keifen und Fiffi biss sich noch zorniger in die Jacke fest. Er machte dabei Geräusche wie eine elektrische

Zahnbürste. Kiwi brauchte eine Weile, um zu begreifen, dass das sein Knurren war.

Die Punks versuchten der Alten klarzumachen, dass sie nichts gegen den Hund und ihre Person hätten, nur dass es nicht schlecht wäre, wenn das Tierchen liebenswürdigerweise loslassen würde, weil sie gleich aussteigen wollten.

In das Gezeter der Alten mischten sich die anderen Fahrgäste, die begannen, die Punks wüst zu beschimpfen. Schließlich stiegen die beiden an der nächsten Haltestelle aus, während Fiffi noch immer an der Jacke hing. Die Punks wurden natürlich gleich der Entführung Fiffis bezichtigt. Kiwi zog die Jacke aus, nahm den Mikroköter auf den Arm, kraulte ihn hinter dem Ohr und redete ihm gut zu, woraufhin Fiffi endlich losließ. Der Punk legte Fiffi behutsam auf die Stufen der Straßenbahn. Anstatt aber zu seinem Frauchen zurückzuhüpfen, sprang Fiffi auf die Straße und hoppelte, mit dem Fragment seines abgehackten Schwänzchens wedelnd, den Punks hinterher. Offensichtlich hatte er es satt, in einer Handtasche zu leben und dauernd Kalbsleber zu fressen. Auch hatten die Punks mehr Coolness als seine Besitzerin bewiesen. Doch dann kreischte die Alte ihren Fiffi zurück und seine Rebellion hatte ein jähes Ende. Mit gesenktem Kopf trottete er zu seiner Besitzerin zurück, ließ sich von ihr abknutschen und wieder in die Handtasche stopfen.

»Na, das war aber ein kurzer Aufstand.«

Dösi wuzelte sich eine Tschick und reichte Kiwi den Tabakbeutel, der langte zu.

»Vielleicht besser so. Hast du gewusst, dass die Punkköter einmal für das beinahige Verschwinden der Punks verantwortlich waren?«

»Was, echt?«

»Ja. Ein Kleindealer hat Anfang der 90er-Jahre einen Welpen aus Amsterdam nach Wien mitgebracht. Wie das bei Punkkötern nun einmal so war, kopulierten sie quer durch die Bank. Und so vergnügte sich auch die Hündin des Kleindealers eifrig und gebar neue Punkköter. Das wäre an sich kein Problem, doch bei dieser Hündin handelte es sich um einen Norwegischen Riesenhund, und Norwegische Riesenhunde zeichnen sich durch ihren gargantuesken Appetit und ihre furchtbare Fruchtbarkeit aus. Das ist auch der Grund, warum diese Rasse mittlerweile nicht mehr gezüchtet wird.«

»Macht Sinn.«

»Im Mittelalter pflegte man in Norwegen seinen Feinden ein Paar Welpen dieser Rasse zu schenken, was den unweigerlichen Untergang des jeweiligen Geschlechts bedeutete, weil seine Angehörigen verhungerten.«

»Ah geh!«

»Doch. Es war in Norwegen damals verboten, diese Hunde zu töten, darauf stand die Todesstrafe! Das Norwegische Riesenhund-Gen verbreitete sich innerhalb kürzester Zeit unter allen Punkkötern der Stadt und führte dazu, dass ihre Besitzer verhungerten.«

»Geh, Bledsinn!«

»Seither beziehen wir unsere Hunde aus ungarischen oder rumänischen Sheltern und achten dabei penibel darauf, dass die Hunde sterilisiert oder kastriert sind, gö, Langosch?«

»Na ja, aber wie ein Riesenhund sah der Fiffi ja nicht gerade aus.«

»Auch wieder wahr.«

Was die beiden nicht wussten, war, dass Fiffi bei der nächsten Station ausgebüchst war und ihn jetzt seine Stummelbeinchen geradewegs zum Gürteltier trugen.

HIPPIES LÖSCHEN

Im Gürteltier fiel Fanta nicht sonderlich auf. Nach dieser Sache waren seine Haare an den Seiten nicht mehr nachgewachsen, er hatte also eine Art Naturiro. Und er hatte noch große Narben am Kopf. Er sah also furchterregend genug aus für das Gürteltier, fand er.

Ein großer Punkköter beschnüffelte ihn, um dann eine Hündin zu belästigen, die daraufhin knurrend die Zähne fletschte. Fanta nuckelte an seiner Limo und lauschte dem verzerrten Hardcore, der aus dem kollektivierten Transistorradio-mit-eingebautem-Kassettendeck plärrte. Tom war heute der bardiensthabende Punk. Er scherzte gerade mit Püppi.

Lenin, der blaue Rattenbock, schnüffelte auf dem Tresen herum und leckte die verschütteten Getränke auf. Eine Fliege landete unglücklich in einer Lacke und kam nicht mehr weg. Lenin witterte seine Gelegenheit und schnappte sie sich. Dann schnüffelte er an Fantas Hand, und der gab ihm ein Nüsschen, das er in die Vorderpfoten nahm und äußerst possierlich wegknusperte. Fanta betrachtete ihn liebevoll, aber ihm fiel auch auf, dass der Ratz fast unentwegt markierte. Er nahm ihn auf den Arm und kraulte und streichelte ihn, bis er die Äuglein schloss, sich ganz entspannte und schließlich einschlief.

Die Hippies am Nebentisch waren gerade damit beschäftigt, ein Lagerfeuer im Aschenbecher auf ihrem Tisch zu entfachen. Der Hippieköter schnüffelte herum und fiepte kurz. Tom schnappte sich einen Kübel Wasser und ging zielstrebig auf den Tisch zu. Ah, der kommt das Feuer löschen, dachte Fanta. Tom löschte aber keineswegs das Feuer, sondern den bärtigsten Hippie – obwohl dieser gar nicht brannte. Der Hippie wusste nicht, wie ihm geschah, er tropfte betrübt vor sich hin und war sich keiner Schuld bewusst. Immerhin war das Feuer auch ausgegangen und die Sauerei rann auf den Boden. Tom brüllte den Hippie an, er solle »gefälligst sein Oasch vor die Tia bewegen und seine Hawara glei mit, sonst gibts an Wickl, oba schnöö!« Der traurige Tropf stand da wie Jesus in Rio und raffte überhaupt nichts. Doch Tom packte ihn sichtlich routiniert am Gnack und schmiss ihn und seine Hawara raus. Und Fanta »glei mit, weila so bled gschaut hot!« Der Ratz hüpfte behände runter und ins Freie.

Fanta legte sich auf dem Rasenstreifen vorm Gürteltier und sinnierte über den Sinn des Lebens. Es war kein leichter Tag für ihn.

Nach einer Weile bemerkte er, dass er von einem winzigen Hundstrümmerlgenerator von der fluffigen, bonsaiartigen Sorte beschnüffelt wurde. Das Tierchen fiepte nur ganz leise, deshalb sah Fanta auch keinen Grund, es wegzuschnippen. Er setzte sich auf. Der Bonsaihund war nicht allein, er hatte sich offenbar mit Lenin angefreundet. Da kamen Kiwi und Dösi ums Eck. Sie gehörten zur BAF, der Bewegung Anarchistischer Fußgänger·innen, die grundsätzlich keine Fußgängerampeln benutzten (außer es lag eine am Weg) und jetzt gerade gemäß der Statuten der BAF wild querten, sehr zum Missfallen einer Handvoll GAFler·innen.

»Spalter!!!«, riefen sie erbost.

Kiwi und Dösi zeigten diesen Fundis im Vorbeigehen den Finger und nickten Fanta zu. Dieser grüßte seinen Ergotherapeuten und dessen Begleiter mit dem roten Iro. Der Minihundstrümmerlgenerator sprang den beiden Punks freudig entgegen und kläffte irgendwo in dem Frequenzbereich, der Glas und Trommelfelle zum Bersten bringt.

Kiwi beugte sich zu dem Viecherl runter und sagte: »Geh schau, der Fiffi! Wars ihm auf Dauer doch zu blöd, dauernd Kalbsleber zu fressen! Geh Langosch, komm her, der ist doch so klein, vor dem brauchst du keine Angst zu haben … Servus, Lenin, alles klar bei dir?«

Lenin beschnupperte Kiwis Hand zur Begrüßung und kletterte auf Dösis Schulter, der Fiffi misstrauisch beäugte.

»Geh bitte, das ist doch kein Hund, ein Ratz ist das. Wenn du dich mit dem wo blicken lässt, haun sich alle ab!«

Lenin biss ihm ins Ohr.

»Tschulligung, war nicht bös gemeint, Lenin. Ich sage ja nicht, dass es schlecht ist, ein Ratz zu sein.«

Lenin hüpfte runter zu Fiffi und begann sein Fell zu putzen, und Fiffi freute sich sehr über diese Zuneigungsbekundung.

»Ich glaube, Lenin will uns sagen, dass wir Fiffi willkommen heißen sollen.«

Dösi nickte.

»Na gut, wenn der Lenin für ihn bürgt, solls mir recht sein. Wurscht, sag ma halt, dass er ein Ratz is … Komm, Fiffi.«

Fiffi freute sich, dass er in die Gemeinschaft der Punks aufgenommen wurde. Seine Abenteuer mit Lenin würden ganze Bände füllen. Als *brasilianische Ratte* wurde er fortan als anschmiegsames Punktierchen gemeinhin geschätzt. Die Sache flog auf, als er dabei erwischt wurde, wie er eine Punkköterin bestieg und diese trächtigte, obwohl sie eigentlich die Pille nahm. Das Ergebnis dieser Affäre war eine Bonsai-Dackel-Schäfer-Rottweiler-Appenzeller-u.-v.-a.-m.-Mischung, die sich aber für Punkköter als äußerst brauchbar erwies, weil sie wenig Futter brauchte. Fiffi war also *nicht* schuld am Niedergang der Punks.

EHER HEUBALLEN ALS SCHWEIN

Eines Tages war Poldi verschwunden.

Die rote Sau konnte sich am Vierkanthof ja relativ frei bewegen, und wenn das Tor nur angelehnt war, konnte sie es mit dem Rüssel leicht aufstupsen. Ulla postete umgehend einen Suchaufruf in die Dorfgruppe. Die Bewohner·innen des Vierkanthofes suchten die Gegend ab, die Kinder riefen Poldis Namen, und Dösi und Petar gingen die Straße ab. Vielleicht war sie ja überfahren worden und lag verletzt oder tot am Straßenrand? Wo konnte sie nur sein?

Nachrichten trudelten ein.

Poldi war in einem Garten gesichtet worden, wo sie ein paar Kürbisse gefressen hatte. Nein, sie ließ sich nicht einfangen, leider, und wo sie jetzt war, wusste man auch nicht.

Der Wachhund hatte angeschlagen, als Poldi den Huber-Hof passierte.

Sie wurde gesichtet, als sie im Reberbach planschte.

Die Gänse der Wunschnerin wurden narrisch, als Poldi ins Haus der Wunschnerin reinkam und ihren Kuchen im Wohnzimmer zsammfraß. Monika buk mit den Kindern einen neuen Kuchen und Ulla brachte ihn der Wunschnerin vorbei, dazu eine Kiste Most, entschuldigte sich und beseitigte die Spuren des Schweins.

Poldi behinderte eine Reitgruppe, indem sie sich quer über den Reitweg legte, und ließ sich von den Pferden, die knapp an ihr vorbeigingen, nicht beeindrucken.

Auf einer Streuobstwiese lag etwas, das könnte eine Wollsau oder ein Heuballen gewesen sein, aus der Entfernung war das leider nicht zu erkennen. Aber eher Heuballen als Schwein.

Zuletzt trabte sie Richtung Wald.

Der Förster sah sie auf seiner Runde nach Eicheln graben.

Die Kinder fragten, ob Poldi jetzt ein Wildschwein geworden war, das in Freiheit leben wollte. Vielleicht war das ja so? Ob Poldi mit den Wildschweinen im Wald Freundschaft geschlossen hatte? Ob sie vielleicht einmal zu Besuch kommen würde, auch wenn sie jetzt wild lebte? Fragen über Fragen …

Die Erwachsenen machten sich keine großen Sorgen. Die größte Gefahr in der Gegend war der Autoverkehr, und zumindest die Leute in der Umgebung wussten Bescheid und würden jetzt wohl vorsichtig fahren. Abgesehen von Tierfreundschaft: Eine Kollision mit diesem Fleischberg war ja sogar für einen SUV oder Pick-up ned nix. Der Förster und der Jäger würden ihr nichts tun, die kannten sie ja persönlich von Ferkelbeinen an. Es war gerade nicht kalt, und selbst wenn es schneien würde, müsste man sich um Poldi mit ihrem dicken, wolligen Fell keine Sorgen machen. Verhungern würde sie nicht, offenbar kam sie im Wald ganz gut zurecht. Früher oder später würde sie heimkommen – oder auch nicht.

Dann kam ein Kälteeinbruch, mit einem schneidenden Wind und tagelang Regen und Graupelschauern, und da war sie plötzlich wieder da und tat so, als ob nichts gewesen wäre. Offenbar war es draußen jetzt weniger gemütlich als im trockenen und windgeschützten Stall, und am Vierkanthof wars ja auch ganz nett eigentlich.

Ulla bat den Tierarzt sie anzuschauen. Sie hatte ein bisschen abgenommen, aber sonst war alles okay. Der Tierarzt nahm noch Kot und Blut mit fürs Labor, wegen Parasiten und so.

Poldi hatte bald wieder ihr stattliches Gewicht. Nach einiger Zeit wurde sie immer dicker und die Milchzitzen vergrößerten sich. Kein Zweifel: Poldi hatte sich auf ihrem Urlaub vom Hof auf ein Liebesabenteuer mit Folgen eingelassen.

Monika, Jessis Schwester, betrachtete die Sau nachdenklich.

»Du machst es richtig. Holst dir einfach einen Samenspender und erfüllst dir deinen Kinderwunsch …«

Jessi schaute Monika fragend an und schluckte. Schließlich murmelte sie: »Schweinepapas spielen keine Rolle bei der Aufzucht, das weißt du eh, oder?«

»Manche Menschenpapas auch nicht, und das muss nichts Schlechtes sein …«

»Sag mal, meinst du das ernst?«

»Ich weiß nicht. Mit Beziehungen bin ich echt durch. Ich freu mich ja, dass es bei euch so super klappt, aber ich greif bei Männern irgendwie dauernd ins Klo.«

»Ich weiß.«

Monika hatte immer wieder Affären mit vergebenen Männern, die sie nach einer Weile, wenn sie genug von ihr hatten, sitzen ließen. Oder sie fiel auf Bad Boys herein, die sie zuerst umgarnten, nach durchschnittlich einem Monat Geld brauchten und ihr nach zwei Monaten sagten, dass sie dumm war, sie dann beklauten, gelegentlich verhauten und verschwanden. Einmal hatte so ein Kandidat kurzfristig auf dem Hof gelebt. Er flog raus, weil er einen Dreier mit Jessi und Monika vorgeschlagen hatte, und da war er nicht einmal richtig betrunken gewesen.

Es war zum Heulen. Monika war dauernd umgeben von einer zwar oft lauten, nervigen, kraftraubenden, aber sehr lieben und fröhlichen Kinderschar, um die sie sich auch gern regelmäßig kümmerte, aber würde jemals ihr eigenes Kindlein mit seinen kleinen Fußerln über den Küchenboden laufen? Ihre tiefe Sehnsucht nach einem Kind schmerzte sehr, sie wollte endlich schwanger werden, Mama werden. Wehmütig beobachtete sie, wie Poldi immer schwerer und behäbiger wurde.

Schließlich brachte Poldi fünf Ferkel zur Welt. Sie hatten die Frischlingsstreifen von ihrem Wildschweinpapa geerbt und waren unglaublich süß. Die Kinder waren entzückt, Poldi zufrieden und die Hühner neugierig. Das bedeutete jetzt natürlich viel mehr Arbeit, und die Bewohner·innen überlegten, wie sie mit der neuen Situation umgehen wollten. Jessi und Petar boten an, das Problem auf kulinarischem Weg zu lösen, doch das kam für Dösi und Ulla nicht infrage.

DIE STIMMEN DER MUTTER, DER GROSSMUTTER UND ALL DER FRAUEN DAVOR

Glautsch drückte das Geschirrtuch mit den Eiswürfeln auf ihr schmerzendes Auge. Aus Toms Zimmer dröhnte laute Musik herüber. Ihr war klar, dass er sie damit provozieren wollte, er wollte, dass sie ihm einen Vorwand gab, damit er ihr noch eine schellen konnte, aber diese Freude wollte sie ihm nicht machen.

Ja, sie war wütend auf ihn. Sie war verletzt – nicht nur körperlich. Die Kränkung tat noch mehr weh als das Auge. Der sollte jetzt echt scheißn gehn, der Oasch!

Sie zündete sich eine an und blies den Rauch durch die Nase aus. Wenigstens die war heil.

Wo waren sie, war sie falsch abgebogen?

Jessi hatte recht. Sie steckte in einer Gewaltbeziehung, das musste sie sich jetzt endlich eingestehen, ausgerechnet sie, die feministische Künstlerin, verdammt nochmal. Wie peinlich war das denn? Wie konnte ihr das passieren? Wann ist es eskaliert, wo war der Point of no Return?

Sie rekapitulierte ihre Beziehung. Sie waren seit etwa zwei Jahren zusammen. Tom machte an jenem Abend Bardienst im Gürteltier und Glautsch spielte damals in einer anderen Band Bass, so lernten sie sich bei Alk und Speed kennen und landeten schnell in der Kiste. Tom hielt nicht viel von Monogamie und Glautsch störte das nicht wirklich. Wenn sie zusammen waren, war eigentlich immer *Sex 'n' Drugs 'n' Punkrock.* Tom wohnte damals bei seiner Mutter, aber im Laufe der Zeit gesellten sich zu seiner Zahnbürste immer mehr andere persönliche Dinge, bis er de facto bei Glautsch wohnte.

Von sich aus bot er nie an, sich finanziell an der Wohnung zu beteiligen, und als es Glautsch irgendwann vorsichtig anschnitt, reagierte er beleidigt und nannte sie spießig. Sie hatte ja einen Job, er nicht, also woher sollte er Geld haben? Aber er könne gern abhauen, wenn sie jetzt einen auf bürgerlich machen wollte.

Sie versöhnten sich schnell im Bett.

Generell schien sie wirklich ein schlechtes Timing zu haben bei heiklen Themen, wenn man Toms Worten glauben wollte. Und anscheinend drückte sie sich auch sehr ungeschickt aus, war wohl vom Charakter her generell sehr aggressiv und mürrisch. Jo eh.

Aber vielleicht war da ja was dran?

Vielleicht war ja heute das Timing wirklich nicht gut gewesen, das mit der Arbeitsteilung in der Wohnung anzusprechen. Er war ja schon ganz angepisst gewesen, wie er heimgekommen war. Und es ging ja eher um eine grundsätzliche Sache, das hätte ruhig auf einen besseren Zeitpunkt warten können.

Sie hätte es auch gut sein lassen können, als er so unwirsch reagiert hatte, wie sie das Thema angesprochen hatte. War es wirklich gescheit gewesen, so stur zu bleiben? Und war das Thema an sich überhaupt wirklich einen Streit wert?

Und was erwartete sie sich eigentlich von ihm?

Er sah klasse aus, fühlte sich noch besser an, der Sex war super, er war zehn Jahre jünger als sie. Sie hatten eine Band und musikalisch lief es super, vor allem seit sie vor einiger Zeit mit Jessi endlich eine Schlagzeugerin gefunden hatten. Er hatte eine tolle Bühnenpräsenz und sie wurden gern angefragt. Er war schon eine coole Sau and nobody's perfect. Und waren nicht im Prinzip alle Männer – von ein paar wenigen Ausnahmen abgesehen – vor allem Maulhelden, was Haushalt anbelangte? Es fing schon damit an, dass viele dieser ach so progressiven Männer den Ausdruck *mithelfen* benutzten. Wenn man dann mit den Partnerinnen sprach, zeigte sich ein ganz anderes Bild.

Außerdem: Seine Mutter hatte immer alles gemacht, er hatte ja nie haushalten gelernt. Er stellte sich daher sehr ungeschickt an und war keine große Hilfe. Wenn er einmal etwas machte, erwartete er Lob wie ein kleiner, braver Bub. Sie erinnerte sich, wie er vor einiger Zeit die Küche sehr schludrig gesaugt hatte. Er hatte sie lobheischend angesehen, und sie hatte versucht, ihm möglichst taktvoll zu sagen, dass unter dem Tisch, in den Ecken und unter den Kastln noch viel herumlag.

»Für mich passt es so. Und wenn ich's dir nicht gut genug mach, kannst du es ja tun.«

Sie hatten gestritten, er war gegangen und sie hatte nachgesaugt und dann noch den Boden aufgewischt.

Offensichtlich hatte sie schon auch höhere Ansprüche als er. Für Glautsch war es unter anderem klar, dass man beispielsweise spätestens alle zwei Wochen die Wohnung ordentlich saugt und die Nassräume wischt. Tom empfand die Wohnung noch als gemütlich, wenn es Glautsch schon grauste. Vielleicht hatte sie ja wirklich einen Reinlichkeitsfimmel.

Sie tat den Eisbeutel kurz runter und schaute in den Spiegel. Das Auge war stark geschwollen und sie sah damit nur verschwommen. Vielleicht sollte sie das doch von einem Arzt anschauen lassen? Aber was sollte sie dann sagen? Sie wollte auf keinen Fall Tom da reinziehen – er hatte ja eine Bewährungsstrafe. Sie wollte nicht, dass er wegen ihr ins Gefängnis ging *oder hatte sie Angst vor seiner Rache? Und was heißt hier reinziehen, der hat dich verletzt verdammtnochmal!*

Was war das jetzt für ein Gedanke? Nein, den schob sie schnell beiseite. So schlimm war es nun auch wieder nicht.

Oder?

Jedenfalls war es ausgeschlossen, das zu tun, was man in so einem Fall ja angeblich tun soll: die Polizei rufen. Nicht nur weil Glautsch keine Lust auf Uniformierte und ihren rassistischen Machoscheiß hatte. So was machte man einfach nicht.

Aber was wollte sie jetzt eigentlich?

MOSTPUNX

Monika, Jessis kinderlose Schwester, wachte gegen neun Uhr in ihrem Bett am Vierkanter auf. Sie blieb noch liegen, um in diesem magischen Grenzbereich zwischen intensiven Träumen und Wirklichkeit zu surfen. Schließlich musste sie einfach pinkeln und so stand sie auf.

Sie schaute in den Spiegel. Ihre braungrünen Augen hatten mit Mitte dreißig und nach vielen Nachtdiensten im Spital schon ein paar Fältchen, wenn sie unausgeschlafen war. Heute waren keine da, stellte sie zufrieden fest. Sie duschte sich und zog ein langes hellblaues Kleid an. Dann bürstete sie ihr schulterlanges Haar. Mittlerweile war der Espresso fertig und Monika gönnte sich ein langes, ruhiges Frühstück. Das gab es hier nicht so oft am Vierkanter, diese Ruhe. Sie wollte jetzt nicht einmal Musik hören. Sie lauschte dem Knarzen und Ziehen des Hauses im Herbstwind, erfreute sich am Geruch von Kaffee, Küche und Gemäuer. Sie delektierte sich an Weintrauben, Falafeln, Hummus, Oliven und Paprika. Ah … diese Ruhe!

Etwas später stieg sie aufs Rad und fuhr zum Kindergarten, um die kleine Emma abzuholen. Glücklicherweise gab es eine Forststraße dorthin, über die Bundesstraße hätte es Monika nicht gewagt. Der Kindergarten lag im nächsten Ort, aber blöderweise hatte er nur am Vormittag offen und drei Monate Pause im Jahr, noch dazu war das ein Pfarrkindergarten und die fingen jetzt schon mit der Indoktrinierung an … Aber es war besser als nichts. Vielleicht wäre Emma in der Kindergruppe in der Schuhfabrik besser aufgehoben? Das wurde gerade in der WG diskutiert.

Unterwegs genoss sie den süß-herben Duft des herbstlichen Waldes und sah ein paar Rehe, dann fuhr sie durch Felder, etwas bergauf, und dann war sie schon in Paulskirchen. Fast wäre sie mit einem SUV zusammengestoßen, dessen Lenkerin sie beim Ausparken übersehen hatte. Die Frau entschuldigte sich und Monika lächelte etwas säuerlich.

Emma wollte noch ein bisschen schaukeln und Monika betrachtete derweil die Kinderzeichnungen, von Gekrakel und Farbspielereien bis hin zu Mandalas und anderen Ausmalbildern: Jesus am Kreuz, die Geburt in Bethlehem, das letzte Abendmahl, die Arche Noah mit den Tieren und so weiter. Nächstes Mal bringe ich ihnen ein paar *Satanic Coloring Books* mit, dachte sie grimmig.

Sie packte Emma aufs Rad, dann sausten sie lustvoll schreiend den Berg hinunter und bogen in den Wald, hinauf zum Vierkanter.

Emma liebte Oliven. Monika strich das Hummus über die Tellermitte und machte aus Oliven und Karottenstückchen ein Gesicht. Emma mantschte es vergnüglich mit dem türkischen Brot zusammen und aß wie ein Ferkel.

Jetzt kamen die Großen heim und schnatterten wild durcheinander. Nach dem Essen wurden die Hausaufgaben gemacht und dann ging die ganze Rasselbande spielen. Monika begleitete sie auf die Streuobstwiese und sammelte die letzten Früchte der Saison in Körbe. Die Kinder spielten Fangen und halfen nebenbei beim Einsammeln. Heute würden sie wieder die Presse anwerfen und Saft ziehen, aus dem die Punks Most machten, der beispielsweise in der Schuhfabrik ausgeschenkt wurde. In Wien belieferten sie auch ein, zwei Lokale. Das brachte nicht viel, aber doch ein bisschen was.

Es fing an zu regnen und sie gingen ins Haus. Jetzt noch Aufgaben fertig machen und nachher Film schauen. Jetzt kamen Dösi und Ulla heim, kurz darauf die anderen, und es wurde wieder ein gemeinsamer Abend mit Essen, Geschichtenvorlesen, ein paar Bier, ein paar Gschichtln und ein paar Ideen.

Später saßen noch Jessi und Monika zusammen und warteten, dass der Apfelkuchen fertig wurde. Es duftete schon fantastisch, aber Monika machte ein frustriertes Gesicht.

»Ich sags dir, ich bin echt fertig mit Tinder …«, klagte sie.

Jessi nickte stumm.

»Ich will endlich auch eine Familie oder wenigstens ein Kind haben, verdammt.«

Jessi nickte schweigend, aber sie tat sich schwer damit. Einerseits verstand sie Monikas Wunsch sehr gut, und sie selbst hatte leicht reden, mit ihrer gut funktionierenden Patchworkfamilie. Aber Monika war so verkrampft … Gut, das wäre sie in ihrer Lage wohl auch, vor allem, wenn sie dauernd auf anderer Leute Kinder aufpassen würde, Tante hin, Mitbewohnerin her. Und hatte sie, Jessi, eigentlich ein Recht darauf, keine Lust zu haben, auf Monikas hypothetisches Baby aufzupassen? Monika war die letzten Jahre in Vorleistung gegangen, das Kollektiv schuldete ihr was. Aber jetzt schon wieder so ein kleiner Wurm, der dauernd schrie … Wo Emma gerade erst stubenrein wurde? Puuuuh …

»Und in der realen Welt gibts auch keine interessanten Herren?«

»Oh Mann, da habe ich grad wieder was erlebt …«

»Erzähl!«

AM DONNERSTAG IST REGGAE

Es war wieder Mädelsabend mit Monikas Kolleginnen aus dem Spital. Gemeinsam soffen sie sich die Birne weg und genossen es, über andere zu lästern, zum Beispiel über Gerd.

Gerd war einer dieser Inselmänner, eh schon wissen. So verzweifelt konnte frau gar nicht sein, dass sie sich mit ihm einließ, also der war ja Abverkaufsware, nein Wühlkorb, Restposten, Konkursmasse; Draufgabe, ungewollte.

An sich war Gerd vom Körperbau her unauffällig, durchschnittlich, daher auch nicht per se unattraktiv, weil zu beige. Bei der Wahl seiner Kleidung allerdings hatte er keine glückliche Hand. Er war nicht ungepflegt, jedoch schien er farbenblind zu sein und trug Kleidung, die ihm eh passte, aber eben nicht wirklich stand. Er liebte originelle Schuhe, so hatte er beispielsweise türkisfarbene Cowboystiefel. Dazu trug er eine beige Anzughose und ein graues Flanellhemd mit gelben Karos.

Monika kannte ihn aus dem Skala, dem Lieblingslokal ihrer Arbeitskolleginnen. Er war halt auch Stammgast und immer auf der Suche nach einer, sagen wir mal, Bekanntschaft. Wenn er balzte, so tat er das auf eine unlustige, hölzerne, charmelose Art und versuchte immer, auf der Tanzfläche auf Tuchfühlung zu gehen. Meist ging er wieder alleine nach Hause, doch gelegentlich hatte er Glück und fand ein Weibchen, das er dann auch begatten durfte. Also eine Frau, die nach Ansicht der Mädels fad, dumm, hässlich, viel zu grell, viel zu gespreizt, verzweifelt *und* notgeil war, sowie ein sehr geringes Selbstwertgefühl hatte. Mit Vorliebe machte er sich an frisch getrennte Mädels heran, in der Hoffnung, als Trotz- und Trostfick zu punkten, was selten, aber doch glückte. Mit der soff er sich dann nieder und knutschte mit ihr herum, und Monika und ihre Arbeitskolleginnen fanden das ja immer köstlich.

Manchmal kam es sogar vor, dass er zweimal hintereinander mit der Gleichen daherkam, aber das war eher selten, und die Mädls wollten auch gar nicht wissen, warum aus den One-Night-Stands nichts Dauerhaftes wurde. Obwohl sie gelegentlich nach dem fünften Baileys so ihre Theorien herumquietschten und -lachten.

Alles hatte ein paar Monate davor angefangen. Monika und die Mädls waren wieder einmal im Skala gewesen, es war ein Freitag wie jeder andere und Gerd hatte sie wieder nach ihrer Nummer gefragt. Wieder einmal. Das war schon ein Ritual, dass er das Lokal betrat und begann, alle Weibchen abzuklappern. Monika seufzte: »Jessas, jetzt kommt der schon wieder«, worauf die Kollegin meinte: »Ich glaube, dass der schon sehr, sehr lange nicht mehr gekommen ist!«, worauf die beiden einen irrsinnigen Lachflash bekamen, während Gerd auf die beiden zusteuerte.

»Oh, Mesdames sind ja eute von exquisiter Eiterkeit, darf isch die Damen auf einen Champagne einladen, non?«

»Eiterkeit!«, brüllte Monika, und die anderen prusteten los, worauf Gerd einen verletzten Blick aufsetzte, den er sich bei Johnny Depp ausgeborgt haben musste, und auf einmal ganz trocken sagte: »Gib mir deine Nummer, Monika, na komm!«

Das war schon fast so etwas wie ein Running Gag, jedes Mal fragte er sie danach, jedes Mal sagte sie Nein, jedes Mal gab er ihr daraufhin seine Visitenkarte, die er mit zweifelhaftem Design versehen und zu Hause auf seinem Tintenstrahldrucker auf billigstes Papier gedruckt hatte, wie jedes Mal sagte er: »Falls du es dir anders überlegst!«, und sie hatte sie, wie jedes Mal, um ihn loszuwerden, angenommen, um sie später wegzuwerfen. Aber diesmal hatte sie die braune Lederjacke angehabt und die Karte in die Innentasche gesteckt, wo sie – fürs Erste – in Vergessenheit geriet. Und das sollte weitreichende Konsequenzen haben.

Ein paar Wochen später hatte Monika einen dieser Tage. Einen dieser Ich-kann-heute-echt-nicht-alleine-sein-Tage. Diese Anfälle hatte sie selten, aber doch. Sie war in ihrer kleinen Wiener Wohnung, in der sie gelegentlich übernachtete, scrollte durch ihre Kontakte und rief ihre beste Freundin an. Dann ihre zweitbeste, dann nach und nach alle guten Freunde, dann ihre Mutter, die gleich etwas verstört durch den ungewohnten Anruf wissen wollte, was los sei. Monika fühlte sich wie vierzehn, während sie ihre Mutter löcherte, ob sie einen Freund hätte, ob sie Geld brauche, ob sie in Schwierigkeiten sei, und beendete das Gespräch recht bald. Nachher fühlte sie sich noch elender. Sie rief die eine Arbeitskollegin an und entschuldigte sich gleich dafür, sie geweckt zu haben, morgen sehen wir uns eh in der Arbeit, gell … Dann waren da noch ihr Bruder, da ging die Box ran, überhaupt erreichte sie niemanden mehr, während sie nach und nach so ziemlich alle Kontakte (bis auf den Chiropraktiker, den Gyn und den Zahnarzt) durchprobierte.

Und Zigaretten hatte sie auch keine mehr. Scheiße. Sie stand auf und sah im Schreibtisch nach (Fehlanzeige), in der Tasche (nüscht), dann ging sie ihre Jacken durch und dabei stieß sie auf ein halbes Packerl Camel und – Gerds Visitenkarte.

Sie rauchte sich eine an und legte die Karte vor sich auf den Tisch.

War sie wirklich so verzweifelt?

Was heißt verzweifelt? Niemand ist verzweifelt!

Ja, eh …

Er wird ja kein irrer Serienkiller sein.

Nein, aber das ist ein ziemlich lahmer Grund.

Skala allein?

Am Donnerstag? Da ist Reggae!

Ach ja, stimmt. Scheiße.

Oder … Ach scheiß drauf!

Sie tippte die Nummer ein und schwor sich, sie niemals abzuspeichern. Gerd hob sofort ab.

»Hallo?«

»Hallo, Gerd. Ich bins, Monika.«

»Ach! Fein. Und? Ähm. Wie gehts?«

»Mir ist fad. Gehen wir …« – und während sie das sagte, bereute sie es bereits – »… ins Skala?«

»Donnerstag ist Reggae. Ich wusste gar nicht, dass du drauf stehst.«

»Eh nicht, eh nicht … Anderer Vorschlag?«

»Ja, da gibt es so einen neuen Club im Achten.«

»Echt? Wie heißt der?«

»Ist ex-trem su-per. Ich bin ur oft dort. Roma heißt das.«

»Und was spielen die so für Musik?«

»Ach, bunt gemischt.«

Spätestens das hätte sie warnen müssen, aber na ja, es war einer dieser Tage.

»Eintritt?«

»Für Damen gratis, für Männer erträglich. Magst?«

»Aber ja. Um zehn?«

»Okay, bis dann.«

Das Roma war selbstverständlich ein Swingerclub, das begriff Monika, sobald sie davorstand. Aber irgendetwas hielt sie davon ab, Gerd eine reinzuknallen und auf der Stelle umzukehren. Es war auch Neugierde dabei. Jedenfalls saß sie bald darauf nur mit einem Handtuch bekleidet neben Gerd auf einer Bank und sah zu, wie offensichtliche Profis ihre Arbeit verrichteten. Ein hagerer Mann mit dünnen Beinen, einem grauen Spitzbart und einem Bäuchlein nahm gerade eine dicke Frau von hinten, und ihre Brüste hingen fast bis zum Boden, während sie wabbelte, wabbelte, wabbelte. Unterdessen versuchte ihr goldketterlbehangener Freund, die Frau des Hageren zu beglücken, aber es wollte nicht recht gelingen. Monika schnappte Gesprächsfetzen auf:

»Vergiss es … Wenn du ihn nicht hochkriegst …«

»Jo tschullige, wannst ka Fleisch an de Knochn host … Des san kaane Duttln, des san Dörrzwetschgn.«

Daneben saß ein paar Pärchen, Stammgäste, die offensichtlich wegen des Gratisbuffets und der Gratissauna kamen und sich darüber unterhielten, dass die Brötchen diesmal etwas *trockn woan*, während sich der Goldbehängte und die Hagere mit den von Diätwahn ausgetrockneten Brüsten immer lauter anzischelten.

Monika war kalt, der Abend war von beschissen nach katastrophal geglitten, Gerd saß neben ihr und hatte offensichtlich eine Erektion.

Irgendwie kam kein Gespräch zustande, sie versuchte nicht rüberzustarren.

»Und?«, fragte sie schließlich. »Was machen wir jetzt?«

»Na ja, du könntest mir einen blasen …?«

ANDERE PRIORITÄTEN

»Bitte sag mir, dass du dem Typen eine reingehauen hast, aufgestanden und gegangen bist!«

Monika blickte verschämt zu Boden. Oh nein …

»Monika? Sag mir, dass du von dem Typen nicht schwanger bist!«

»Ich glaube nicht …«

Jessi stieß einen Wutschrei aus und stapfte in ihren Wohnbereich.

Ein paar Tage später gab es Entwarnung.

»Ich hab die Regel. War doch nichts.«

»Na bitte, dann sei doch froh! Stell dir vor, du hättest so ein Kind wie ihn? Das könnte man doch gar nicht liebhaben. Allein die Visage von dem Typen, seine ganze Art, ich mein … Wäh! Einfach nur wäh!«

»Du hast leicht reden.«

Das saß. Jessi murmelte eine Entschuldigung.

»Hast du schon an eine Samenspende gedacht?«

»Nein, das will ich – zumindest noch – nicht, ich möchte schon mit dem Vater des Kindes schlafen.«

»Okay.«

»Weißt du, ich hab mir sogar schon überlegt, Wurli zu fragen.«

Jessi blickte sie entrüstet an.

»Aber natürlich habe ich das verworfen.«

»Danke, das ist sehr anständig von dir!«, fauchte Jessi. »Wie kommst du überhaupt darauf?«

»Na ja, er ist eh schon im Babysitter-Radl, weil er schon einen Buben mit dir hat, da wären Synergien. Außerdem ist er einfach wirklich nett, das hast du immer gesagt, er ist Single, materiell okay aufgestellt und schaut auch gut aus. Und er hat gute Zähne.«

»Gute Zähne? Echt jetzt? Das ist ein Thema?«

»Versetz dich mal in meine Lage. Ich habe niemanden, und ich glaube, das wird auch nix mehr. Nicht wenn ich jetzt bald ein Kind haben will. Da hat man andere Prioritäten. Schau, ihr freut euch, dass die Kinder so ausschauen wie ihr, ich such mir halt wen, dessen Kind ich gern anschau.«

Jessi verbiss sich eine sarkastische Bemerkung bezüglich Gerd.

»Und gute Zähne sind super! Schau dir mal deine Buben an, der von Wurli hat keine Probleme, dein anderer hat schon ur Karies, obwohl ihr bei beiden aufs Zähneputzen schaut. Natürlich ist das kein K.-o.-Kriterium, aber es ist nice to have, findest du nicht?«

»Öhm, du weißt aber schon auch, warum ich mit Wurli nicht mehr zusammen bin, oder?«

»Na ja, grundsätzlich ist es schon möglich, oder?«

»Mit ein bisschen Vorsicht schon. Und sanft ist er ja, stimmt schon. Auf Dauer halt … eh scho wissn. Aber ja, ich versteh dich, ich hab ihn mir ja damals auch ausgesucht. Aber trotzdem!«

»Eh. Ich hab es ja eh nicht vor.«

NETFLIX AND RAPE

Ein Netflixabend zu zweit. Glautsch und Tom ziehen Klausens Zauberpulver, weils grad so spannend ist und sie weiterbingen wollen.

Irgendwann zwischen zwei Folgen wird Tom plötzlich gamsig, er greift Glautsch zwischen die Beine, die zieht sich weg.

»Neee, mag ned.«

»Ah geh, komm …«

»Na, echt jetzt, ich bin grad ziemlich aufgekratzt und mag weiterschaun.«

»Nur'n Quickie!«

Er nestelt an seiner Hose, und ehe Glautsch sich versieht, liegt sie auf dem Rücken und Tom dringt in sie ein.

»Heast, naaa!«

»Dauert nicht lang, ich beeil mich.«

Sie windet sich, aber er hält sie fest und stößt hurtig und fest zu, er will schnell kommen. Das tut weh. Irgendwie bekommt sie seinen Sack zu fassen und drückt zu. Das wirkt. Er rutscht schreiend aus ihr raus und dann schlägt er zu. Mehrfach.

»Du Sau! Du gemeine Sau!«

Glautsch rennt aus dem Zimmer.

DANKE, BURSCHEN!

Es klopfte an der Tür, und Glautsch ließ Kiwi, Dösi und den mächtigen Sissi eintreten. Sie blickten ernst und vor allem Dösi auch etwas nervös.

»Hey! Danke, Burschen!«

»Kein Ding. Wie gehts dir jetzt? Irgendwelche Verletzungen?«

Sie schaute auf den Boden.

»Geht schon.«

»Nein, geht nicht schon. Sag!«

Glautsch druckste herum, aber schließlich murmelte sie: »Er hat mir eine Watschn aufs Ohr gegeben und ich hör grad nichts damit. Ist aber sicher nicht so schlimm, das wird sicher wieder.«

»Wir begleiten dich dann ins Spital.«

»A geh …«

Dösi nahm Glautschs Hände behutsam in die seinen.

»Glautsch, schau mich an.«

Ihr Blick blieb gesenkt.

»Glautsch, bitte.«

Sie hob langsam den Kopf und Dösi sah in ihre ungleichen Augen. Das sehende und das vernarbte, fast blinde.

»Heast, Glautsch. Wegen dem Arschloch bist du halb blind, willst auch noch halb taub sein?«

Da fing sie an zu schluchzen, und Dösi schob ihr einen Sessel hin und setzte sich zu ihr. Kiwi stellte ein Glas Wasser vor Glautsch, und sie trank einen Schluck, während ihr Sissi ein Packerl Taschentücher hinlegte.

Sie hörten Schritte und dann kam Tom in die Wohnküche. Er war kurz überrascht, aber setzte gleich sein lässiges Hawaragesicht auf.

»Ah, haben wir heute eine Party?«

Glautsch blickte wieder zu Boden. Sie hatte jetzt keine Energie mehr, keine Sprache, keine Kraft mehr. Die drei Männer blickten Tom schweigend und ernst an. Das verunsicherte ihn.

»Was ist?«

Schweigen.

»Glautsch? Was hast du denen für eine Scheiße über mich erzählt?«

Er griff nach ihrer Schulter, aber Sissi packte seinen Arm.

»Du fasst diese Frau nie wieder an.«

»Bist deppat?«

Und schon hatte er eine picken. Tom wollte ausholen, aber bevor er wusste, wie ihm geschah, hatte ihn Sissi im Polizeigriff und knurrte in sein Ohr: »Nochamol langsam zum Mitschreiben, Oaschloch: Du fasst diese Frau nie wieder an. HOST MI?«

Tom tobte, aber Sissi hatte in fixiert.

»HOST MI?«

»Fick dich!«

Sissi erhöhte den Zug auf seinen Arm und Tom brüllte vor Schmerzen.

»HOST MI?«

»Lass mich los, du kegelst mir ja den Arm aus, du Rindviech!«

Kiwi drückte ein Geschirrtuch auf Toms Mund, wodurch der nächste Schmerzensschrei gedämpft wurde. Dass ausgerechnet jetzt ein Nachbar die Polizei rufen würde, war zwar unwahrscheinlich, aber nicht ausgeschlossen. Die Punks wollten nichts riskieren.

»Heast, du Weh, i druck da dei Sö aus wie a Wimmerl!«

Als Tom endlich einsah, dass er gegen die drei keinen Meter hatte, und Glautsch ihm auch nicht half, gab er klein bei. Kiwi und Sissi gingen nach nebenan, um ihm beim Packen zu helfen, Dösi blieb bei Glautsch.

»Wo soll er jetzt hin?«

»Am besten mit Betonpatschen ins Entlastungsgerinne.«

Glautsch starrte ihn mit offenem Mund und Tränen in den Augen an.

»Spaß. Wo hat er früher gewohnt?«

Ups, ich muss aufpassen, die ist grad dünnhäutig, no na, dummer Dösi.

»Bei seiner Mutter.«

»Wohnt die in Wien und hast du die Nummer?«

»Ja und ja.«

»Am besten wir bringen ihn dorthin. Magst du sie anrufen oder soll ich?«

»Ich mach schon ...«

Toms Mutter klang zwar sehr bekümmert, aber nicht wirklich überrascht. Sie war froh, dass zumindest im Moment die Polizei nicht involviert war. Und ja, Tom könne bei ihr am Sofa schlafen, sein altes Zimmer mit dem Bett sei jetzt halt der Abstellraum.

Sissi, Kiwi und Tom kamen zurück und Tom legte widerwillig die Wohnungsschlüssel auf den Tisch.

Tom knurrte: »Ich verstehe immer noch nicht, warum ihr so deppat seid, dass ihr euch von ihr so aufhussen lassts. Sie ist die Gstörte, ned i!«

Sissi gab ihm einen Nackenklatscher.

»Au! Heast, sie hat mir die Eier gequetscht!«

»Ja, wie du sie vergewaltigt hast.«

»Vergewaltigt ... Blödsinn, wir haben einfach normal pudert, was erzählst du für Lügen, Glautsch?!«

Sissi packte Tom am Haarschopf und schüttelte seinen Kopf.

»No means no and yes means yes!"

»Geh scheißn!"

»Man checkt halt vorher, ob die andere Person das auch will!«

»Und wie stellt ihr euch das jetzt vor? Wo soll ich pennen?«

»Hotel Mama. Ist schon geklärt.«

»Na, Oida, naaa, neeed. Kann ich nicht wenigstens in die Schuhfabrik?«

»Vergiss es. Dort hast du übrigens bis auf Weiteres Hausverbot.«

»Geh bitte, echt jetzt? Ja und wie soll ich proben gehen?«

Entgeisterte Blicke.

»Sagamol, glaubst du wirklich, dass die Glautsch noch mit dir in einer Band spielen will?«

Tom verstand die Welt nicht mehr

»Glautsch? Was für eine Scheiße hast du denen erzählt?«

»Tom, es geht nicht mehr, verstehst du?«, flüsterte sie.

»Aber wir haben doch nächsten Monat Gigs im Gürteltier, in Linz und in Passau! Wie stellst du dir das vor?«

Jetzt sprach Kiwi: »Tom, checkst du's nicht? Die Band ist Geschichte, weil du es verkackt hast. Glautsch hat dich – warum auch immer – urlange gedeckt. Ist dir eigentlich klar, dass sie deinetwegen nicht mit dem Auge zum Arzt gegangen ist und fast nichts mehr sieht damit? Hast du eigentlich gecheckt, dass du ihr mit der Watschn heute vielleicht das Trommelfell ruiniert hast? So was nennt man *schwere Körperverletzung*, und das, was da bei euch schon eine ganze Weile abging, nennt man *fortgesetzte Gewaltausübung*. Und du bist auf Bewährung draußen, just saying.«

Tom schluckte.

»Wollts ihr mich jetzt echt anzeigen, oder was? Ihr seids mir aber schöne Punks.«

Dösi knurrte: »Du bist jedenfalls keiner. So was wie dich sollte man portionsweise an die Schweine verfüttern. Ich hab zufällig gerade ein paar sehr hungrige halbwüchsige am Hof, aber ich will nicht, dass ihnen schlecht wird von dir. Jetzt bringen wir dich erstmal zu deiner Mutter, und dann überlegen wir uns mit Glautsch, wie es weitergeht.«

Sissi und Kiwi brachten Tom weg und Dösi blieb bei Glautsch. Eine Weile schwiegen sie.

»Es tut mir so leid …«

»Glautsch, das braucht dir nicht leidtun. Dafür sind ja Freunde da. Wir schauen aufeinander.«

»Und dafür bin ich euch unendlich dankbar. Aber ich meine die ganze Sache. Dass das mit Tom so eskaliert ist, so war er ja früher nicht. So krass eskaliert ist das erst, seit er das Zeug vom Klaus nimmt.«

»Na jo, die Vorstrafe ist ja nicht vom Himmel gefallen.«

»Na das war aber was ganz was anderes. Da hat er versucht, einen Streit zu schlichten, und es ist eskaliert.«

»Sagt wer?«

Da wurde Glautsch auf einen Schlag klar, dass sie diese Information von Tom hatte.

»Glaubst du, der hat mich angelogen?«

Dösi antwortete diplomatisch: »Weiß nicht. Du kennst ihn besser. Hat er dich sonst schon angelogen?«

Glautsch senkte den Kopf und ihr schossen wieder die Tränen ins Gesicht. Ja, hatte er, immer und immer wieder … und sie hatte es zugelassen oder weggesteckt, vor sich selbst runtergespielt, immer eine noch so absurde Erklärung, ja Entschuldigung für sein Verhalten gefunden, wenn er zu faul war, sich selbst eine auszudenken.

»Was soll ich jetzt machen, Dösi? Ich habe echt keinen Plan … Es sind ja noch Sachen von ihm da, die wird er irgendwann holen wollen. Und wo soll er wohnen? Das bei seiner Mutter ist ja nur eine Notlösung.«

Warum denkst du nur an das Arschloch und nicht ausnahmsweise mal an dich?, dachte sich Dösi, aber er formulierte es anders: »Okay, stell dir vor, deine beste Freundin ist in genau dieser Situation. Was rätst du ihr? Ich weiß, dass du eine hilfsbereite und tolle Seele bist, bei der sich ur viele ausheulen. So, und jetzt holt sich deine beste Freundin Glautsch bei dir Rat.«

Glautsch lächelte traurig.

»Dösi, du bist echt lieb, aber das funktioniert hier nicht.«

Dösi schaute sie freundlich, aber herausfordernd an.

»Weil …?«

»Weil wir uns einfach schon so lange kennen, schon so viel miteinander durchgemacht haben, Aufs und Abs, weil wir uns immer wieder zusammengerauft haben, auch wenns nicht immer leicht war. Und … ich kann auch ganz schön fies sein, weißt du? Ich weiß schon, wie ich ihn von null auf hundert bring.«

Hör endlich auf, ihn zu verteidigen, Himmelfix, schluckte Dösi runter und sagte stattdessen: »Glaubst du, dass das in anderen Gewaltbeziehungen so viel anders ist? Weißt du, auch Ulla und ich haben unsere Aufs und Abs. Was wir uns schon gefetzt haben in den zwölf Jahren, die wir zusammen sind! Was wir uns schon für Wörter an den Kopf geworfen haben, was wir mit Türen geknallt haben, was wir wütend waren aufeinander. Und glaub mir, mit Kindern, knappem Geld und einer Baustelle gibt es genug Anlässe. Aber es gibt da einen ganz essenziellen Unterschied. Willst du wissen, was unser Geheimnis ist?«

»Dass ihr euch immer vertragt, bevor ihr schlafen geht?«

»Nein, verdammt. Dass mir der Gedanke, Ulla wehzutun, einfach so absurd und pervers vorkommt, dass ich nicht einmal auf die Idee komme. Verlassen, ja. War schon öfter ein Thema, dass ich mir dachte, dass ich einfach in den Bus steige und abhau, aber das war das Äußerste.«

»Die Ulla kann so froh sein, dass sie jemanden wie dich gefunden hat.«

»Ist sie auch. Meistens zumindest.«

Er grinste und Glautsch lächelte auch ein bisschen.

»Na jo, Glautsch, ich würde sagen, wir fahren jetzt einmal ins Spital und lassen mal dein Ohr anschauen, hmmm?«

Es brauchte noch etwas Überredung, aber schließlich willigte sie ein. Sie holte ihre e-card und dann fuhren sie in die Notaufnahme. Während sie warteten, fragte Dösi nach einer Sozialarbeiterin oder sonst wem, der Glautsch helfen würde. Um diese Uhrzeit war aber leider niemand da.

Schließlich kam Glautsch dran. Die Ohrenärztin sah ihr trübes Auge, registrierte ihre Körperhaltung und hatte gleich einen Verdacht. Sie schaute den Fragebogen durch und stellte fest, dass *Fremdverschulden* nicht angekreuzt war. Sie sagte aber nichts dazu, fragte nach den Beschwerden und untersuchte erst einmal beide Ohren. Das Trommelfell hatte tatsächlich einen kleinen Riss, aber das würde ziemlich sicher wieder werden, wenn man es behandelte.

Dann schaute sie Glautsch eine Weile schweigend an. Glautsch erwiderte ihren Blick nicht.

»Wollen Sie mir sagen, wie das passiert ist?«

Sie bemerkte sofort die typische Reaktion. Bingo.

»Lassen Sie mich raten. Sie sind gegen eine Wand gelaufen. Haben sich aufs Bett geworfen. Beim Duschen ist ein Wasserstrahl reingekommen. Sie haben die In-Ear-Kopfhörer zu fest reingesteckt.«

Glautsch schwieg betreten.

»Und das Auge … Das ist ja schon ein paar Wochen her. Sind Sie gegen einen Kasten gerannt, war das ein Zweig, der Ihnen bei der Gartenarbeit reingeraten ist, ist Ihnen eine Biene reingeflogen, oder was?«

»Ich glaub, ich gehe jetzt lieber.«

»Das können Sie natürlich machen. Aber es wird nicht aufhören, wenn sie das Arschloch nicht anzeigen.«

»Das ist nicht so einfach …«

»Das ist es nie. Sie sind schon die vierte vermöbelte Frau in dieser Nacht, und es ist noch nicht einmal Mitternacht. Solche wie euch haben wir dauernd, und dauernd hören wir irgendwelche Gschichtln, oder *nix Deitsch.* Wir haben einige Stammkundinnen, mal mit eingeschlagenen Zähnen, gebrochenen Nasen, einer beeindruckenden Sammlung an unterschiedlich alten Hämatomen, ausgerissenen Haarbüscheln, oder zerfetzten …«

»HÖREN SIE AUF! Sie wissen ja nicht, wie das ist …«

»Doch, weiß ich. Mein Ex und ich haben gemeinsam studiert, dann im Spital gearbeitet, nebenbei noch zusammen eine Privatpraxis geführt und zwei Kinder in die Welt gesetzt. Auf der Website haben wir beide gelächelt, aber was keiner wissen durfte, war, dass er immer wieder ordentlich in den Medikamentenschrank gegriffen hat. Gut, das machen echt viele in unserer Branche, sonst hältst du ja die Dienste nicht aus, aber bei ihm ist das nach und nach entglitten. Man rutscht da irgendwie rein und plötzlich steht man bis zum Hals in der Scheiße und fragt sich, wo man falsch abgebogen ist, gö? Der fesche, intelligente und witzige Student hat sich auch nicht über Nacht in ein psychotisches Monster verwandelt, das dich und die Kinder mit dem Skalpell bedroht, sich in den Arm schneidet und mit Selbstmord droht. Und ich, ich habe die Kinder getröstet und zur Mama gebracht, er hat Entzug gemacht, Rückfall, Entzug, Rückfall, jahrelang … Die Kinder habens ordentlich abbekommen, aber ich habe ja weiterhin geglaubt, das wird wieder, diesmal schafft er's.«

»Wow … Und was haben Sie gemacht?«

»Ich?« Die Ärztin lachte trocken. »Ich hatte Glück. Er hat sich mit dem Porsche eingebaut und das wars. Aber so ein Glück haben die wenigsten, also sollten sie nicht darauf wetten.«

Die Frauen schwiegen.

»Vermissen Sie ihn noch manchmal?«, fragte Glautsch kleinlaut.

»Ich vermisse den Mann, in den ich mich verliebt hatte, um den habe ich geweint, und die Kinder haben um den Papa geweint, der mit ihnen segeln ging und mit ihnen kochte. Denn der konnte er ja auch sein. Und das ist ja das Gemeine daran, stimmts?«

Glautsch nickte.

»Schauen Sie, es gibt bei Gewaltbeziehungen nie nur den einen Anlass, die eine Sache, den einen Grund. Es ist *immer* kompliziert und ambivalent. Das macht es ja auch so schwierig, da wieder rauszukommen.«

»Aber wie kommt man da rechtzeitig raus?«

»Wenn Sie mich fragen: Rechtzeitig gar nicht. Aber wenn man feststellt, dass man bis zum Hals in der Scheiße steht, geht es nicht darum, wie man da reingeraten ist, sondern wie man da rauskommt. Und in meinem Fall hingen ja auch noch die Kinder und Patient·innen mit drin. So viele Frauen *können* da gar nicht raus, weil sie z. B. finanziell abhängig sind. Immerhin kann man mittlerweile die Gewalttäter wegweisen, das gab es zu meiner Zeit noch nicht. Und das sollten Sie auch tun.«

»Die Wohnung läuft auf mich.«

»Das macht es einfacher. Wie schauts mit Geld aus?«

Da wurde Glautsch plötzlich bewusst, dass sie Tom im Prinzip ausgehalten hatte mit ihrem Job. Und dass er es immer spießig fand, über Geld zu reden.

»Geld passt.«

»Kinder?«

»Nein.«

»Na super! Und wenn Sie Zweifel kriegen: Denken Sie daran, dass der Mann nicht nur Ihnen was antun kann, sondern auch anderen.«

»Er hat eh schon eine bedingte Vorstrafe.«

»Na sehen Sie.«

Die Ärztin überlegte kurz.

»Sagen Sie mal, der Typ, von dem wir reden, das ist nicht zufällig Ihre Begleitperson, der Punk mit dem roten Irokesen?«

»Der? Nein, gar nicht, der hat mich überredet herzukommen. Der ist ein ganz ein Lieber.«

»Und sicher schon vergeben, gö?«

»Joa.«

Beide lachten.

»Und wo ist der Traumprinz?«

»Bei seiner Mutter.«

»Irgendwie fair.«

Jetzt kicherten sie beide.

»Na gut, ich glaub, da draußen warten noch ein paar Patient·innen auf mich. Wie tun wir jetzt? Kreuzen wir das *Fremdverschulden* an?«

Glautsch war sich jetzt sicher.

»Ja, machen wir das. Und kann sich noch wer das Auge anschauen, wenn ich schon da bin?«

Dösi hatte inzwischen mit Kiwi getextet. Sie hatten Tom abgeliefert und waren auf dem Weg in die Schuhfabrik, die Glücklichen. Jetzt kam Glautsch raus und sie wirkte bestärkter als vorher. Sie setzte sich zu Dösi.

»Also das Trommelfell hat einen kleinen Riss, aber das wird schon wieder.«

»Na Gott sei Dank!«

»Ich lass jetzt mein Auge anschauen, aber da muss ich noch warten.«

»Ist gut, warten wir. Ich schreib nur schnell Ulla. Passt das eh, wenn ich ihr sage, warum wir hier sind?«

Glautsch überlegte kurz.

»Ja, mach das. Aber du musst nicht hierbleiben, ich kann mir nachher ein Taxi nehmen, vielleicht gehe ich auch zu Fuß, es ist ja nicht weit.«

Dösi war nicht unglücklich über Glautschs Vorschlag, aber sein Bauchgefühl drängte ihn zu bleiben.

»Ach, passt schon. Ich habe heute eh nix mehr vor, die Kinder schlafen schon, Ulla legt sich auch bald hin und ich kann morgen Vormittag ausschlafen. Alles gut.«

»Danke, Dösi! Du bist echt urlieb.«

»Sag das der Ulla, wenn ich wieder mal verkatert bin!«

Sie grinsten.

»Sag, hast du dir schon überlegt, ob du eine Anzeige machen willst?«

»Ja, Anzeige. Ich glaube, das bin ich mir und anderen Leuten schuldig. Die Ohrenärztin hat mir da, ähm, die Augen geöffnet.«

Sie lachten.

»Schon schräg, oder?«, sinnierte Glautsch.

»Was denn?«

»Na dass wir Punks zur Polizei gehen, um einen anderen Punk anzuzeigen.«

Dösi nickte.

»Ja, schräg. Und ich trau mich wetten, dass das einige in der Schuhfabrik nicht leiwand finden werden. Aber die können scheißen gehn. Weißt du, ich finde Anarchie und Punk können nur funktionieren, wenn sich alle an die gemeinsam beschlossenen Regeln halten, wie zum Beispiel, dass man sein Häferl selber wäscht, abtrocknet und wegräumt, nicht klaut und dass häusliche Gewalt ein No-Go ist.«

»Das mit den Häferln hat Tom auch nicht gemacht. Ich hätte es wissen müssen!«

Glautsch lachte.

»Aber du hast recht. Überleg mal, wie viele WGs und Projekte vor die Hunde gehen, weil es mit dem Putzen nicht klappt. Da versucht mensch eine ideale neue Lebensweise zu entwerfen und dann scheitert es letztendlich an so erschreckend banalen Dingen wie der Einhaltung des Putzplans.«

»Eben. Aber das mit dem Putzen haut zumindest in der Schuhfabrik eigentlich ganz gut hin und dafür braucht es nun wirklich keine Polizei.«

»Eh. Aber wenn ihr heute nicht gekommen wärt, wenn du mich nicht hierher bugsiert hättest, hätte ich mich nie dazu durchgerungen, eine Anzeige zu machen.«

»Dafür hat man Freunde.«

»Und wenn man keine solchen Freunde hat, was macht man dann?«

»Dann bist du am Arsch.«

Glautsch wirkte nachdenklich.

»Meine Familie hat mit der Polizei echt keine guten Erfahrungen gemacht.«

»Ja, und so was sollte nicht passieren dürfen. Einer der Gründe, warum wir keine Polizei mögen, ist ja, dass da halt viele Rechtsradikale und sonstige Ungustln dabei sind, die ein Aggroproblem haben und sich im Schutz der Uniform anonym austoben können, ohne dass es echte Folgen hat, weil sie sich gegenseitig decken.«

»Ja, das auch. Aber ich glaube auch, dass der Polizeidienst Leute anzieht, die Befehle ausführen, ohne sie zu hinterfragen. Wer wählt so einen Beruf? Das finde ich irgendwie unheimlich. Wenn der Einsatzleiter den Befehl gibt, pfeffern, knüppeln, stürmen, räumen sie gnadenlos.«

»Stimmt. Aber haben wir mit unserem anarchistischen Gegenentwurf einer Gesellschaft eine gute Alternative?«

»Eigentlich sollte es keine Polizei brauchen.«

»Absolut. Aber ich glaube, so weit sind wir als Gesellschaft noch nicht – und ich weiß nicht, ob wir es jemals sein werden.«

Sie schwiegen eine Weile gedankenversunken.

»Kannst du dich noch an die Sache mit Görnie erinnern?«, fragte Dösi.

»Sagt mir nix. Was war da?«

»Das war in den 90ern, in der Andi, vor meiner Zeit. Ich habe das auch nur erzählt bekommen. Jedenfalls der Görnie war anscheinend das, was man einen klassen Hawara nennt, und außerdem ein super Schlagzeuger, die waren auch zu der Zeit Mangelware.«

»Zumindest das hat sich nicht geändert.«

»Stimmt. Jedenfalls der Görnie war allseits beliebt, nicht nur bei den Musikfans. Das einzige Problem war, dass er ziemlich brünftig werden konnte, wenn er was getrunken hat. Die anderen Burschen haben das weggelacht, die Mädls waren so was eh auch von außerhalb der Szene gewohnt und ertrugen es. Aber eines Tages stellt sich im Plenum eine hin und beschuldigt ihn vor dem ganzen Kollektiv, dass er sie vergewaltigt hat. Na, da gab es ein Riesenbahö. Görnie stritt alles ab und sagte, das sei keine Vergewaltigung gewesen, weil sie ja bewusstlos war.«

»Echt jetzt?«

»Das waren die 90er.«

»Auch wieder wahr. Scheiße. Und wie gings dann weiter?«

»Na ja. Zuerst gab es erst einmal eine Riesendiskussion, ob das überhaupt eine Vergewaltigung darstellt. Die meisten Männer – und auch einige Frauen – fanden, das sei definitiv keine Vergewaltigung, aber okay sei es auch nicht. Manche meinten, das sei definitiv keine Vergewaltigung und die Frau hätte sich halt nicht so abschießen sollen. Kann man sich heute gar nicht mehr vorstellen, ich weiß.«

»Doch, kann man.«

Dösi senkte den Blick.

»Ja, kann man. Du hast recht. Jedenfalls haben sich dann noch andere Frauen gemeldet, dass er sie bedrängt hat und dass das eigentlich nicht lustig ist, sein Balzverhalten.«

»Und?«

»Na ja, es lief darauf hinaus, dass in der Andi in Zukunft generell keine bewusstlosen Frauen gepudert werden sollten und dass sich Görnie generell a bissl zsammreißen soll. Er bekam kein Hausverbot, flog aus keiner Band, seine Bands hatten keine Probleme, Gigs zu spielen, und die »Unruhestifterin« zog aus. Nach einiger Zeit vergaß er das mit dem Zsammreißen wieder und es wurde schlimmer als vorher. Seine Bandkollegen – alles Männer, wir erinnern uns: die 90er – taten so, als wäre nix. Mag sein, dass die bandintern darüber diskutierten, aber unterm Strich wollte niemand den tollen Drummer raushauen. Bis er eines Tages spurlos verschwand.«

»Oha!«

»Ein paar Tage später finden die Punks seine nackte Leiche an den Füßen von einem Baum im Garten der Andi hängen. Sein Beidl war abgetrennt und in seinen Mund gestopft worden. Der Körper hatte

Folterspuren, später hieß es, er sei am Schock gestorben, aber woanders. Er wurde erst auf den Baum gehängt, als er schon tot war.«

»Na servas … Und was war dann?«

»Na, die Polizei hatte einen super Vorwand, die Andi zu räumen und alle festzunehmen, die sie fangen konnten. Die Medien schäumten. Die Frauen standen unter Generalverdacht. Jedenfalls zerstreute sich das Andikollektiv in alle Winde und Görnies Bands lösten sich großteils mangels Drummer auf.«

»Oag. Und die Moral von der Geschicht?«

»Moral? Hmmm. Also die Frauen hätten damals vor Gericht keine Chance gehabt, Görnie dranzukriegen. Das großteils männliche Kollektiv ließ Görnie auch gewähren und deckte ihn, die hätten auch nie ausgesagt, weil *Gusch bei da He*, eh scho wissn. Dann hat jemand zu Selbstjustiz gegriffen und das war auch nicht gut.«

»Na jo, man muss ja nicht gleich morden. Streng genommen war das heute ja auch Selbstjustiz. Sissi hat Tom heute geschlagen und genötigt.«

»Vielleicht. Aber das fühlte sich richtig an.«

»Ja, schon. Aber mehr wäre zu viel gewesen.«

»Die Polizei ist eben – zumindest theoretisch – dazu da, Selbstjustiz zu verhindern und die Schwachen vor den Gschissenen zu schützen. Und mit deinen Arztbefunden von heute kann Tom doch wohl hoffentlich Einhalt geboten werden, ohne dass wer irgendwelche Beidln abschneiden muss.«

»Genau, lieber selber Eier wachsen lassen!«

Sie lachten.

DER GOLDENE REITER

An diesem Abend wurde das AKW eröffnet. Dabei handelte es sich um eine Location am Stadtrand abseits sich beschwerender Fadnocken. Der Bau bestand aus einer adaptierten Fabrikshalle. Der Eröffnungsabend war groß über alle Medien und Plakatwände angekündigt worden, und Fanta hatte beschlossen, den Abend und die Nacht dort zu verbringen, weil zwei weltberühmte Techno-Wave-DJs auflegten. Über dubiose Wege hatte er zu einem horrenden Preis eine Eintrittskarte erstanden, und als er kurz vor elf Uhr abends vor den Pforten des AKWs stand, war schon eine große Menschenmasse anwesend, die auf Einlass wartete. Die Türen wurden geöffnet und Fanta drängte mit den anderen hinein.

Der Sound war ausgezeichnet. Die DJs legten eine akustische Wolke über die leere Tanzfläche, einen harten, minimalistischen Beat, aus dem sich nach und nach bekannte Nummern von Pionieren der elektronischen Musik herauskristallisierten. Fanta gehörte zu jenen Discobesuchern, die nicht tanzen, sondern sich irgendwo in einer Ecke hinsetzen und einfach nur die Lichter betrachtend lauschen. Offensichtlich gehörten alle Gäste zu dieser Sorte: Denn die Tanzfläche blieb leer und niemand tanzte, obwohl die Musik einpeitschend genug war. Irgendwann glaubte Fanta einige Takte des *Goldenen Reiters* zu vernehmen, und tatsächlich zeichnete sich das Lied sukzessive ab, bis es klar und deutlich den Raum erfüllte, während die Menge andächtig lauschte.

Fanta bemerkte, dass sich die Tanzfläche langsam lichtete, ohne dass er Menschen hinausgehen sah. Plötzlich stellte er fest, dass alle bis auf ihn verschwunden waren und er mit den DJs und der Musik ganz allein war. Es störte ihn nicht wirklich, nur war er etwas erstaunt, dass die

Menschen offensichtlich die DJs nicht zu würdigen wussten. Es wurde Mitternacht. Er saß weiterhin in seiner Ecke und ließ Licht und Klang auf sich einwirken, als er folgende Textstelle vernahm:

Die Interimsliebenden sind Liebende im Interim

Einbildung, bloße Einbildung, dachte Fanta. Hinter der getönten Glasscheibe konnte er die DJs nur schemenhaft sehen.

Und plötzlich war er da: Der Song der *Einstürzenden Neubauten* tönte klar und brillant aus den Lautsprechern. Fanta stürmte zum DJ-Pult. Durch einen Schlitz erblickte er die beiden und erkannte sie sofort wieder: Das unhaarige, geschlechtslos wirkende Paar kehrte ihm gerade den Rücken zu, als sich eines plötzlich umdrehte und Fanta direkt in die angstgeweiteten Augen blickte. Fanta schrie auf und rannte die Stufen zum Ausgang hinauf, vorbei an den Türstehern, die Musik verfolgte ihn und er rannte und rannte. Hinter sich hörte er eine leise, unaufdringliche Explosion und das Einstürzen des AKWs. Ihm wurde schwarz vor Augen, er fiel zu Boden, vergrub sein Gesicht im Gras und hielt sich schreiend die Ohren zu. Nach einer Weile glaubte er Musik zu hören, öffnete die Augen, ließ seine Ohren los und staunte: Er saß in der Mitte der Tanzfläche, während um ihn herum die Menge ekstatisch tobte.

Aus den Lautsprechern klang der *Goldene Reiter*.

DIE NACHRICHT

Das Büro der Schuhfabrik befand sich naheliegenderweise im Verwaltungsgebäude, diesem schönen, alten, efeubewachsenen Ziegelbau. Kiwi saß an seinem Platz in einem großen Raum, in dem sich neben Arbeitsplätzen auch alte Sitzgelegenheiten und alle möglichen und unmöglichen Tische befanden, der eine oder andere von Dimitri. Die Wände waren bis zur Decke voll mit Regalen, darauf standen Ordner, Buchhhaltungsunterlagen, Motorradhelme, Protokolle, ein Sauschädel und Bücher. Langosch lag unter dem Schreibtisch auf seinem Platz und döste. Er war noch von der Morgenrunde ausgepowert, gut so, dachte Kiwi zufrieden. Der zügige Spaziergang hatte ihm auch gutgetan. So, und jetzt tamma wos!

Er öffnete einen Brief von der Gemeinde Wien. Er begann zu lesen und dabei verfinsterte sich seine Miene immer mehr. Seine Unterlippe zuckte, als er fertiggelesen hatte. Langosch winselte besorgt.

Als kurz darauf Marianne mit zwei Kaffeetassen ins Büro kam, hatte er die Hände im Gesicht.

»Kiwi, alles okay?«

Kiwis Schultern bebten und er schluchzte. Langosch legte fiepend seine Schnauze auf Kiwis Schenkel. Marianne berührte sanft seine Schulter.

»Kiwi?«

Er blickte sie mit tränennassen Augen an und deutete auf den Brief. Marianne begann zu lesen und dann musste sie sich setzen.

»Scheiiiiiißßße …«

Kiwi und Marianne waren bei der letzten Hauptversammlung als Vorstand des Trägervereines der Schuhfabrik gewählt worden. Der

Trägerverein koordinierte die einzelnen Vereine und Kollektive in der Schuhfabrik: den Sportverein, die Kindergruppe, das Kinderzimmer, das Wohnkollektiv, die Konzertgruppe, Radio Schuhfabrik, das Bau- und Reparaturkollektiv, das Bar- und Kochkollektiv sowie den Verein Kunstfabrik. Diese unterhielten die einzelnen Bereiche, aber alle zusammen gehörten zum Trägerverein Schuhfabrik. Es gab also geordnete Strukturen, aber keine Hierarchien im üblichen Sinne, und Vorstand zu sein bedeutete vor allem Koordination und Verantwortung.

In den 1980ern, lange vor ihrer Zeit, war die leerstehende und schon recht baufällige Schuhfabrik besetzt worden. Anfangs war die Räumung in der Luft gehangen, aber zum Glück hatte der damalige Vorstand viel diplomatisches Geschick und verstand es, gutes Wetter für die Schuhfabrik zu machen. Im ORF gab es damals eine beliebte Jugendsendung, man lud die Reporter ein und so entstand ein sehr positiver Beitrag über die Schuhfabrik als Jugendtreff und Konzertvenue. Kolumnisten verschiedener Zeitungen drückten ihr Verständnis für die *Schuhe* und ihr Bedürfnis nach Freiräumen aus, die Obleute konnten im Rundfunk ihre Visionen darlegen. Kunstschaffende solidarisierten sich. Lösungen wurden gesucht, Jurist·innen halfen kostenlos, und schließlich ließ sich die Gemeinde Wien dazu bewegen, das damals abgelegene und billige Areal zu kaufen und dem Trägerverein als Prekarium zu überlassen. Das bedeutete, dass erst einmal nicht geräumt werden sollte, bis auf Weiteres konnten die *Schuhe* bleiben – allerdings unter dem Damoklesschwert der jederzeit möglichen Beendigung des Prekariums.

So vergingen fast vierzig Jahre. Und jetzt war das Worst-Case-Szenario eingetreten: Die Gemeinde Wien hatte mit dem Areal andere Pläne und die Schuhfabrik sollte nach so einer langen Zeit der Duldung weichen. Das Areal war innerhalb eines Jahres zu räumen, dann würden die Bagger kommen, die U-Bahn würde verlängert werden und ein neues Stadtviertel sollte dort entstehen.

Unvorstellbar.

Andererseits war es nur eine Frage der Zeit gewesen: Mittlerweile war der Eiserne Vorhang gefallen, Wien war wieder auf fast zwei Millionen

Menschen herangewachsen, diese Menschen brauchten Wohnraum und Infrastruktur. Neue Viertel breiteten sich seit Jahren in ehemaligen Gstettn aus. Und das war ja an sich nichts Schlechtes in einer Stadt wie Wien, vor allem wenn es sozialer Wohnbau war, der denen zugutekam, die es am nötigsten hatten. Aber gehörten zu einer lebenswerten Stadt nicht auch Orte wie die Schuhfabrik? Fehlten diese Orte nicht schmerzlich in Städten wie Dornkirchen, und zogen sie nicht auch Menschen in die Stadt, die sich nach einem Leben jenseits von *Birth, School, Work, Death* sehnten? Wie viele Endemiten konnten in diesem einzigartigen Biotop gedeihen, das nicht den Regeln des Kapitalismus unterworfen war, wie viele Bands konnten hier ohne kommerziellen Druck auftreten und ihr Publikum sie für kleines Geld sehen, wie viele Gäste den Kummer der Welt und den kraftraubenden Alltag wegfeiern? Wie viele Menschen konnten hier zumindest zeitweise Obdach und Schutz vor der ganzen Scheiße, die in der Welt so passierte, finden?

Lenin tappelte über den Tisch und wischelte auf den Brief von der Gemeinde. Kiwi und Marianne tranken Kaffee, rauchten und dachten nach. Nachdem der erste Schock verflogen war, setzten sie sich an den Computer und verfassten eine Nachricht an alle Vereinsmitglieder. Dann rauchten sie noch eine, lasen den Text noch einmal durch. Schließlich klickte Marianne auf »Senden«.

Die Nachricht erschütterte die Punks wie die Krebsdiagnose eines geliebten Menschen. Und hatte die Schuhfabrik nicht auch eine Seele, gewebt aus tausenden Geschichten, Klängen, Erinnerungen, Düften, Ideen, Dramen und dem Gemäuer selbst? Wer das Mail nicht bekommen hatte, erfuhr es über die sozialen Medien oder persönlich. In ihrer Nachricht luden Marianne und Kiwi zu einer außerordentlichen Versammlung am Abend desselben Tages im Büro.

Jetzt hatten sie ein paar Stunden Zeit, um sich vorzubereiten. Kiwi hielt im Büro die Stellung und Marianne ging hinaus, da konnte sie besser denken. Kiwi legte die Füße auf den Schreibtisch und versank in seinen Gedanken. Gelegentlich machte er sich eine Notiz. Stunden vergingen. Durch die schmutzigen alten Fabriksfenster blitzte noch einmal kurz die untergehende Sonne herein und im gleißend orangen Licht tanzten die Staubflankerl in der Luft. Kiwi schaute sich den Sonnenuntergang an. Dann machte er sich daran, etwas aufzuräumen, damit alle Platz haben würden.

Nach und nach trudelten sie ein, vom Teenie bis zur Greisin, die Frauen mit Dreads, ein paar Kapperlträger um die vierzig, räudige Punkfrauen, Tätowierte, Kunstschaffende und die Radioleute.

Das Whiteboard mit Stiften wirkte skurril in dem verpunkten Gründerzeitbüro. Es wurden Informationen ausgetauscht, Ideen gesammelt, mögliche Schritte erwogen, Arbeitsgruppen organisiert, Aufgaben verteilt, alles autonom und persönlich vereinbart zwischen den Aktivist·innen. Kiwis Aufgabe war es, den Überblick zu bewahren, Marianne und Sissi standen ihm dabei gleichberechtigt und gleichverantwortlich zur Seite, sie bildeten das Kernteam. Die Arbeitsgruppen erwählten aus ihren Mitten Koordinator·innen, die mit dem Kernteam Infoaustausch betrieben und weitere Schritte erwogen. Sie waren auch die Multiplikator·innen in ihrer Gruppe. Und so arbeiteten die *Schuhe* emsig daran, ihre Schuhfabrik zu retten, unbezahlt, aber hoffentlich nicht umsonst.

Marianne übernahm die Kommunikation mit dem Rathaus, Kiwi organisierte Rechtsbeistand, Glautsch koordinierte mit ihrem Team die Medien und Sympathisant·innen, Sissi organisierte Benefizevents, um nur einige zu nennen.

In der nächsten Zeit trafen sich die Delegierten regelmäßig, um sich auszutauschen. Glautsch kam nicht umhin zuzugeben, dass ihr die elektrisierende Stimmung behagte, das Wissen, gemeinsam an einem wichtigen Ziel zu arbeiten. Alle rissen sich zusammen, was persönliche Befindlichkeiten anging, und es klappte eigentlich super. Eigentlich. Aber bei der kulinarischen Ausrichtung des *Punketts*, eines Punk-Banketts mit Livebands, viel Bier – und eben Speisen – gab es Bresln.

»Heast, waunns ka Spanferkel gebn deaf, dann scheiß i drauf!«, polterte Sissi eine junge Frau in Vintagekleidung an. Ihr zur Seite stand eine Handvoll ähnlich gewandeter junger Menschen. Sissi trug ein fast zur Unkenntlichkeit verwaschenes Rocky-Balboa-T-Shirt, schwarze Leggings mit Totenköpfen, Militärstiefel und einen violetten Plüschminirock. Das Haar hatte er zu einem langen Zopf geflochten. Ihm zur Seite stand der alte Franzl, der noch im legendären Hinterzimmer des an sich braven Café Milchstern gespielt hatte.

»Wann hat Punkrock eigentlich aufgehört, sexy, verrucht, wild, tabulos und berauschend zu sein? Wie konnte Punk nur so blutleer und fad werden? Und jetzt gönnens uns ned amoi mea des Spanferkel ...«, klagte er.

»Und den Monsieur Macaron woits a ned, es Puritaner!«, donnerte Sissi. »Was passt euch an dem ned?«

»Er tritt nur in Unterhose auf und das finden wir unangenehm und unangemessen.«

»Er hot eh des Cello davor, da sigst eh nix!«

»Wir finden diese Art männlicher Selbstdarstellung nicht richtig.«

»Wos stööt denn der dar? Host eam scho gsehn? Des is a blader Fuchzgjähriga. I find des leiwand, wie der sich nix scheißt mit seiner Wampn.«

Die Diskussion ging weiter. War es relevant, dass Monsieur Macaron nicht normschön war? Ist Nacktheit per se Punk? War es Bodyshaming, seinen Ekel über die Bühnenfigur zu verbalisieren? War es vom Künstler beabsichtigt, einen Wirbel zu machen und Diskurs anzuregen? Wie steht man zu Iggy Pop? Ist der Puritanismus im Punk zu weit gegangen? Ist es bereits ein politischer Akt, beim Billa eine Wurstsemmel aus Industrieproduktion statt einer tier- und planetenfreundlichen Alternative zu kaufen? Und ist ein solcher Akt noch mit Linkssein vereinbar oder ist das bereits faschistisch? Oder soll ich dir eine in die Pappn haun?

Ein paar Wochen später kam Marianne mit Neuigkeiten aus dem Rathaus. Die Punks lauschten ihren Ausführungen beim Plenum gespannt. Die Stadt hielt an den Plänen fest, aber sie boten den Bewohner·innen an, bei Wiener Wohnen unterzukommen. Sie wären dann in alle Winde verstreut, diese ganz besondere Wohngemeinschaft wäre zu Ende.

Den Jugendlichen boten sie an, im neuen Stadtteil ein Jugendzentrum zu bauen, wo sie auch eingeladen waren, sich bei der Planung einzubringen. Es wäre ein konsumfreier Ort, geführt von einem gemeinnützigen Verein zur Förderung der Jugendlichen mit Bühne und PA.

Den Künstlern legten sie zur Zwischennutzung ein Prekarium in einem stillgelegten Bahnhof nahe – ein Gelände, das in etwa fünf Jahren erschlossen werden würde. Da wäre die nächsten vier Jahre oder so gut Kunst zu machen; längerfristig planen zu wollen, war eh illusorisch. Nur, die Synergien mit den anderen *Schuhen* würden wegfallen.

Was die Bühne betraf: Die Stadt würde sie dabei unterstützen, eine geeignete Location zu finden, um ein Lokal zu eröffnen, das nach marktwirtschaftlichen Regeln geführt werden würde. Das kam für die Punks nicht infrage. Wenn schon, dann sollte das ein gemeinnütziger Kulturverein auf Subventions- und Spendenbasis sein, mit Pay-as-you-wish-Policy und notfalls irgendwelchen Zetteln, auf die man sich eintrug, um Tagesmitglied zu sein, um einem Konzert beiwohnen zu können. So was wäre ja grundsätzlich vorstellbar, aber dieser Ort, diese ganze Gemeinschaft – sollte das wirklich verlorengehen?

»Das freie Radio könnte auch wo unterkommen, die Tätowiererei und Dimitris Werkstatt habe ich lieber nicht erwähnt, dafür haben wir auch noch über den Sportplatz geredet. Anscheinend ist vorgesehen, dass es dort später irgendeine Muckibude geben soll. Für die Proberäume wird es keinen Ersatz geben. Wir sollen uns halt privat was mieten«, schloss Marianne.

Aufgeregtes Durcheinanderreden, aber bald kristallisierte sich heraus: Sie wollten nicht getrennt werden. Die Antwort der Punks war klar: Schuhfabrik bleibt!

DER GEBURTSTAG

Es war ein regnerischer Herbstnachmittag, als Glautsch in ihrer Wohnung Vorbereitungen machte. Sie feierte heute ihren 36er und am Abend würden ein paar Freunde vorbeischauen, nur auf einen Drink, es war ja Mittwoch. Da läutete es plötzlich an der Tür und ihr Vater begrüßte sie über die Gegensprechanlage. Sie ließ ihn ein. Das letzte Mal hatte er sie vor fünf Jahren angerufen, da hatte er gerade im Ausland gelebt, weil es in Österreich Ärger gab, und Geld gebraucht. Sie hatte ihm wieder einmal etwas überwiesen.

Jetzt stand er vor ihr. Er war älter geworden, sein Bauch war größer als früher und seine Augen wirkten zwar müde, aber aus ihnen blitzten auch Schläue, Charme und religiös wirkende Verblendung. Sie umarmten sich.

»Hallo, Papa. Magst du einen Kaffee?«

»Gern.«

Er setzte sich an den Tisch und blickte sich um.

»Wohnst du allein?«

»Ja, und außer der Wohnküche gibt es noch zwei Zimmer.«

Er nickte.

»Schön hast du's hier.«

»Danke.«

Glautsch stellte die Kaffeehäferln hin und setzte sich, da zog er ein Plastiksackerl hervor und reichte es ihr.

»Alles Gute zum Geburtstag!«

»Oh, Danke!«

Jetzt war sie gespannt, sie schaute neugierig hinein. In dem Sackerl waren ein paar Kosmetikfläschchen mit dem Aufdruck einer günstigen Hotelkette.

»Danke.«

Was hätte sie sonst sagen sollen? Es war immer noch besser als die alte Schrottkarre, die er ihr zum 25er geschenkt hatte. Ein 25 Jahre altes (Oh wie passend!), abgerocktes rotes Mazda-Cabrio mit undichtem Dach und viel Reparaturbedarf. Das Pickerl war seit Monaten abgelaufen, das Auto hatte es wohl nicht mehr gekriegt, und der Vater wollte sich so die Entsorgung sparen. Glautsch hatte es schließlich auf ihre Kosten entsorgt.

»Erzähl mal, was war die letzten Jahre? Und wieso bist du wieder in Österreich?«

»Die Sache ist mittlerweile verjährt. Ich habe unten eine Zeitlang was Gutes am Laufen gehabt, aber da bin ich dann ausgestiegen. Und da hab ich mir gedacht, ich komme wieder nach Wien.«

»Und, hast du schon eine Wohnung?«

»Also ab kommendem Monat, ja. Ist noch nicht ganz fix, aber zu 90 %.«

Schweigen.

Glautsch graute jetzt schon. Bitte nicht. Bitte nicht einziehen bei mir, bitte, bitte nicht!

»Ich habe jetzt ein billiges Zimmer für die nächsten paar Wochen.«

Glautsch entkam ein hörbarer Erleichterungsseufzer.

»Nein, keine Sorge, ich werd mich schon nicht bei dir einquartieren.«

Er grinste und sie lachte mit gesenktem Blick. Er kannte sie einfach.

»Aber wärs okay, wenn ich bei dir ein paar Sachen bunker, bis ich die Wohnung hab?«

Uuups, zu früh gefreut.

»Na ja, ist das viel?«

»Nicht wirklich. Ein paar Säcke und so.«

»Ja, okay.«

»Passt. Dann können wir's ja eigentlich gleich rauftragen, oder?«

Oida!, dachte Glautsch.

»Puuuh, ähm … okay.«

Glautsch schluckte, als sie unten einen Kleinlaster stehen sah, aber er war zum Glück nicht vollgeladen. Es waren etwa zwanzig große schwarze Müllsäcke, zahlreiche Kisten und Taschen zu tragen. Sie stellten alles ins Schlafzimmer mit dem Hochbett, nun lag der Geruch des Vaters in der Luft. Danke dafür! Glautsch nahm sich vor, ganz viel zu räuchern, mit Salbei, Palo Santo und Bernstein.

Sie plauderten noch ein bisschen über die Familie, und Glautsch erwähnte, dass Mama nach wie vor in der Filmproduktionsfirma arbeitete und es ihr gut ging. Der Vater erzählte belanglose, lustige Erlebnisse. Über seine Geschäfte sagte er wenig, nur dass es irgendwas mit dem Internet zu tun hatte. Dann schlug er Glautsch noch vor, nein drängte sie geradezu, in sein Kryptowährungsprojekt zu investieren, und stellte ihr beachtliche Renditen in Aussicht. Sie schaffte es, ihn abzuwimmeln. Er versprach, sich bald zu melden, sie tauschten Nummern aus und er ging seiner Wege.

Glautsch gönnte sich einen Whiskey.

GESCHICHTEN VON DER ANDI

An diesem grauen Herbstnachmittag waren Lena und Yamuna bei Hedi zu Besuch. Sie tranken Tee und naschten Kekse.

»Sag mal, Hedi, hast du schon mal eine Räumung erlebt?«

»Eine Räumung? Ja, hab ich. Die Andi.«

»Du hast in der Andi gewohnt?«

»Ja.«

»Und hast du diese Görnie-Sache mitgekriegt? Da hört man ja die krassesten Versionen.«

»Erste Reihe fußfrei.«

»Erzähl!«

»Ich glaube ja, dass sein Ende gar nichts mit den Frauen zu tun hatte. Er hat von Anfang an gedealt, aber zuerst nur mit Gras und unter uns. Dann hat er sein Sortiment erweitert und wollte größer werden, und ich kann mir vorstellen, dass das ein paar Leute ned leiwand gefunden haben.«

»Mafia?«

»Gut möglich. Außerdem: So was macht nicht eine allein, schon gar keine Frau. Bei Görnie reden wir von einem gstandenen Mannsbild mit sicher 100 kg. Selbst wenn man ihm K.-o.-Tropfen gibt, muss man so ein Bröckerl ja derlupfen können. Und so haaß die Frauen auf ihn waren – ich trau das einfach keiner von dort zu, dass sie so was anleiert oder dabei mitmacht. So waren die Frauen einfach nicht drauf damals in der Andi.«

»Hmmm … interessant. Und dass eine gemischte Gruppe vom Haus so was macht?«

»Na ja, man kann in die Leute nicht hineinschauen, aber auch das klingt für mich unwahrscheinlich. Um das mit dieser Brutalität durchzuziehen, da gehört schon was dazu. Darum tippe ich eher auf Mafia.«

»Und wie war das in der Andi damals?«

»Also wenn ich mir die neuere Generation anschau, schon ganz anders. Erstens, früher waren das fast alles weiße, zornige Männer aus Österreich, die wurden schon auch mal aggressiv, so was wird mittlerweile nicht mehr gern gesehen, außer im Gürteltier. Dass zum Beispiel jemand wie der Tom rausfliegt, das hätte es in der Andi nicht gegeben. Mit Feminismus hatten die alle nix am Hut, die hatten das Problem einfach nicht auf dem Radar, weil es sie nicht betraf. Frauen gab es in der Andi kaum und die paar passten sich an die hoate Kultur an. Ich selber konnte mit Feminismus lange Zeit auch nichts anfangen, mir waren die strukturellen Probleme – auch in der Szene – nicht bewusst, ich wusste damals nicht einmal, was *strukturell* bedeutet, ich hab halt eine große Goschn gehabt, gern gsoffn und zogen, tough getan und mich nicht fertig machen lassen.«

»Ich habe einen alten Wiener Punksampler, da sind fast nur reine Männerbands drauf. Aber es gibt immer noch wenige Frauenbands im Punk in Wien.«

»Im Nachhinein war Punk – zumindest damals – im Prinzip ein Ding von und für zornige junge weiße Männer und wurde von Anfang an von McLaren und den Majorlabeln kommerziell ausgeschlachtet. Musik von Frauen war für uns nur dann gut, wenn sie so hart und zornig wie die von Männerbands klang, ich hab das damals auch so gesehen. Ein weiteres Problem ist, dass sich Frauen generell einfach viel zu viel antun und an sich selbst zweifeln. Da gab es einfach immer schon mehr Männer, die sich nix schissen und einfach taten und dadurch die Szene definierten.«

»Wenn Frauen Kunst machen, ist es oft auch sehr krass, aber auf eine andere Weise. Ich mein, kennst du Anna von Hausswolff, meine Fresse, oder Anne Clark, Myrkur, Jarboe, Pharmakon, Sinéad O'Connor, Peaches … Aber eben ganz anders arg als Männermucke.«

»Ich sag immer, Männer machen Musik ausm Beidl, Frauen aus den Regelbeschwerden.«

Sie lachten und stießen mit den Teetassen an.

»Britpop kommt aus der Impotenz!«

»Radiohead auch! Es gibt so viele fragile Männerstimmen! Und die tua ma ned veroaschn!«

»Richtig! Zuerst schimpfen wir über die Macker, dann lachen wir über die Gefühlvollen. Scheißprägung. Jedenfalls die Räumung …«

»Genau!«

»Also, das war so surreal … Die sind am frühen Morgen mit Hubschraubern gekommen und haben sich abgeseilt, sind durch die Fenster rein, mit voller Montur. Und bevor du realisiert hast, was los ist, lagst du auf dem Bauch mit Handschellen an Händen und Füßen.«

»Meine Fresse …«

»Die haben uns alle eingnaht. Wir durften ein paar Taschen vollpacken und mitnehmen, dann haben sie uns alle abgeführt und da kamen schon die Bagger.«

»Was?«

»Die haben alles niedergewalzt. Wir saßen unterschiedlich lang in U-Haft und dann zerstreuten wir uns in alle Winde, viele leben auch nicht mehr. Manche verließen die Stadt, ein paar von denen leben jetzt auf einer Alm in den Bergen und machen Käse. Eine hat im Wald gehaust, ist aber bald erfroren. Ein paar wurden Wagenpunx und ziehen mit ihrem Zuhause durch die Welt, wenn sie nicht irgendwo sesshaft geworden sind. Ein paar laufen mir hin und wieder über den Weg. Man grüßt sich, plaudert a bissl, na jo. Ach, und ein paar haben in der Adria ein Kollektiv aufgezogen, das traditionelle Boote und Schiffe restauriert.«

»Bootspunx. Cool, kannte ich auch noch nicht.«

Und Lena stellte sich vor, wie es sein würde, an der Adria zu leben, jeden Morgen das Meer zu sehen und mit der Kleinen an der Küste zu spazieren. Wie sie Krabben entdecken und Muscheln sammeln und am Abend am Feuer beim gemeinsamen Essen den Geschichten der anderen lauschen würden.

SERGEJ

Es war der Vorabend der Tour. Sie würden Dösis Bus nehmen, die Antn in einem Anhänger transportieren und als *Antbeaters* überall dort spielen, wo man sie ließ. Sie hatten sich in den letzten Monaten ein paar Gigs in diversen autonomen Häusern ausgemacht, aber dazwischen war noch Zeit für spontane Aktionen. Schlafen würden sie entweder im Bus, im Zelt oder in den Locations.

Dimitri war gerade mit Zusammenräumen beschäftigt. Wenn er in zwei Wochen zurückkommen würde, wollte er keine Unordnung vorfinden. Er freute sich schon auf die nächste Zeit; Kiwi, Jessi und Dösi mochte er gern. Sie waren fast so etwas wie Freunde geworden, vor allem Kiwi.

Jetzt lebte er schon ein paar Jahre in der Schuhfabrik, er war hier tatsächlich sesshaft geworden, wer hätte das gedacht. Sie war sogar so sehr sein Zuhause geworden, dass er jetzt nach Jahren erstmals wieder zum Vergnügen verreiste, weil er hier seinen Platz in der Welt gefunden hatte, wo er hingehörte und wohin er am Ende der Tour ganz bestimmt zurückkehren würde. Zwei Wochen waren genau richtig, er würde sich auf die Schuhfabrik freuen können, auf seine aufgeräumte Werkstatt und seinen kleinen Wohnbereich, den er sich dort mit Rigipswänden abgetrennt hatte. Vielleicht war es Zeit für eine ordentliche Kochecke, damit er endlich was anderes als das vegane Zeug und eingelegte Würste essen konnte? Mal sehen …

Fertig. Alles verräumt, alles gepackt, alles bereit. Jetzt früh schlafen gehen, morgen ging es los. Er ging hinaus in den Herbstabend, um sich die Beine zu vertreten. Vielleicht noch ein Bier an der Bar vor dem Schlafengehen?

Wenn er geahnt hätte, welche Wendung der Abend jetzt nehmen würde, hätte er darauf verzichtet, aber nachher weiß man ja bekanntlich immer mehr. Aber wie konnte er auch ahnen, dass ihn seine Vergangenheit ausgerechnet hier und jetzt einholen würde?

Als er sich der Bar näherte, hörte er eine Frau lachen. Er stutzte. Nein, unmöglich, er musste sich irren, das musste eine Verwechslung sein. Aber jetzt drehte sie sich um und er konnte ihr Gesicht im Lampenschein sehen. Kein Zweifel, das war tatsächlich Doris, die Tochter vom Engel, seinem alten Chef aus Dornkirchen. Was machte die in Wien und noch dazu hier? Er kehrte schnell um, aber sie hatte ihn erkannt und lief jetzt auch noch auf ihn zu.

»Sergej? Was machst *du* hier? Du hast ja einen Bart, hihi …«

»Du musst mich verwechseln, ich heiße nicht Sergej.«

»Haha, du bist lustig. *Da* bist du also. Wir haben uns all die Jahre gefragt, wo du steckst, und jetzt finde ich dich in der Schuhfabrik, wie geil ist das denn?«

Es hatte keinen Sinn, das Theater weiterzuspielen, jetzt war es besser, selber eine Frage zu stellen, um keine beantworten zu müssen.

»Und was machst du hier?«

»Ich besuche die Marianne und den Eeeemil. Ich glaube, die freut sich gar nicht darüber, aber das ist mir wurscht, haha …«

Sie war offensichtlich betrunken, und nicht nur das. Er hörte sich eine Weile ihr Gefasel über Dornkirchen an. Ihr Vater war immer noch im Geschäft und nicht gut auf sie zu sprechen, weil sie billiger zu haben war als seine Mädls und ihm Kunden wegschnappte. Sie zeigte ihm auch die Stelle, wo sie das Familienwappen hatte hintätowieren lassen. Dort fehlte jetzt ein Stück Haut.

»Er hats mir rausgeschnitten, haha … Aber den Freiern ist das wurscht, die wissen alle, dass sie eine Fuchsenseerin pudan.«

»Hör mal, ich muss morgen früh raus und kann nicht bleiben. Man sieht sich, pass auf dich auf.«

Während sie sich zum Abschied umarmten, klaute er ihr Handy. Das würde ihm hoffentlich bis morgen früh Zeit verschaffen, aber über kurz oder lang würde sie ihrem Vater stecken, wo seine ehemalige rechte

Hand untergetaucht war. Und der Engel würde sein Geld zurückhaben und sich bitter rächen wollen. Und wenn seine Rache so aussah, wie es Dimitri von früher kannte, würde ihm genau das widerfahren, was er selber als sein Muskel immer wieder jenen angetan hatte, die den Engel verärgert hatten.

Karma is a bitch.

Scheiße.

Er ging zur Gstettn beim Sportplatz, um nachzudenken. Sie hatte ihn Sergej genannt, dabei hatte er gehofft, diesen Namen nie wieder zu hören. An diesem Namen hingen Verbrechen und andere Dinge, auf die er nicht stolz war und die ihn manchmal verfolgten. Wenn er Besuch von seinen Dämonen bekam, half es Dimitri meistens, irgendetwas zu hämmern, zu flexen oder zu fräsen, um sich abzulenken. Hauptsache laut und anstrengend. Die Antn war ursprünglich so ein Projekt zum Abreagieren gewesen, die Idee, daraus ein Instrument zu machen, hatte Dimitri erst nach dem Einsturz der Kellerdecke gehabt. Aber manchmal musste er einfach raus an die frische Luft. So wie jetzt. Seine Knie wurden weich und hier, fern von anderen Menschen, unter dem freien Herbsthimmel, sank er zitternd auf die Knie und gab sich seinem Schmerz hin. Er erinnerte sich an seine Zeit im Krieg. Was er da alles gesehen und getan hatte … Die Geburtenstation und die Flammenwerfer … Der Junge, dessen Auge herabhing. Die Frau, der eine Granate den Unterleib weggesprengt hatte und die noch ein paar Stunden lebte und ansprechbar war. Die Vergewaltigungen … Oh Gott …

Der Selbstekel trieb ihm die Tränen ins Gesicht. Es war ein schwacher Trost, dass er nicht freiwillig in den Krieg gezogen war. Dann erinnerte er sich schluchzend an die Zeit, als er desertiert und auf der Flucht gewesen war. Was hatte er alles getan, nur um zu überleben. Dann die Zeit in Dornkirchen, all die Huren, all die Drogen, all die Toten. Es war im Prinzip nicht viel anders als dort, wo er herkam. Die Mächtigen fickten die Ohnmächtigen, und folgsame scharfe Hunde wie er fanden ihren Platz unter dem Tisch der Mächtigen, von dem immer wieder etwas für sie herabfiel. Ein Hundeleben war immer noch besser als gefickt zu werden. Aber irgendwann hielt er es nicht mehr aus, das Monster zu sein, vor dem alle zu Recht Angst hatten. Er tauchte unter und fand schließlich die Schuhfabrik, als sie gerade geschickte Allrounder suchten. Diese Leute waren so unglaublich unschuldig und naiv, wie Kinder. Selbst ihre Streitereien waren im Grunde kindlich, ihre Probleme so abstrakt, weil sie keine echten hatten. Vor allem die Künstler lebten auf einem anderen Planeten, mit ihren Ausstellungen angeschnäuzter Taschentücher und merkwürdigen Installationen. Aber er mochte sie, sie waren freundlich und inspirierten ihn. Ein paar von den älteren wollten mit ihm über Kommunismus, Kapitalismus, Stalin, Bakunin, Kropotkin, Trotzki, Bolschewiken und Menschewiken diskutieren, diese Idioten … Warum nicht gleich Dostojewski? Na ja, immerhin kannten ein paar Bulgakow und die Strugatzkis, und zum Schachspielen fand sich auch immer wer. Es war nett hier und er wollte verdammt nochmal nicht mehr flüchten. Aber dafür musste er Sergej ein für alle Mal aus der Welt schaffen – so oder so.

Nachdem er sich so weit gefasst hatte, ging er zurück in die Werkstatt. Er vergewisserte sich, dass er ungestört war, und schob einen Kasten beiseite. Dann hob er eine Holzdiele hoch und holte eine Metalldose aus einem Loch im Boden. Er ging den Inhalt durch und verschloss sie wieder. Dann griff er noch einmal in das Versteck und nahm eine Kassette heraus. Er öffnete sie und betrachtete den sorgfältig eingemotteten Revolver. Long time no see …

Er legte ein Tuch auf den Tisch, nahm ihn auseinander, putzte und pflegte ihn gewissenhaft, baute ihn wieder zusammen und lud ihn.

Dann steckte er den Revolver und die Metalldose ein und verräumte den Rest.

DEAL!

»Servus, Lena!«

»Doris! Ich wusste gar nicht, dass du in Wien bist!«

Die beiden Frauen umarmten sich herzlich, dabei berührte Lena Doris' Verletzung und diese verzog schmerzerfüllt das Gesicht.

»Was hast du denn da?«

»Ach, das weißt du noch gar nicht, oder? Mein Vater hat mir das Familienwappen rausgeschnitten. Schau.«

Sie hielt Lena ihren Arm hin, auf dem eine handtellergroße Stelle Haut fehlte. Wäre Lena keine diplomierte Krankenpflegerin gewesen, hätte sie sich wohl übergeben. »Doris, das gehört dringend behandelt.«

»Nein!«

»Was, nein?«

»Das soll ganz von selber heilen oder abfaulen, mir wurscht.«

Ihre Augen glänzten fiebrig.

»Der Arsch hat es mir eigenhändig rausgeschnitten, aber ich will, dass du mir ein neues machst, und zwar auf die Stirn!«

»Sag mal, spinnst du? Warum gehst du nicht zur Polizei?«

»Ach, die sind Stammkunden bei meinem Vater.«

Lena stieß ein Zornesgrollen aus.

»Aber wenigstens ins Spital!«

»Nein! Den Gefallen tu ich ihm nicht! Ich halte das entweder aus oder verrecke daran. Punkt.«

Trotziges Schweigen.

Lena stand auf und ging in die Küchenecke der Tätowiererei. Sie füllte die Espressomaschine und stellte sie auf den Herd. Dann zündete sie sich eine an.

»He, hast du auch eine für mich?«

Lena schmunzelte. Kleine Süchtlerin.

»Ja, musst aber herkommen.«

Das musste sein. Nach einer Weile spuckte die Bialetti und Lena goss beiden eine Tasse Kaffee ein.

»Du lässt dich nicht davon überzeugen, dass das eine beschissene Idee ist?«

»Welche jetzt?«

»Alle heute bisher. Aber ich meine die mit dem Wappen im Gesicht.«

Doris trank nachdenklich.

»Weißt du, man hat mich immer spüren lassen, dass ich ein Hurenkind bin, nicht nur daheim, auch in der Schule. Du glaubst nicht, wie die Lehrer mit mir geredet haben. Einmal hatte ich Matheprüfung, und da hat der Lehrer gemeint, *zum Blasen reichts* und mir einen Vierer gegeben.«

»Dafuq?«

»War auch ein Kunde. Aber zu Hause war es noch ärger. Sag, hast du noch eine Tschick? – Danke.«

»Die Familienehre, die ist ihnen wichtig, wichtiger als jeder Mensch. Und vielleicht bin ich deshalb eine drogensüchtige Nutte geworden.«

»Mädchen, du brauchst Hilfe …«

»Magst mich in die Nebelburg stecken? Dort habe ich schon einen Stammplatz im Gemeinschaftsraum.«

Lena seufzte.

Diese Doris … Sie hatte eine zornige, fahrige Energie. Diese fragile, kaputte Gestalt schien nur von Drogen, Hass und Trotz getrieben zu sein. In ihren Augen war ein irrationales Funkeln. Sie wollte es ihnen zeigen, der ganzen Fuchsenseersippe, wollte ein Stachel in ihrem Fleisch sein, ein irritierendes Steinchen in dieser edlen Muschel, die sie unfreiwillig zu einer Perle adeln würde. Diese Patrizierfamilie, die größten Wert auf einen guten Ruf legte. Und hatten es diese verlogenen, sogenannten besseren Leute nicht verdient, dass eine wie sie den Tratsch über ihren Namen befeuerte mit ihrem Tun? Und wenn sie irgendwann dabei draufgehen sollte: Das sollte ihr recht sein.

»Hör zu. Wenn du das nicht behandeln lässt, kriegst du eine Sepsis – wenn du nicht ohnehin schon eine hast. Spätestens morgen kippst du irgendwann um und dann hat Dornkirchen nichts davon. Und eine Sepsis ist übel, da sterben viele und das ist ziemlich schmerzhaft.«

Doris grummelte. *Na immerhin!*

»Und was schlägst du jetzt vor?«

»Du lässt das anschauen, und wenn es abgeheilt ist, mache ich dir das Gesichtstattoo, wenn du es dann noch willst.«

»Gegenvorschlag: Du stichst es mir jetzt gleich und dann gehen wir von mir aus ins Spital.«

»Deal.«

ICH WILL EIN KIND VON DIR!

Während Doris ihr Gesichtstattoo bekam, brachen Dösi, Kiwi, Jessi und Dimitri zu ihrer Tour auf. Ihre erste Station war in der Nähe von Linz, dort würden sie heute auf einem Festl spielen. Guter Dinge brachen sie auf, aber Dimitri, schweigsam wie immer, schaute etwas nachdenklich, als sie losfuhren.

Auf dem Festival loderte ein großes Feuer und im Lichterschein spielten alle möglichen Acts. Zwischen zwei Stücken schrie ein bäriger Typ: »Kiwi! Ich will ein Kind von dir!«, und Kiwi rief zurück: »Passt, ich hab eh so viele, such dir eins aus!«

Es war herrlich.

Ein freundlicher alter Knöpferldreher improvisierte mit ihnen auf seinem Synth , er sah ein bisschen aus wie ein alter Zauberer mit seinem bestickten Fez, wallenden Gewand, langen weißen Haar und imposanten Bart.

Es gab einen Wettbewerb, wer am längsten den aufgedrehten Zapfhahn im Mund behalten konnte. Dann schimpfte jemand mit ihnen, weil sie in die Blumenbeete schifften. So wurde es Mitternacht.

Dimitri schaute nach seinen Bandkollegen. Jessi sollte am nächsten Tag fahren und lag schon irgendwo in ihrem Schlafsack auf dem weitläufigen Matratzenlager, Kiwi schmuste mit dem Bärli und hatte heute Abend offenbar ganz was anderes vor, als mit seinen Bandkollegen abzuhängen. Dimitri schmunzelte, er freute sich für ihn. Dösi hatte offenbar Freunde getroffen, sie plauderten angeregt und wohlgelaunt. Gut so. Aus einer der vielen Jacken, die überall herumhingen, fischte er einen Autoschlüssel und holte etwas aus dem Bandbus. Dann drückte er die Autofernbedienung und fand den dazugehörigen soliden Kleinwagen problemlos. Er setzte sich ans Steuer und fuhr ins nicht allzu weit entfernte Dornkirchen.

Die nächtlichen Landstraßen waren verlassen und Dimitri kam zügig voran. Die Scheinwerfer schnitten durch die Dunkelheit und erhellten im Vorbeifahren kurz Bäume, Hügel und Felder. Heute Nacht würde es enden, so oder so. Dimitri war oft genug in seinem Leben weggerannt, da hatte es einfach keine andere Möglichkeit mehr gegeben, aber diesmal war das etwas anderes. Er wollte nicht schon wieder untertauchen müssen. Er wollte in der Schuhfabrik bleiben, sie war so etwas wie ein Zuhause geworden, er wollte jetzt, verdammt nochmal, eine Einbauküche planen und nicht wieder bei null beginnen müssen.

Und selbst wenn er tatsächlich wieder untertauchte, sich wieder einen neuen Namen mit einer neuen Geschichte und Identität zulegte: Früher oder später würde ihn sein alter Chef, der Zuhälter Engelbrecht Fuchsenseer, den sie Engel nannten, ja doch wieder finden, dann ginge das Ganze von vorne los, nein, er müsste das jetzt erledigen, diese Gelegenheit käme so schnell nicht wieder. Mit etwas Glück wüsste Fuchsenseer noch nichts von der Schuhfabrik und rechnete nicht mit ihm. Dimitri hoffte, dass der Engel den Code der Alarmanlage noch immer nicht geändert habe und auch sonst alles wie vor ein paar Jahren sei. Ihm war schmerzlich bewusst, wie optimistisch und plump sein Plan war: Er wollte zu Engelbrechts abgelegenen Haus fahren, dort eindringen, um dem hoffentlich schlafenden Engel das Hirn wegzublasen – dann noch unbemerkt davonkommen und das Auto rechtzeitig zurückbringen, bevor es vermisst wird.

Das ging in die Hose.

»Weißt du, Sergej, wenn du älter wirst, musst du in der Nacht dauernd aufstehen und pissen gehen. Da drückst du dann im Sitzen ein paar Tropfen raus, weißt du warum?«

Der Engel hatte das Licht eingeschaltet und richtete seine Waffe auf Dimitri, der mit seinem Revolver wiederum auf ihn zielte. Es war eine Pattsituation.

»Weil im Stehen pissen geht nicht mehr, weil du dich da anbrunzt, weil dein einst kräftiger Strahl nur mehr ein tropfender Wasserhahn ist. Aber ein leichter Schlaf hat auch seine Vorteile, wie man sieht.«

»Vielleicht solltest du mal zu einem Arzt …«, warf Dimitri ein, aber Engelbrecht fiel ihm zornig ins Wort: »Damit mir der in den Arsch greift? Sicher nicht! Mag sein, dass du da drauf stehst, aber bei mir gilt *Exit only!* Wäh!«

»Wie du meinst. Ist dein Arsch und dein Pissestrahl.«

Eine Weile standen die beiden Männer schweigend da und zielten etwas ratlos aufeinander: Engelbrecht, scheinbar stoisch mit Pantoffeln und im dunkelbraunen Seidenpyjama, Dimitri mit angespannter Miene, beide hektisch nachdenkend, wie sie da heil rauskommen könnten.

»Wo ist mein Geld, Sergej?«

»Hab ich nicht mehr.«

»Dachte ich mir, dass du das sagst. Scheiße.«

Schweigen.

»Warum bist du hier?«

Es war höchste Zeit für einen Plan B, da hatte Dimitri endlich eine Eingebung.

»Die Mauserprobe soll entscheiden«, sprach er mit fester Stimme.

»Blödsinn!«, knurrte Engelbrecht.

»Die Mauserprobe soll entscheiden!«, rief Dimitri.

»Einen Scheiß soll die Mauserprobe! Die ist nur den Fuchsenseern vorbehalten.«

»Wir sind in gewisser Weise auch Brüder, hast du das vergessen, Engelchen?«

Fuchsenseer errötete.

»Das zählt nicht.«

»Doch, das zählt, und das weißt du ganz genau. Die Mauserprobe soll entscheiden. Ich bin zuerst dran. Wenn ich sterbe, habe ich meine Strafe vom Schicksal erhalten. Wenn du stirbst, bin ich frei. Wenn wir überleben, zahle ich dir die Hälfte des Geldes binnen eines Jahres und bin dann frei.«

Fuchsenseer zögerte.

»Aber die Mauser ist bei meinem Bruder.«

»Wir können auch meinen russischen Revolver hier verwenden. Ist eh passender.«

Engelbrecht nickte geschlagen. Dieser Punkt ging an Dimitri. Er antwortete gemäß des Rituals.

Beide legten die Waffen hin, entspannten sich etwas. Es war vereinbart, wie die Entscheidung fallen würde, nun bot Dimitri dem Engel eine Zigarette an.

Einige Zeit später krachte ein Schuss.

Es war noch dunkel, als Dimitri das Auto wieder genau dort parkte, wo er es sich ausgeborgt hatte. Er versteckte die Kassette und den Revolver wieder im Bus und ging ins Gebäude hinein. Ein paar versprengte Reste feierten noch, und niemand merkte, wie er den geklauten Autoschlüssel in die Jacke gleiten ließ. Er trank sicherheitshalber noch etwas mit den Hartgesottenen, damit sie sich gegebenenfalls an ihn erinnern würden. So wie die beinander waren, hatten sie ohnehin jedes Zeitgefühl verloren. Dann legte er sich noch für ein paar Stunden schlafen.

DER ZIRBENHOF

Albrecht Fuchsenseer, der älteste Sohn, wachte aus seinem Dämmerzustand auf. Er hatte unruhig geträumt, von seiner Vergangenheit und dem Leben am Zirbenhof. Durch die Spitalsvorhänge leuchtete der Mond ins Zimmer.

Aufgewachsen im Fuchsenseer Irrsinn absolvierte er eine kurze, knackige Heroinphase und schaffte den Entzug. Der Patriarch teilte ihm daraufhin neben etwas Startkapital den Zirbenhof in den Bergen zu, dazu einen Allradler. Dort sollte er machen, was er wollte, aber sauber bleiben.

Und das tat er anfangs auch. Am Hof konnte er ungestört von den pharisäischen Blicken der Familie und der Gemeinde mit der Liebe seines Lebens, Martin, leben. Jetzt sah er ihn vor sich, seine drahtige, kräftige Erscheinung und seine schlanken, kraftvollen und geschickten Hände. Würde er ihn noch einmal sehen? Warum reagierte er nicht auf seine Nachrichten?

Mit Martin züchtete er auf dem Zirbenhof Hunde. So wirklich gut lief das Geschäft aber nicht. Da kam eines Tages der Engel, sein Zuhälteronkel, zu Besuch und brachte feinen Wein als Gastgeschenk. Und er hatte eine Frage. Ob es okay wäre, wenn er bei ihm hin und wieder etwas lagern würde.

Was hätte er sagen sollen?

Der Bauernhof stand großteils leer. Natürlich konnte sein Onkel da ein paar Sachen verstauen. So fing es an. Im Laufe der Zeit wurde es häufiger und mehr, der Onkel kam immer öfter zu Besuch. Dann fing das mit den gelegentlichen Übernachtungen von Frauen an, die blieben immer länger und mittlerweile gab es einen richtigen Wohntrakt – den der Onkel extra zu diesem Zweck saniert hatte.

Deshalb fiel es Albrecht schwer, Nein zu sagen. Der Onkel spendierte ein neues Dach, vermittelte Kunden für seine Welpen, schenkte ihm ein neues Auto, baute eine richtige Heizung ein, und, und, und … Im Prinzip renovierte er das ganze Gehöft, um es dann für seine Zwecke zu nutzen.

Martin war die Sache nicht geheuer, er durchschaute das Spiel des Onkels – wie ja auch Albrecht selbst. Nur wusste Albrecht nicht, wie sie aus der Nummer rauskommen konnten. Der Onkel schwärmte auch immer wieder von seinem ganz reinen Heroin und bot Albrecht an, sich jederzeit zu bedienen. Wenn man es vernünftig dosierte, war es mit dem gestreckten Straßendreck, den er letztendlich verkaufte, nicht zu vergleichen. Damit konnte man richtig alt werden, versicherte ihm der Onkel. Albrecht lehnte jedoch dankend ab.

Immer öfter gab es Streit mit seinem Geliebten. Martin wollte einfach nur weg, er sagte Albrecht, er solle mitkommen. Sollte der Onkel den Hof doch haben, sie würden wegziehen und woanders neu beginnen. Es sei auch nur eine Frage der Zeit, bis sie Ärger mit dem Gesetz bekommen würden. Aber da war Albrecht merkwürdig stur geblieben, und jetzt, in seinem Bett, weinte er über seine Dummheit. Es war sein jämmerlicher Rest von Fuchsenseerstolz gewesen, der ihn ins Verderben getrieben hatte.

Martin verließ ihn schließlich und Albrechts Herz war gebrochen. Da bediente er sich – nur ganz ausnahmsweise – an Onkelchens Stoff. Und damit war der Pakt besiegelt.

Ab da wurde es immer schlimmer. Die Leute seines Onkels gingen ein und aus, sie machten sich immer weniger Mühe, ihm gegenüber diskret zu sein, schließlich ignorierten sie ihn. Und so sah und hörte er, was sie so taten, und das gefiel ihm nicht. Mittlerweile fühlte er sich eher als Untermieter, der Onkel verfuhr mit dem Gehöft so, als wäre es seines. Und da Albrecht selbst nicht die Mittel hatte, die Gebäude in Schuss zu halten, und auf die Hilfe und das Heroin seines Onkels angewiesen war, verjagte er mithilfe des weißen Pulvers seinen Kummer und die Gewissheit darüber, dass er ein erbärmlicher Versager war, eine Schande, eine Missgeburt … Wie sein Vater immer gesagt hatte.

Und so döste Albrecht wieder weg.

KÄSEPUNX

Am nächsten Morgen war Jessi ausgeschlafen, Dimitri etwas müde, aber guter Dinge, Dösi verkatert und Kiwi ausgepowert. Sie packten sich zusammen, Jessi trank einen großen Kaffee, man verabschiedete sich und sie fuhren weiter westwärts, zu einer Alm im Großen Walsertal.

Auf der Autobahn genoss Jessi die Ruhe. Hinten schliefen alle. Es war schon praktisch, dass sie sich abwechseln konnten. Tom hatte keinen Führerschein mehr, und wenn sie mit *Kotzfleck* unterwegs waren, musste immer sie fahren, weil sich Glautsch mit dem großen Vehikel unsicher fühlte und – wenn überhaupt – nur überland fahren wollte.

Ach jo, die *Kotzfleck* … Na ja, das wars wohl. Schade um die Songs, die waren echt gut. Sie fegten dahin, und Tom brachte diese kaputte Aggroenergie so gut rein, diesen unbändigen Zorn, den Glautsch so anziehend zu finden schien. Wenn man Henry Rollins glaubt, soll Iggy Pop so eine Art Berserker sein, der abseits der Bühne ein ganz ein Lieber ist, aber Tom fiel definitiv nicht in diese Kategorie. Er war auch privat ein einziges schwarzes Loch, ein wandelndes Rasiermesser, ein Meer von Red Flags wie am 1. Mai in der Sowjetunion. Die meiste Zeit auf Alk und Speed, in letzter Zeit immer wieder auf diesem Zauberpulver. Die Band funktionierte, weil sie im Proberaum eigentlich nie viel plauderten, aber dafür sehr produktiv waren. Und außerhalb der Proben hatten Jessi und Tom nicht viel Grund zusammenzusitzen.

Und *Kotzfleck* waren beliebt, oh ja. Anfangs hatte sich Jessi mit den enthusiastischen Fans schwergetan, aber irgendwann lernte sie, sich über Komplimente und Lob zu freuen. Es war immer ein großartiges Gefühl, auf der Bühne zu sein, hinter den Drums bekam sie zwar nicht so viel mit, aber wenn die Leute auf die Bühne kletterten, um zu stagediven, wenn der Applaus toste, wenn die Scheinwerfer leuchteten, wenn der Beat dahinglitt, der Bass pumpte und Tom dann noch eine bedrohliche Gitarrenwand aufbaute, in die er all die Wut, all den Hass auf sich selbst und die ganze Welt hineinschrie, mit einer Intensität, die man in Wien so noch nie erlebt hatte – das war magisch. Und war es nicht berauschend, dieses Gefühl? War es nicht eines der Dinge, die das Leben lebenswert machten, wo sie über sich selbst hinauswachsen konnte, in dieser Band, die so unglaublich gute Songs hatte? Die man aber niemals wieder hören würde, weil …

Schade …

Nach und nach wachten die Männer auf und sie hielten an einer Raststätte. Jessi tankte den Bus voll und die Männer gingen sich frisch machen. Jessi tippte was ins Handy, Dösi rief zu Hause an, während Langosch herumtollte, und Dimitri vertrat sich mit Kiwi die Beine. Dann übernahm Kiwi das Steuer, Dimitri las hinten, und Dösi und Jessi saßen vorne bei Kiwi. Sein bäriges Erotikabenteuer war natürlich Thema.

»Und, wieder Golden Shower gehabt?«, fragte Dösi.

»Oh yeah, Baby! Aber diesmal nicht von einer Frau.«

»Sondern von einem Bären. Na wäh, aber jeder, wie er will.«

»Genau.«

»Sag mal, was triffst du im Wald lieber? Einen Mann oder einen Bären?«

»Ich nehm alles!«

»Wie heißt denn der Bär? Bärnhard, Bärtram, …?«

»Pu der Bär, der Puderbär?«

»Stefan heißt er.«

»Na, habts es offenbar schön gehabt, ihr zwei, schön für dich, freut mich!«

»Danke!«

Dösi schaute aufs Handy.

»Übrigens, habt ihr mitbekommen, dass wir in Berlin mit *Milgram Revisited* spielen? Ehrlich gesagt, bin ich mir nicht sicher, ob ich das will.«

»Warum? Wer sind die?«

Jessi kannte das Projekt nicht.

»Kannst du dich an das *Delia Derbyshire Knöpferldreherfestival* in der Kunstfabrik erinnern?«

»Sagt mir nichts. Ist normalerweise auch nicht so mein Ding.«

»Das war vor ein, zwei Jahren. Jedenfalls Kiwi und mir hat das an sich ur getaugt, aber zum Schluss haben alle nur über *Milgram Revisited* gesprochen. Die hatten so eine Art Versuchsanordnung, die auch Sound generiert hat. Das zentrale Element war eine Schnecke.«

»Hä?«

»Eine stinknormale griechische Wegschnecke, eins von den allgemein verhassten Viechern, die Salat und Co zsammfressen.«

»Okay … Und die wurde abmikrofoniert, oder was?«

»So ähnlich. Ihre Hirnströme – sagt man so? Ich weiß nicht – wurden in Klänge übersetzt. Diese Klänge konnte man hören, wenn man Kopfhörer aufsetzte.«

»So weit, so schräg, aber noch im Bereich von dem, was ich so kenne.«

»Also, die Schnecke ist in einem Terrarium, das wird beleuchtet und gefilmt, und du siehst eine riesige Projektion von dem Viech, zwei mal vier Meter oder so.«

»Okay …?«

»Dann setzen alle die Kopfhörer auf und du hörst den Klang der Schnecke und siehst die Schnecke selbst riesengroß. Dann kommt einer von denen mit etwas ganz normalem Küchensalz und streut ein paar Salzkörnchen auf die Schnecke und du siehst, wie sie zusammenzuckt, und ihr Klang verändert sich und nach einer Weile tut er wieder etwas Salz auf die Schnecke und der Klang verändert sich wieder und die Schnecke schäumt und krümmt sich …«

»Wäh hör auf, das ist ja urgrindig!«

»Jedenfalls hat dann jemand Wasser über die Schnecke gegossen und sie gerettet.«

»Ah, also doch!«

»Wie die Person das macht, geht das Licht an. Und dann stellt sich heraus, dass sie von Anfang an darauf gewartet haben, dass jemand interveniert. Sie haben uns dann eine Statistik gezeigt, wie viele Leute wann weggeschaut oder weggegangen sind, wie viele die Kopfhörer wann abgenommen haben, wie viele wie lang zugeschaut haben und wann jemand interveniert hat. Dann haben sie uns mit den Leuten an anderen Orten, wo sie das schon gemacht hatten, verglichen.«

»Und wie haben wir in Wien abgeschnitten?«

»Geht so.«

»Na oag. Aber da merkst du schon auch: Wenn sich jemand überwindet und interveniert, dann bewegt das was. Stell dir vor, da interveniert überhaupt niemand und alle gehen einfach weg.«

»Das war in den meisten Fällen so, haben sie gesagt.«

»Krass.«

»Also wenn die in Berlin wieder so was machen, hau ich ihnen das Salz ins Gesicht und setz ihnen Kopfhörer auf, damit sie ihre fucking Hirnströme hören können, die Wichser!«, fauchte Dösi.

»Wichser ist kein Schimpfwort, sondern eine neutrale Bezeichnung!«

»Gusch, Kiwi!«

»Das wäre auch ein Statement und in diesem Kontext sicher eine von *Milgram Revisited* antizipierte Reaktion«, überlegte Jessi.

»Vermutlich, aber die einzige, auf die ich in diesem Kontext stolz wäre. Protestieren, *bevor* die wieder irgendein Viech für ihre Kunstscheiße quälen.«

Jessi schwieg eine Weile. Schließlich meinte sie kleinlaut: »Puuuh … wenn ich daran denke, wie viele ich von denen schon gekillt habe am Vierkanter.«

»Du killst die? Was? Wie?«

Jessi sagte lieber nichts. Dösi schaute sie fassungslos an.

»Du haust Salz drüber?«

»Ja.«

»Echt jetzt?«

Dösi kämpfte mit seiner Wut.

»… aber ich mach kein Kunstprojekt damit, falls das relevant ist«, setzte Jessi entschuldigend nach.

»Oida! Ich bring sie immer in den Wald!«

»Soll man auch nicht, wegen dem Ökosystem … Invasive Art und so. Und mal ehrlich, deine Tigerschnegel fressen zwar brav ein paar Gelege, aber es sind einfach an manchen Tagen ein paar Kilo von den Viechern, wenn du Pech hast.«

Kiwi klinkte sich ein: »Was hör ich, Dösi, du hast Tigerschnegel?«

»Ja, wieso?«

»Hast du Schnegel schon mal schnackseln gesehen? Die lassen sich engumschlungen an einem Schleimfaden kopfüber wo runter, dann packen beide ihre riesigen, durchsichtigen Penes aus …«

»Beide?«

»Schnegel sind Hermaphroditen. Sie begatten sich gegenseitig. Dabei geht es sehr schleimig zu, und wenn sie ihre Penes auch zusammengewickelt haben …«

»Gusch, Kiwi!«, riefen alle.

Der Bus bog auf eine Bergstraße ein und nun ging es immer weiter hinauf, irgendwann auf Schotterwegen, die steilen Hänge entlang. Die Flora wurde alpiner, und die Punks erfreuten sich an der Herbstfärbung der Lerchen, die rotgoldene Flecken im dichten Fell des Waldes bildete. Vorbei an geschindelten Häusern, lieblichen Kirchlein und Steinschlagwarnschildern fuhren sie auf Forststraßen durch den Wald, zu Hochmooren und berauschend schönen Ausblicken. Schließlich erreichten sie die Alm der Käsepunx, bei denen sie die nächsten beiden Tage spielen und leben würden.

Die Käsepunx waren ein Kollektiv von fünfzehn Personen zwischen zwanzig und siebzig. Im Winter lebten sie im Tal, aber den Sommer verbrachten sie käsemachend mit den Rindern auf der Alm. Nebenbei versorgten sie jetzt im Herbst Wanderer, betrieben eine Schutzhütte und machten Workshops, Konzerte und so. Die Sennenhündin Hilda war freundlich und Langosch war glücklich darüber. Er erforschte mit ihr das Ufer des kleinen Bergsees, an dem die Alm lag.

Es wurde gegessen und getrunken, dann wurde die Antn kollektiv bespielt. Am nächsten Tag gingen die Punks wandern, hingen mit den Käsepunx ab, packten mit an, dösten, kifften, tranken und spielten mit ihnen.

Am nächsten Morgen hatte es geschneit und die Antn war von einer dünnen Schneedecke überzogen, das Panorama war unglaublich schön, die Luft eiskalt und kristallklar, und der makellos blaue Himmel spiegelte sich im See, der von Windböen gekräuselt wurde. Die Punks frühstückten erst einmal ausgiebig, und als sie aufbrachen, war der Schnee wieder geschmolzen und die Sonne stand schon hoch am wolkenlosen, sagenhaft blauen Alpenhimmel.

IRO SCHNEIDEN

Glautschs Handy summte. Es war eine Nachricht von Püppi.

```
P: Sag, kannst du mir einen Iro schneiden?
G: Habs noch nie gemacht, kanns ja probieren ;)
P: Passt. Kann ich am Abend vorbeikommen?
G: Sicher
P: Bis dann
```

Die beiden hatten sich monatelang nicht gesehen. Das letzte Mal hatte Püppi gerade endgültig die Schule hingeschmissen und pendelte irgendwie zwischen Dornkirchen und diversen Schlafgelegenheiten in Wien, da hatte sie auch bei Glautsch immer wieder gepennt. Glautsch war erleichtert, dass Püppi lieber bei ihr Unterschlupf suchte als bei irgendwelchen grausigen Typen. Anfangs kam sie auch in die Schuhfabrik mit, und Glautsch hoffte, dass sie dort etwas weniger destruktiven Anschluss als im Strausspark finden würde. Aber seit ihre Mutter sie dort immer wieder gesucht hatte, ging Püppi nicht mehr so gern hin. Auch Glautsch hatte die Nummer der Mutter abgespeichert. Sie überlegte kurz, ob sie anrufen sollte, verwarf den Gedanken aber. In Püppis Augen wäre das ein großer Vertrauensbruch. Sie nahm sich aber vor, auf Püppi einzuwirken, dass sie daheim anruft.

Als Püppi gegen Abend eintraf, fiel Glautsch die Veränderung an der jungen Frau sofort auf. Püppi trug jetzt wieder ihre Brille und sie roch nach Obdachlosigkeit. Ihre Augen waren irgendwie komisch. Na servas.

»Am besten du duscht dich erstmal und wäscht dir die Haare. Ich geb dir was Frisches zum Anziehen.«

»Danke!«

Als sie sich auszog, sah Glautsch die Spuren von Obdachlosigkeit und Selbstverletzung an ihrem Körper. *Scheiße, Püppi, das schaut gar nicht gut aus.* Dem Zustand der Kleidung und Püppis Geruch nach zu schließen, hatte sie sich schon ziemlich lange weder umgezogen noch geduscht.

Glautsch stellte auch was zum Essen hin und Püppi haute ordentlich rein. Sie war dünner geworden. Jetzt, geduscht und in der frischen Kleidung, sah sie schon besser aus und Glautsch kam sie wahnsinnig jung vor. Sie gab Püppis Gewand in die Waschmaschine und hoffte, dass sie mit vierzig Grad wieder halbwegs sauber werden würde. Die Socken waren ganz steif vor lauter Schweiß und Dreck und die an sich hell gemusterte Unterhose dunkelbraun gewesen.

Nach dem Essen rauchten sie und tranken Tee, da fiel Püppi plötzlich etwas ein. »OMG, der Lenin! Den hab ich ja ganz vergessen!«

Sie hob ihre Lederjacke vom Boden, zippte die Tasche auf und zog einen ganz zerknautschten Lenin hervor. Püppi nahm Lenin in die Hand und streichelte ihn.

»Armer Lenin! Sorry, Bro … Sag Glautsch, hast du Wasser für den Ratz?«

Glautsch stellte eine kleine Wasserschale auf den Tisch und Lenin trank gierig, dann putzte er sich ausgiebig und Glautsch schaute ihm schmunzelnd zu. Sie liebte Ratzis und hatte schon lange keinen mehr zu Besuch gehabt, noch dazu Lenin. Inzwischen durchsuchte Püppi die Küche, um den armen Nager zu füttern. Sie nahm einen Teller, gab einen Klecks Naturjoghurt, etwas Hummus, ein paar Nüsse, Flocken und Sprossen darauf und stellte ihn Lenin hin, der sich sofort darauf stürzte.

»Sooo cute!«, schwelgte Püppi.

»Wo hast du ihn aufgelesen?«

»Den hab ich vorhin im Strausspark gefunden. Wir saßen auf der Wiese und er war plötzlich im Chipspackerl drin. For real! Er ist total social und schmusig. Sag, stimmt es, dass der Lenin niemandem gehört?«

»Ja, genau. Der Lenin gehört sich selber, der ist ein Punk.«

»Na ja, ich hab ihn jetzt halt einmal mitgenommen, ich hoffe, das passt eh.«

»Wenn er es nicht gewollt hätte, hätte er es zu verhindern gewusst. Der wohnt mal hier, mal dort.«

Lenin kraxelte auf Püppi herum, markierte sie und beschnüffelte ihr Ohr. Das kitzelte, und Püppi nahm ihn wieder auf den Schoß, wo er sich genüsslich streicheln ließ.

Püppis Haare waren so verfilzt, dass sie sich nicht mehr entwirren ließen. Irgendwann gab Glautsch auf und begann, die Haare seitlich wegzurasieren, sie hoffte, damit einige Haarknödel loszuwerden, aber jetzt verfilzte sich alles umso mehr. Schließlich nahm sie ihr eigenes afrikanisches Haaröl, aber jetzt klebten die Haarsträhnen auch noch an ihren Händen und es war generell eine ziemliche Sauerei. Der Iro schaute sehr rattig und asymmetrisch aus. Glautsch kürzte noch die oberen Haare auf Kinnlänge und schnitt beherzt den Haarfilz zurecht. Püppi wusch sich die Haare noch einmal und im Abfluss lag nun ein riesiger Haarknäuel. Immerhin ließen sich die jetzt wesentlich kürzeren Haare endlich entfilzen. Zum Schluss hatte Püppi einen etwas windschiefen Iro.

»Sorry, besser kann ich's nicht.«

»Passt schon.«

Die Wäsche war fertig und Glautsch stopfte sie in den Trockner.

»Und, wie ist es in Dornkirchen so?«

»War seit Monaten nicht mehr dort.«

»Aha.«

»Wo is'n Tom?«

»Den habe ich rausgeschmissen.«

»What the fuck? Der ist doch so hot! Warum denn?«

»Er hat mich immer wieder geschlagen.«

»For real? Was hast du denn gemacht, dass er so ausgezuckt ist?«

»Falsche Frage, Püppi! Er hat ein ziemliches Gewaltproblem. Ich war sogar kurz davor, ihn anzuzeigen, habs dann aber doch nicht gemacht. Er wohnt jetzt wieder bei seiner Mutter, arbeitet glaub ich sogar. Jedenfalls lässt er mich in Ruhe und das ist mir das Wichtigste. Er besucht auch so eine Männergruppe in der Schuhfabrik. Diesen ganzen Scheiß mit Polizei und Anwalt brauch ich nicht. Ich will nur meine Ruhe von ihm.«

»Siiiick shit. Und was macht ihr jetzt mit der Band?«

»Na ja, das geht jetzt natürlich nicht mehr. Jessi ist grad auf Tour, wenn sie zurück ist, sagen wir's ihr.«

Sie plauderten noch eine Weile. Glautsch versuchte Püppi noch zu überreden, daheim anzurufen, aber Püppi schien nicht sehr motiviert zu sein. Glautsch seufzte. Na ja, gesagt hatte sie's ihr, was sollte sie sonst machen. Und wer weiß schon, was bei Püppi zu Hause wirklich abging. Sie gingen bald schlafen, weil Glautsch am nächsten Tag früh rausmusste.

Püppi schlief etwas länger. Dann zog sie wieder ihre Sachen an, trank den lauwarmen Kaffee, den Glautsch übriggelassen hatte, textete Tom und verschwand.

Als es ruhig wurde, schaute unter dem Küchenkastl ein spitzes Näschen mit Schnurrbarthaaren hervor. Lenin konnte jetzt in aller Ruhe alles erkunden. Er schnüffelte über den Boden und fand genug Essbares: Cornflakes, Müsli, Reis, Nudeln, Backerbsen … Ein paar Mottenlarven fand er auch, die ließ er sich besonders schmecken. Dann sprang er behände auf die Küchenarbeitsplatte und fand Gebäck, Obst und Wasser. Er beschnüffelte alles, kostete manches und markierte ausgiebig.

Im Nebenzimmer waren viele Säcke mit Kleidung, aha, interessant.

Zwischendurch machte er Nickerchen, putzte sich … Ein entspannter Tag im Leben eines Punkratzes.

HABEN SIE EINE JÖ-KARTE?

Jede Faser in Toms Körper war Wut. Er befand sich hinter einer Pennymarktkassa und fragte nach der Jö-Karte. Mit jedem Piepen des Scanners wuchsen sein Zorn, sein Frust, seine Demütigung. Verstört beäugten die Kunden den jungen, langhaarigen Mann, der so deplatziert in dieser roten Berufskleidung wirkte. Seine tätowierten Arme waren sehnig und fahrig, er pfefferte die Waren in die Ladebucht und sein Blick war düster und starr.

»Mit Karte, bitte.«

Tom tat überrascht, als nach einiger Zeit die Filialleiterin kam, um die Probezeit arbeitgeberseitig zu beenden. Er schmiss ihr die Arbeitskleidung hin, legte noch ein paar grindige Schimpfwörter drauf und ging hinaus in den Vormittag. So, das reichte ihm jetzt erst einmal mit Erwerbsarbeit und dem Dasein als Rädchen im kapitalistischen Hamsterrad. Seine Mutter konnte nix sagen, es war ja nicht seine Schuld, dass sie ihn gefeuert hatten.

Es war warm genug, um draußen zu sitzen. Schuhfabrik? Ach, Scheiße, da hatte er ja Hausverbot. Selber schuld, die ganzen Fotzen dort, die verlogenen, die ja immer perfekt waren und ihr Scheißhandeln reflektierten, die konnten ihn sowieso alle mal so was von kreuzweise, die Wichser … Mit ihren Männergruppen, wo sie sich gegenseitig die Eier abschneiden, die Wappler, die deppaten.

Aber den Schlüssel zum Gürteltier hatte er noch. Und die Gürteltiere waren sowieso chilliger und lustiger drauf als die verklemmten *Schuhe*.

Vorher ging er noch nach Hause zocken. Seine Mutter war in der Arbeit, er hatte also seine Ruhe. Gegen fünf brach er auf, um ihr nicht über den Weg zu laufen. Er hatte jetzt gerade keinen Bock, mit ihr zu reden.

Vor dem Gürteltier saßen Marcin, Wurli und Natascha, und Tom grüßte sie mit ausgelassener Fröhlichkeit. Die Mitglieder des Kollektivs reagierten verhalten. Sie grüßten ihn zwar, aber Tom spürte die angespannte Stimmung, die seine Ankunft hervorgerufen hatte. Na gut, dachte er, dann lieber einen Gang runterschalten, wenn die grad so fad drauf sind. Nach ein paar Bier wird eh alles lustig wie immer.

Die drei Gürteltiere wechselten einen Blick und dann wandte sich Wurli an Tom: »Also wenn du schon da bist, können wir's dir eigentlich jetzt auch schon sagen. Beim Plenum heute besprechen wir, ob du nach der Sache mit Glautsch noch Teil des Kollektivs sein kannst.«

Tom war wie vom Donner gerührt.

»Was …?«

Das konnte nicht sein! Das durfte nicht sein! So weit war es schon, dass sie ihn sogar aus dem Gürteltier werfen wollten? Nein, das konnte er nicht zulassen!

Zum Glück kam ihm die zündende Idee.

»Was? Na ja, okay, kann ich verstehen. Das ist jetzt aber trotzdem irgendwie blöd, weil ich wollte grad heute fragen, ob es eh passt, wenn wir unseren *Kotzfleck*-Gig doch noch spielen, offiziell ist der ja noch nicht abgesagt.«

»Gig? Was sagen Glausch und Jessi dazu?«

»Na die wollen das unbedingt. Als Abschlusskonzert, nachher lösen wir uns eh auf, aber sie wollen das neue Set wenigstens einmal live gespielt haben, jetzt wo wir monatelang geprobt haben. Und wir wollten das aufnehmen und eventuell noch als Album rausbringen.«

»Hmm … Ich weiß nicht.«

»Die Glautsch und ich haben uns ausgesprochen und ich gehe jetzt zu so einer Männergruppe. Na geh, kommts … Die Hyttn wird sicher urvoll, weil Abschiedsgig. Bitte … Den Mädls zuliebe!«

Damit konnte er Zeit gewinnen. Tags darauf erfuhr Tom via Messenger, dass das mit dem Gig okay ging, er aber trotzdem bis auf Weiteres ausgestoßen war und seinen Schlüssel zurückgeben solle.

Scheiße.

KOTZFLECK-CHAT

Vor drei Tagen

J: Hallo, ihr beiden. Ich bin jetzt nicht am neuesten Stand, aber was ist jetzt?

Vor zwei Tagen

J: Okay, ist die Band jetzt aufgelöst?

Gestern

J: ?

Heute

J: ???

Heute

J: Ok, gehts scheißn

G: Hi, sorry. Ich wollte es dir persönlich sagen, wenn du wieder zurück bist.

J:  Wenn ich schon frage ... Oida

G: 

J: Na schade. Dann sagen wir den Gig im Gürteltier ab. Tom, machst du das?

T: Was haltet ihr von einem letzten gemeinsamen Gig?

Chat von Jessi und Glautsch

J: Ich nehme an, du magst eh nicht, oder?

G: Puh ... Schwierig.

J: :/

G: Überlegen wirs uns. An sich haben wir uns ausgesprochen, er besucht jetzt so eine Männergruppe und wohnt bei seiner Mutter. Ich würde auch nicht proben wollen vorher. Aber so als Abschluss ...?
J: Versteh ich. Gut, wir haben das eh so oft geprobt. Und ich würde schon spielen, wenn du magst und es wirklich okay ist für dich.
G: Ja, die Songs würde ich wirklich gern wenigstens einmal live spielen.
J: Außerdem: Was soll schon groß passieren? Dann machmas?
G: Machmas

Kotzfleck-Chat
G: Okay, dann im Gürteltier am 24. November.
(Likes von Jessi und Tom)

NACHTDIENST

Lena zog sich die Krankenpflegekluft an und knotete die prächtige Wuschelmähne zusammen. Seit ein paar Wochen arbeitete sie Teilzeit im Spital und heute machte sie Nachtdienst in der Notaufnahme. Yamuna war bei Hedi gut aufgehoben.

Sie ging auf die Station und klinkte sich in den Arbeitsprozess ein, arbeitete gewissenhaft und konzentriert, ein freundliches Gesicht für die Leidenden in Zeiten des Schmerzes und der Angst. Irgendwann gegen drei Uhr morgens wurde eine bewusstlose Teenagerin eingeliefert, mit einer Überdosis von allem möglichen Dreck, stumpfen Verletzungen und halbausgezogener Hose. Lena sah ihr ins Gesicht und stutzte. Die hab ich doch schon einmal gesehen!, schoss es ihr durch den Kopf. Und dann erinnerte sie sich, schob das aber beiseite und konzentrierte sich darauf, der jungen Frau zu helfen. Routinierte Abläufe, Kompetenz, Empathie, die Patientin wurde stabilisiert und weitergereicht, und Lena war schon wieder ganz woanders, beim nächsten Patienten. So vergingen Stunden, und als es gerade ruhig war, aß sie etwas und ging eine rauchen.

Jetzt fiel es ihr wieder ein. Vor einer Woche war Lena an einem grauromantischen Herbsttag zeichnend in der Tätowiererei gesessen. Sie hatte das Zimmerlicht nicht eingeschaltet und arbeitete im Lichtkegel der Arbeitslampe. Da hörte sie unsichere Schritte am Gang, die knarzende Tür wurde aufgedrückt und schließlich betrat eine Gestalt das Studio. Lena drehte das große Licht auf, jetzt konnte sie ihren Gast besser betrachten: wohl an die sechzehn Jahre alt, ziemlich verwahrlost, ziemlich hacke. Lena hatte sie schon ein paarmal in der Schuhfabrik gesehen, sie war meistens ziemlich bedient.

»Servus«

»Hallo. Machst du mir ein Tattoo?«

»Öhm … Was hast du dir denn so vorgestellt?«

»1312«

»1312?«

»Joa, 1312.«

»Aha.«

Lena hob die Augenbrauen.

»Und wie alt bist du?«

»Geh come on, sei ned so fad!«

»Okay, drei Gründe, warum ich dir keins mache: Erstens, du bist hackedicht; zweitens, du bist noch ein Küken; drittens, so eine Scheiße steche ich nicht, Karma und so. Aber hast du Hunger? Und wie heißt du eigentlich?«

Das Küken hieß Püppi, hatte einen Bärenhunger und futterte selig Lenas Linseneintopf zusammen.

»Awesome! Danke dir!«

»Und, was machst du heute noch?«

»Ist heut was?«

»Schachwuzelturnier.«

»Hä? Was ist das? Das habe ich noch nie gehört.«

»Na ja, Tischfußball kombiniert mit Schach. Frage mich bitte nicht über die Regeln aus, aber drüben erklärts dir sicher wer. Das veranstaltet Sissi, der tritt mit Abdu und Momo an, die sind legendär!«

»Klingt lustig. Dann bleib ich mal da. Kommst du nachher auch rüber?«

»Nö, heute nicht. Aber man sieht sich!«

GASTHAUS IST GUT

Püppi wachte im Spitalsbett auf und fühlte sich elend. Sie steckte in einem Krankenhemd und an ihrem Handrücken hing eine Infusion. Sie hatte keine Ahnung, wie sie hergekommen war. Das letzte, woran sie sich erinnern konnte, war die Party bei Tom, und dann waren sie noch in den Strausspark gegangen. Danach: nada, Filmriss, nix mehr. Ihre Brille hatte sie auch verloren.

Ihr wurde schlecht und sie übergab sich auf den Boden. Das war ihr sehr peinlich, und sie überlegte kurz, ob sie das nicht schnell selber wegmachen sollte, aber dafür fühlte sie sich einfach zu schwach, und so drückte sie auf den Knopf, um die Schwester zu rufen. Die kam auch kurz darauf und Püppi entschuldigte sich gleich, aber die Pflegerin nahm das mit der Speiberei sehr gelassen. Sie half Püppi aufs Klo, und beim Pinkeln wurde Püppi bewusst, dass da unten etwas nicht in Ordnung war. Sie war aber noch zu verpeilt und zu schwach, um zu realisieren, was. Als sie fertig war, half ihr die Pflegerin wieder ins Bett, Püppis Missgeschick war inzwischen aufgewischt worden.

»Na, wie gehts?«, fragte sie Püppi.

»Bescheiden.«

»Kein Wunder bei dem Cocktail, den du im Blut hattest, das wäre fast ins Auge gegangen.«

Sie hielt kurz inne und schaute dann Püppi mitfühlend an.

»Wie sie dich gefunden haben, war deine Hose auf Halbmast, kannst du mir sagen, warum?«

Püppi beschlich eine schlimme Ahnung.

»Dafuq?«

»Na ja, kannst du dich erinnern, wie das passiert ist?«

»Nein, ich habe einen Filmriss. Wir waren im Strausspark und haben was genommen, und ab da weiß ich nichts mehr.«

Die Pflegerin nickte.

»Verstehe. Das machts halt nicht einfacher, aber das können wir jetzt nicht ändern, vielleicht fällt dir später wieder was ein. Du, andere Sache, deine Eltern sitzen draußen, und ich glaube, wenn sie sehen, dass du aufgewacht bist, werden sie sehr erleichtert sein. Soll ich sie reinlassen?«

Ihre Eltern. Na super. Aber andererseits eh logisch.

»Kann ich noch ein paar Minuten haben?«

»Sicher.« Die Pflegekraft schmunzelte. »Kannst ja ein bisschen Tee trinken derweil. Ich sag ihnen, dass du ansprechbar bist und sie dich gleich sehen können.«

Püppis Mutter hatte verweinte Augen, das Gesicht ihres Vaters war versteinert. Glücklicherweise blieben sie nur kurz. Aber sie flehten Püppi an, sich zu erinnern, wegen der Anzeige, und sie wollten, dass sie in Dornkirchen in die Nebelburg ging, um sich behandeln zu lassen. Also nervig wie immer. Immerhin hatten sie eine alte Brille von Püppi mitgenommen, das war gut. Dann busselten sie sie auch noch ab, aber dann schlichen sie sich endlich.

»Nebelburg, haha, die kenn ich!«, hörte Püppi plötzlich ihre Zimmerkollegin sagen. Sie lagen in einem Viererzimmer und die beiden anderen Betten waren leer. Sie blickte die andere Frau an.

»Kommst du etwa auch aus Dornkirchen?«

»Darauf kannst du wetten. Ich bin die Doris, und du?«

»Petra, aber Püppi ist mir lieber.«

Die Frau taugte ihr. Sie hatte ein Gesichtstattoo und auch sonst ziemlich viel Tinte am Körper.

»Und warum bist du hier?«, fragte sie.

»Ich hab a bissl zu viel erwischt beim Feiern, haha, aber das wars wert.«

»Was war denn der Anlass?«

»Mein gschissener Vater ist tot, hat sich erschossen.«

Entweder das, oder er hat die Mauserprobe nicht geschafft, dachte sie.

»Jetzt erbe ich sein Puff, haha, wie geil.«

»Meinst du etwa den Waldhof, das Gasthaus?«

»Gasthaus ist gut, aber ja, ich meine den Waldhof.«

»Cool! Und was machst du damit?«

»Weiß noch nicht. Das dauert ja jetzt eine ganze Weile, bis das mit der Erbschaft abgewickelt ist, aber ich gehe mal davon aus, dass er kein Testament hinterlassen hat und ich alles erbe, weil ich die einzige Tochter bin.«

Püppi war fasziniert.

»Magst du das Puff als Puffmutter führen?«

»Na ja, es wäre naheliegend. Ich kenn nix anderes.«

Püppi schaute betrübt.

»Was ist?«

»Mir tun die Frauen leid, die das machen müssen.«

»Also ich bin selber eine Hure und ich brauch kein Mitleid.«

»Sorry, das sollte nicht respektlos klingen. Ich weiß nicht viel darüber, aber stimmt es, dass die meisten das nicht freiwillig machen?«

»Wer sitzt schon freiwillig hinter der Kassa oder putzt Heisln? Bevor ich so was mach, geh ich lieber auf den Strich.«

»Na ja, man sollte generell Arbeitsbedingungen verbessern, findest du nicht?«

»Ja eh, Wunsch ans Christkind!«

Schweigen.

»Gibt es eigentlich eine Hurengewerkschaft?«

Doris schaute Püppi verblüfft an. Die meinte das ernst.

Sie prustete los und kriegte sich gar nicht mehr ein.

»Püppi, du bist soo süß! Eine Hurengewerkschaft …«

Aber Püppi setzte nach: »Wenn das in anderen Berufen funktioniert, warum dann nicht auch bei Sexarbeit?«

»Wir können schwer streiken.«

»Weil?«

Doris schwieg.

»Na ja, und ich finds halt schade, dass du so etwas machen willst.«

»Püppi, nix für ungut, aber das verstehst du einfach nicht. Musst du auch nicht. Du, ich fühl mich eh grad müde, ich schlaf jetzt ein bisschen.«

Doris drehte sich weg.

Das Küken hatte einen wunden Punkt getroffen. Sie war ja tatsächlich drauf und dran, genau so ein Arschloch wie der Engel zu werden …

Aber wie stellte Püppi sich das vor?

Da fiel ihr Blick auf die fancy Hipsterschokolade auf ihrem Nachtkästchen, die ihr wer gebracht hatte. *Fairtrade* stand drauf. Keine Kinderarbeit, keine Sklaverei, gerechte Bezahlung und so. Doris drehte sich zu Püppi und hielt die Tafel in die Höhe.

»Meinst du so was wie ein Fairtrade-Puff? Wie soll das gehen?«

Püppi freute sich, dass Doris ihre Meinung zum Thema doch interessierte.

»Na ja, dass die Frauen entscheiden, was sie mit wem um wie viel Geld machen, versichert sind und so.«

Doris überlegte.

»Da wirst du keine Kunden haben. Das letzte, was ein Freier will, ist eine Hure auf Augenhöhe. Die geilen sich ja daran auf, dass sie für ein paar Scheine mit einer Frau machen können, was sie wollen, dass sie dir eine schellen können, dass sie heimlich den Gummi runtertun und in dir abspritzen, dass sie dich in den Arsch ficken, obwohl das nicht ausgemacht war. Kenn ich alles.«

»Aber sind alle Freier so gemein?«

»Nein, es gibt auch nette Stammkunden.«

»Und wenn du nur mit denen arbeitest?«

»Das geht sich nicht aus. So gesehen verkauf ich das Gasthaus vielleicht doch lieber. Na ja, ich hab ja noch Zeit, mir das zu überlegen.«

Püppi war sehr erfreut, Doris kennengelernt zu haben. Jetzt, wo es beiden schon etwas besser ging, plauderten sie viel, und Püppi hing an Doris' Lippen, wenn sie von ihrem Leben erzählte. Was die Frau schon alles erlebt hatte! Wahnsinn!

SYRISCHES HENDL

Püppi lag in ihrem Spitalsbett und dachte nach. Sie versuchte sich zusammenzureimen, was wohl geschehen war.

Also sie hatte Sex gehabt, ohne Kondom, und muss dabei wohl bewusstlos gewesen sein oder so hacke, dass sie sich nicht mehr erinnern konnte. Wegen Schwangerschaft machte sie sich jetzt keine großen Sorgen, sie hatte ja die Pille danach bekommen, und ob sie mit irgendwas angesteckt worden war, würde bald das Ergebnis des Abstriches sagen. Zur Not würde sie halt irgendwelche Medikamente nehmen müssen.

Sie fragte sich, ob das vielleicht Tom gewesen war, oder wenn nicht, ob er zumindest etwas wusste. Sie würde ihn fragen, wenn sie hier rauskam. Tom und sie waren immerhin, na ja, *zusammen* war vielleicht *too strong a word*, aber sie hingen viel miteinander ab. Dass sie miteinander irgendwann schlafen würden, war jetzt nicht sooo absurd. Sie hätte ihr erstes Mal mit ihm halt gern mitgekriegt, aber wenn man dauernd dicht ist … Tom verarschte sie immer, aber sie wusste, dass er das im Grunde lieb meinte. Er war halt schon 25 und er hatte super Stoff. Jedenfalls gut, dass sie seinen Namen hier im Spital nicht erwähnt hatte, das wollte sie sich selber mit ihm ausmachen.

Morgen würde sie entlassen werden und ihr graute schon davor. Sie würde hinten im Auto sitzen und Mama würde sie auf dem Weg nach Dornkirchen zutexten mit Schule, Sorgen, Gesundheit, Zukunft, was die Nachbarn reden und dass es ihr bei ihnen zu Hause doch so gut geht, warum sie sich denn so kaputtmacht? Und Mama würde vor lauter Heulerei wieder ausschauen wie der Joker, weil da immer ihre Schminke verrinnt, und Papa wäre wieder einmal versteinert und würde sich auf den Verkehr konzentrieren müssen oder so. Wenigstens laberte der sie nicht voll, aber den traurigen Hundeblick brauchte sie auch nicht.

Das Abendessen kam, und Doris und Püppi stocherten lustlos darin herum.

»Mah, ich hätte jetzt Lust auf so ein syrisches Grillhendl mit Safranreis, Salzgemüse, Pita und Pommes …«, maulte Doris.

»Das klingt super, da wäre ich dabei.«

Sie aßen schweigend weiter. Nach einer Weile schmiss Doris die Gabel hin.

»Scheiß drauf, ich hol mir jetzt so was. Das da kann man ja nicht fressen.«

»Darfst du einfach so rausgehen?«

»Geh bitte, was wollen die machen? Morgen früh entlassen sie mich eh. Ich geh jetzt einfach und basta. Magst mitkommen?«

»Voll gern!«

Eine knappe Stunde später saßen sie beim Syrer am Gürtel und genossen das köstliche Grillhendl um wenig Geld. Ins Spital wollten beide nicht mehr zurück, und Doris lud Püppi ein, sie zu begleiten. Sie hatte ein paar Freunden getextet, es gab eine WG-Party. Die beiden kauften bei einem Wirten noch zwei Doppler Wein und machten sich auf den Weg.

Als sie ankamen, waren alle schon emsig am Saufen und Ziehen, und Püppi tat kräftig mit. Doris bekam endlich wieder Heroin, setzte sich einen Schuss und vertschüsste sich in Lady Morphias Umarmung. Dann gingen die Getränke und die Drogen aus, und so wurde beschlossen, dass man noch weiterziehen würde zu einer anderen Party.

Püppi war ziemlich aufgekratzt, sie schmuste mit wem rum und konnte nachher ihre Brille schon wieder nicht finden, aber die anderen wollten nicht warten, also ging sie halt ohne. Die Leute scherzten, torkelten, redeten kreuz und quer und gleichzeitig, und Püppi schwankend und schrill lachend mittendrin. So kamen sie zur U-Bahn-Station.

Am Bahnsteig tanzten die Lichter, alles war verschwommen und drehte sich und Püppi ging es auf einmal gar nicht gut, nein gar nicht gut, Scheiße … Oh, oh nein … Der Boden erhob sich und schlug ihr fest ins Gesicht. Die anderen stellten Püppi lachend und schwatzend wieder auf die unsicheren Beine … Aber die waren wie Gummi, auch ihre Seele war plötzlich Gummi, sie spürte einen Riss mittendurch …

Nachher konnte keiner der Umstehenden sagen, was genau passiert war, ob sie absichtlich gesprungen oder ob sie – hacke und kurzsichtig, wie sie war – vor die U-Bahn gefallen war.

Glautsch lässt sich Eier wachsen

Ein paar Tage später saß Glautsch mit Lenin beim Abendessen, als sich ihr Vater ankündigte, und kurz darauf läutete es auch schon an der Tür. Lenin versteckte sich, bevor er eintrat.

Der Vater war aus der billigen Pension rausgeflogen, er wollte nicht sagen warum, jedenfalls brauchte er jetzt einen Schlafplatz und fragte, ob er die nächsten Tage bei ihr schlafen könne.

Glautsch war verzweifelt. Was sollte sie sagen? Natürlich musste sie ihn hier diese Nacht schlafen lassen, das war ja ihr Vater, himmelfixnohamol. Aber ihr war klar, dass damit sein Einzug de facto besiegelt war. Nie und nimmer würde sie ihn rauskriegen, immer würde er *eh was suchen*, dann wäre dort ein Wasserschaden, die Kaution zu hoch, das Projekt geplatzt oder irgendwas anderes. Das Schicksal war so gemein …
Er zog sich die Schuhe aus und setzte sich an den Tisch. Vor ihrem geistigen Auge sah Glautsch am Tisch schon seine gschissenen Hawara beim Saufen und deppat Reden, bis tief in die Nacht. Sie hätte keine Ruhe mehr.

Und dauernd würde er sie um Geld anhaun … Und sie könnte unmöglich einen Mann heimbringen, das würde ihr Vater nicht wollen. Aber verdammt noch Mal, sie war erwachsen, hatte einen Job und ein Leben, da gehörten Männer auch dazu, heast!

Wie kam sie dazu? Warum hatte sie diese Arschkarte von Vater gezogen im Leben?

Ach, wurscht. Sie setzte sich resigniert hin. Da schnüffelte Lenin an ihrem Fuß. Oh, sie mochte den Ratz wirklich sehr. Lenin war ein super Mitbewohner und sehr schmuselig, mehr brauchte und wollte sie gerade wirklich nicht. Sie hob ihn hoch und legte ihn auf den Tisch, da sprang ihr Vater wie von der Tarantel gestochen auf und stieß einen Mordsschrei aus, sein Sessel flog um und er drückte sich gegen die Wand. Seine Augen waren weit aufgerissen und der Angstschweiß perlte auf seiner Stirn. Nach einem längeren Gestottere und Gestammele schaffte er schließlich, etwas zu artikulieren: »W-w-w-weg!«

Die Reaktion ihres Vaters überraschte Glautsch. Sie hatte gar nicht gewusst, dass er ein Rattenproblem hatte. Als sie ihn in so einer Verfasstheit sah, war ihr erster Gedanke, ihm zu helfen und Lenin wegzutun, aber da traf ihr Blick den des Ratzenbocks. *Lass dir Eier wachsen*, schien er ihr zu sagen. Seine Schnurrbarthaare bebten, Lenin war ein ausgewachsenes Manderl, er baute sich zu einer für eine Ratte durchaus imposanten Größe auf. Gott, das Viech hatte einen Beidl … Und der Ratz hatte recht.

Einen Vater kann man sich nicht aussuchen, aber wie lange wollte sie sich noch von dem ihren anlügen, ausnutzen und anschnorren lassen? Wie viel schuldete sie ihm noch als Tochter?

Sie überlegte.

Gar nichts. Sie schuldete ihm gar nichts mehr. Glautsch nahm drei tiefe Atemzüge.

Und dann ließ sie sich Eier wachsen.

»Was ist denn, Papa? Ich versteh dich so schlecht.«

»Ratte!«, brachte er endlich hervor.

»Ach so, Lenin. Ja, Lenin ist eine Ratte. Problem?«

»Ja, schon. Kannst du den nicht provisorisch wo anders hinbringen?«

»Na ja, für Lenin allein finde ich schon was, aber was ist mit dem Rest?«

»Dem Rest?«

Glautsch rollte mit den Augen wie eine Vierzehnjährige.

»Papa, echt jetzt … Also dass man Ratten nicht einzeln halten darf, könntest sogar du wissen. Die müssen einen Familienverband haben. Zuletzt waren es zwölf, aber ich glaube, die haben schon wieder Nachwuchs, dem Gefiepe nach. Also nein, die Ratten bleiben. Aber schau, ich zahl dir mal ein Hotel für heute Nacht und morgen findest du schon wieder was.«

Der Vater nahm das Geld und verließ die Wohnung fluchtartig.

Glautschs neu entdeckte Seite wusste, dass er klarkommen würde, und beschwichtigte die fürsorglich-loyale Glautsch. Scheiße schwimmt. Sie nahm sich vor, im Umgang mit Leuten wie ihrem Vater jetzt öfter bewusst diese beherzte Seite zu zeigen. Sie baute sich zur Feier des Tages einen Ofen und rauchte ihn mit Lenin.

Ein paar Tage später kam ihr Vater noch einmal vorbei, er wollte seine Sachen holen, die Lenin mittlerweile ausgiebig markiert hatte. Glautsch stellte sich dumm und unkooperativ, und er brauchte sehr viel Überwindung, um die Türe zu öffnen. Der ganze Raum war voll mit seinen schwarzen Müllsäcken, Kisten und sonstigen Krimskrams, nur in der Mitte des Raumes waren ein paar Quadratmeter frei.

Dort, in der Mitte, genau im Lichtkegel der Lampe, stand Lenin und blickte den Störenfried streng an. Dieser tat jetzt das, was ihm ein Freund geraten hatte: Er stampfte fest auf und rief: »Buh!« Aber Lenin machte sich noch größer und ziepte bösartig, des Vaters Herz rutschte in die Hose und er rannte und rannte und rannte …

Glautsch lachte und gab Lenin einen Schmatz. Dann schaffte sie das ganze Graffel ihres Vaters vors Haus, wo es bald verschwand.

Vermutlich hatte er es weggeschafft.

Oder es war geklaut worden.

Glautsch merkte erleichtert, wie wurscht ihr das war.

DAS ENDE DER FAF

Peter Fanta stand an der Kreuzung und wartete darauf, dass die Ampel grün wurde. Der Verkehr war ziemlich stark. Ein paar FAFler·innen versuchten, die Straße zu überqueren, und sprangen vor die quietschend bremsenden Autos. Das mit dem Internationale-Grölen haute auch nicht so hin, wie sie das im Workshop geübt hatten. Als einer von einem Taxi erfasst wurde, musste Fanta unwillkürlich lachen. Die Leute starrten Fanta an oder ignorierten ihn. Endlich wurde es grün und die Wartenden überquerten die Straße. Fanta stand noch immer an derselben Stelle und lachte.

Inzwischen war die Fußgängerampel wieder auf Rot gesprungen und am Gehsteig sammelten sich überquerungswillige Menschen. Eine FAFlerin versuchte zaghaft, die Straße zu überqueren, ließ es dann aufgrund der Stärke des Verkehrs und ihres Selbsterhaltungstriebes aber doch bleiben. Eine Alte mit Hündchen und Handtasche keifte: »No, wosis? Samma vo da FAF oda ned?«

»Aber es ist doch jetzt viel zu gefährlich!«, meinte die FAFlerin zaghaft. Sie war eine schüchterne Erstsemestrige mit kurzen Hennahaaren, Nickelbrille und Vintage-Klamotten. Sie sah aus, wie sie sich die typische Politologie-Publizistikstudentin vorstellte. Sie war blutjung, hatte erst vor ein paar Monaten maturiert, kam aus dem Waldviertel und wollte leben. Doch die Alte kannte keine Gnade: »Wosis? Samma vo da FAF oda ned?«, keifte sie immer wieder. Fanta stand daneben und lachte, weil er die Situation für absurd hielt, und die Umstehenden starrten ihn an, weil sie ihn für verrückt hielten.

Die FAFlerin versuchte sich herauszureden, sie sei kein ordentliches Mitglied, es gebe neue Statuten, die besagten, dass die Aktivitäten der FAF nicht unter Lebensgefahr durchzuführen seien und so weiter, doch die Alte wollte Blut sehen, während sich ihr Hündchen an der noch immer roten Ampel auf die Vorderbeinchen schwang, um höher pinkeln zu können.

Die Umstehenden begannen sich einzumischen: Fanta solle gefälligst aufhören zu lachen und die FAFlerin endlich die Straße überqueren. Fanta jedoch hatte einen Lachkrampf und konnte nicht anders. Die kleine FAFlerin begann zu weinen.

»Ich will noch nicht sterben, ich bin doch noch so juhuhung!«

Doch die Umstehenden begannen, wirklich ungut zu werden, und einige beschimpften sie ziemlich arg.

Die FAFlerin tat Fanta leid, doch er konnte – und wollte – ihr nicht helfen. Hätte er sich für sie eingesetzt – was aufgrund seines Lachanfalls ohnehin nicht möglich wäre –, hätte auch er sich dem Hass des Mobs ausgeliefert. Die junge FAFlerin flehte um ihr Leben. Doch die Umstehenden – allen voran die Alte – waren unerbittlich. Schließlich fasste sie sich ein Herz (die FAFlerin, nicht die Alte, die hatte keines), versuchte, unter den misstrauischen Blicken der Umstehenden die Straße zu überqueren, und wurde prompt von einem Taxi überfahren. In diesem Moment wurde die Ampel grün, und die Leute, die die FAFlerin auf ihrem Gewissen hatten, gingen über den Zebrastreifen und ihre sterblichen Reste. Fanta blieb stehen, denn hier gab es was zu sehen. Das Hündchen der alten Dame schnüffelte an der Leiche, wurde jedoch von seiner Besitzerin sofort zurückgepfiffen, worauf es ihr mit hocherhobenen Ohren brav hinterhertrippelte. Als das Hündchen mit heraushängender rosa Zunge den Radweg erreichte, wurde es von einem Essenszusteller entzweit. Die aufgebrachte Menge versuchte, den Mörder zu lynchen, doch dieser beschleunigte und suchte das Weite.

Durch das Geschrei, Gezeter und Geschimpfe wurde ein Polizist auf die Tragödie aufmerksam. Er ging zielstrebig auf Fanta zu und herrschte ihn an: »Name?!«

Fanta, der noch immer lachte, schaffte es, seinen Namen zu nennen.

»Wie die Limonade«, setzte er hinzu, und obwohl er das immer tat, kam es ihm diesmal sehr lustig vor und sein Lachkrampf erreichte einen neuen Höhepunkt. Die Zeugen der Bluttat an dem unschuldigen Hündchen zeigten alle mit dem Finger auf Fanta und riefen: »Der da, der da!«, wobei sie meinten: »Der da lacht schon die ganze Zeit darüber, dass das arme Hündchen von dem bösen Essenszusteller überfahren worden ist.« Der Polizist hingegen verstand es als: »Der da hat das arme Hündchen entzweit und lacht auch noch so deppat!« und nahm Fanta deshalb fest.

Fanta, dem die Situation unendlich absurd vorkam, leistete keinen Widerstand.

DER GRÜNE LAMBORGHINI

Doris stand vor dem Waldhof, dem Dornkirchner Puff. Es war ein kühler Regentag, und sie war froh, einen Schirm zu haben. Ihre Sneaker waren trotzdem durchweicht.

Sie kam gerade von Püppis Begräbnis, einer viel bescheideneren Angelegenheit als die Beisetzung ihres Cousins. Die Messe fand in einer Brutalismuskirche in einem der ehemaligen Dörfer statt, die nun Ortsteile des hoffnungslos zubetonierten und zersiedelten Dornkirchen waren. Auf dem Grabkreuz stand *Petra Hinterbichler*, und Doris kam das furchtbar falsch vor. *Petra* mögen sie ihre Eltern genannt haben, aber sie war Püppi gewesen, wenn auch nur viel zu kurz.

Sie zündete sich eine Zigarette an. Das Geschrei der Leute am U-Bahnsteig würde sie nie mehr vergessen und den Anblick der zerfetzten Püppi auch nicht. Ihr jähes Ende traf sie hart. Sie hatte Püppi nur ein paar Stunden gekannt, aber die Kleine war schon okay gewesen.

Doris fühlte sich auch mitschuldig. Das wäre alles nicht passiert, wenn sie im Spital geblieben wäre. Es war eine Sache, ob sie sich selber verheizte, aber dieses junge Mädl hätte sie nicht mitreißen dürfen.

Damit musste sie jetzt leben.

Leben.

Genau.

Doris hatte den Entschluss getroffen, zu leben. Es gab keinen Grund mehr, sich aus Trotz selber kaputtzumachen, wen wollte sie damit beeindrucken? Sie hatte gewonnen, sie war noch da! Also weiter im Text!

Die Therapie in der Entzugsklinik begann kommende Woche, und diesmal, diesmal würde es verdammt noch mal klappen, weil sie zum ersten Mal in ihrem Leben, in ihrem beschissenen, verkackten Leben als Hurenkind eines Fuchsenseers, ein Ziel vor Augen hatte: ein Fairtradepuff. Sie wollte es zumindest versuchen, Püppi zuliebe. Das Mädl hatte ihr die Augen geöffnet.

Der Regen bildete große Pfützen auf dem Parkplatz. Das wäre eine Sache für die To-do-Liste: den Parkplatz asphaltieren. Oder doch lieber Rasenziegel, wegen Bodenversiegelung und so? Sie fluchte. Also mit so einem Scheiß würde sie sich auseinandersetzen müssen. Das Dach sah auch nicht gut aus, verdammt.

Der Waldhof stand leer. Als ihr Vater starb, wurden die Mädls fremdenpolizeilich behandelt oder verschwanden, und niemand hielt sie zurück, weil das Puff ohne den Luden kopflos war. Ein paar kamen bei den Mitbewerbern unter.

Alle gingen davon aus, dass Doris den Waldhof verkaufen würde, wenn die Verlassenschaft endlich abgewickelt war. Das konnte ein gutes Jahr dauern. Wenn dann im Zuge der Bestandsaufnahme – wie zu erwarten war – kriminelle Machenschaften entdeckt werden würden, dann länger. Es war auch noch völlig ungewiss, ob nicht ein Berg Schulden auf dem Gebäude lastete und ob es nicht besser wäre, das Erbe nicht anzutreten. Es hatten sich sogar schon Interessenten aus aller Halbwelt bei ihr gemeldet sowie freischaffende Sexarbeiterinnen. Sie würde einen klaren Kopf brauchen. Das, und Leute, denen sie vertrauen konnte. Sie würde Sergej und die anderen kontaktieren. Und Marianne. Diese *Schuhe* konnten vielleicht weiterhelfen, die waren ja so weltverbesserungs-/faitrademäßig unterwegs.

Doris wurde kurz schummrig und sie nahm eine Tablette. Sie konnte sich jetzt keinen Hänger erlauben. Sie rauchte noch eine, trank den Becherkaffee aus, dann stieg sie in die Fahrerkanzel des Kleinlasters und fuhr zum Zirbenhof. Den Weg kannte sie sehr gut, oh ja. Dort passierten die wirklich grindigen Sachen, und jetzt, wo der Engel in der Hölle schmorte, wenn es eine gab, musste sie da ein paar Sachen erledigen.

Sie hielt vor dem Tor, setzte eine Perücke, eine Sonnenbrille und eine FFP2-Maske auf, dann öffnete sie das Tor und fuhr in den Innenhof. Sie schaute in den Wohntrakt und fand fünf eingesperrte Frauen vor.

Erleichtert, dass es nicht mehr waren, gab sie ihnen zu verstehen, sich zusammenzupacken. Inzwischen durchsuchte sie das Arbeitszimmer und fand ihre Dokumente und viel Bargeld. Dann lud sie die Frauen mit dem Gepäck hinten in den Laster und brachte sie zu einem günstigen Hotel beim Bahnhof. Sie drückte jeder ihr Handy, ihren Reisepass und ein Bündel Hundert-Euro-Scheine in die Hand und bat: »Go police tomorrow, not today, okay?«

Die Frauen nickten.

Zurück am Zirbenhof machte Doris erst einmal eine Bestandsaufnahme. Sie fand Wertgegenstände, Waffen, Munition, noch mehr Bargeld und zwang sich, nur gut die Hälfte mitzunehmen, das war ohnehin beachtlich. Es war wichtig, genug zurückzulassen, damit es ein großer Fund für die Polizei sein würde.

Außerdem gab es Unmengen an Zauberpulver, der Spezialität des Engels. Gut, das wollte sie nicht. Aber als sie in einem anderen Regal kiloweise Heroin fand, schaute sie es lange an und wandte sich dann mit Tränen in den Augen ab.

Vermisst du mich?

Am liebsten hätte sie jetzt das mitgebrachte Benzin drübergeleert und es angezündet, doch auch das Heroin musste gefunden werden.

Hey, nimm mich mit, nur ein Kilo, als eiserne Reserve, nur zum Verkaufen!

Sie stürzte an die frische Luft und musste sich setzen. Ihre Hände zitterten.

Reiß dich zusammen, verdammt!

Sie ging in die Garage und fand den berühmt-berüchtigten grünen Lamborghini ihres Vaters vor. Ja, der war gut, der würde eine ordentliche schwarze Rauchsäule machen, die man nicht übersehen konnte. Sie fuhr ihn in den Innenhof und unterdrückte den Impuls, durch das Tor weiterzufahren und eine Spritztour zu machen. Die Frauen hatten zwar zugestimmt, erst morgen zur Polizei zu gehen, doch darauf konnte sie sich nicht verlassen.

Sie begoss den Wagen mit Benzin und zündete ihn an. Dann stieg sie in den weißen Kleinlaster und brachte ihre Beute in Sicherheit. Es war ein gutes Gefühl, über ein beachtliches Arsenal und Startkapital zu verfügen, von dem niemand wusste.

WAGENPUNX

An diesem Abend spielten sie mit der Antn am Stadtrand von Leipzig, bei Wagenpunx. Zu den anderen Acts zählten tschechische Cyberpunx mit Masken, eine elendslange Bassistin mit blauen Haaren und ein Typ mit schwarzem *Neubauten*-Hoodie und Armeehose, der so allerlei Kastln am Boden aufstellte und verkabelte. Er hatte die Haare vollkommen abrasiert, dafür aber einen langen, schmalen Bart. Für die Performance hatte er noch Äste, Steine, Murmeln und Ähnliches bereitgelegt. Schließlich setzte er den Hoodie auf, und der sympathische, quirlige Typ verwandelte sich in eine respekteinflößende Gestalt mit einer ernsten, fast priesterhaften Aura. Die Punks lauschten seinen Klangwelten, und im Anschluss an das offizielle Programm dieser inoffiziellen Veranstaltung performten sie noch gemeinsam, tauschten Kontakte aus und tranken das eine oder andere Bier zusammen.

Es wurde – teils sehr merkwürdiges – Merch ausgestellt, getauscht und verkauft: Tonträger mit beigelegten Rattenbemmerln oder Baumharz, alle möglichen Sticker, Buttons, Aufnäher, Textilien, Kunstwerke aus Knochen und anderen Materialien. Am ärgsten fand Dösi die Meerschweinchentaschen, teilweise mit *MehrSau*-Logo, die von diesem Kollektiv hergestellt wurden.

»Was soll das heißen, *hergestellt*?«

»Na ja«, erklärte Kiwi, »die züchten Meerschweinchen und manchmal essen sie sie halt …«

»Die *essen* die Viecher?«

»Joa, und die Felle tun sie biologisch gerben und machen diese Taschen draus. Ich finde die da eigentlich ziemlich nice und so arg teuer ist die auch nicht. Ich glaub, die nehm ich.«

»Sag mal, spinnst du? Das ist ja abartig!«

»Schon, gö? Ich finds geil. Na jo … also Meerschweinchen haben keinen großen CO_2-Abdruck, sie werden hier artgerecht gehalten, haben ganz viel Auslauf und sie vermehren sich halt wie … na ja Meerschweinchen. Das Fleisch ist wohlschmeckend und gesund. Ich seh das Problem nicht.«

»Woher weißt du, dass das wohlschmeckend ist?«

»Da drüben werden die gegrillt.«

Dösi seufzte.

Die kleinen Fellknäuel wuselten tatsächlich überall herum. Sie hatten zwar ein Gehege, aber das war eher nur ein Schlafplatz, wenn überhaupt. Man musste echt aufpassen, wo man hintrat, man hörte sie überall gurren. Aus dem Gebüsch am Rande des Geschehens sprang ein Fuchs hervor, schnappte sich eins und verschwand wieder in der Dunkelheit.

»Wie kommt man auf so eine Idee?«, klagte Dösi.

»Die hatten eine lateinamerikanische Gruppe zu Besuch hier und die haben ihnen alles beigebracht: Schlachten, Abziehen, Pflanzengerbung und Zubereitung. Bei denen zu Hause ist das so: Da wurln die Meersäue ums Haus, und wenn du Bock auf Fleisch hast, schnappst du dir halt eines.«

Dösi schüttelte den Kopf.

»Nein. Einfach nur nein.«

»Schau, die haben hier das perfekte Leben. Es gibt eine Tierärztin, die regelmäßig nach ihnen schaut. Aber in der Natur ist es nun einmal ihre Rolle, ein kleines Futterpaket zu sein. Die Katzen fischen zwar ein paar Junge raus, aber es sind trotzdem zu viele. Na ja, also ich finde, die Punks machen das Beste draus, sie haben so einen Foodtruck, mit dem sie auf Märkte, Festivals und so fahren.«

»Du klingst wie Petar, mein Mitbewohner. Ihr solltets euch echt auf a Packl haun, es zwa.«

»Das ist der Mann von Jessi, oder?«

»Genau. Er kommt dauernd mit neuen Rezeptvorschlägen für Schweinernes daher und schwafelt von *Nose to Tail.* Seine neueste Idee ist das *Hanfschwein.*«

»Hä?«

»Im hinteren, verwilderten Teil der Streuobstwiese bauen wir Hanf an. Jedenfalls hat Petar die Idee, die Schweine mit den Hanfblättern, der B-Ware, zu füttern. Die Tiere hätten voraussichtlich einen niedrigeren Stresspegel, die Wirkstoffe würden sich im Fettgewebe speichern. Wenn man dann also ein Hanfschwein isst …?«

»Oida, naa, oder? Und dann noch am besten mit Joints räuchern, oder was?«

»Roll me up and smoke me when I die …«, sang Dösi Willi Nelsons Melodie.

Die beiden lachten.

Es wurde ausgelassen gefeiert, und Jessi war schon ziemlich bedient, als sie der torkelnde Dösi fand.

»Jessi, hast du einen Leatherman?«

»Was?«

»Ob du einen Leatherman hast.«

»Wozu brauchst du den jetzt?«

»Der Gehörschutz ist mir im Ohr zerbröselt, ich krieg ihn nicht raus, des macht mi ganz narrisch!«

»Leatherman hab ich keinen, aber Nähzeug, im Bus.«

Sie gingen zum Bus und im schwachen Licht der Innenbeleuchtung packte Jessi eine Nadel aus.

»Leg deinen Kopf auf meinen Schoß, so, weiter rauf, nein, warte, so …«

Sie musste den Kopf so drehen, dass der schwache Lichtkegel das Ohr anleuchtete.

»Sag mal, du weißt eh, was du tust? Soll ich nicht lieber Dimitri oder Kiwi …«

»Halt still!«

»Au!«

»Jetzt halt still, ich habs gleich …«

Sie pfriemelte herum, aber schließlich bekam sie das Ding auf die Nadelspitze und begann es vorsichtig herauszuziehen.

»Ja, ja, jetzt hast du's gleich.«

»Halt still, verdammt.«
»Aaahh herrlich, danke dir!«
Jessi reichte Dösi den hinigen Gehörschutz.
»Gratuliere! Es ist ein Junge!«

In Berlin wurde die Veranstaltung nach zehn Minuten wegen Anrainerbeschwerden abgebrochen, in Hamburg wars nett und in Lübeck spielten sie wieder bei Wagenpunx, nur waren da auf dem alten Fabriksgelände noch drei andere Kollektive, die alle auch an diesem Wochenende Konzerte veranstalteten. Es war also ein Riesenchaos, weil sie alle Ressourcen auf Anschlag ausreizten, Schlafplätze, Sanitäreinrichtungen, Küchenkapazität, Getränkemanagement, Technik und Strom. Letzterer fiel leider immer wieder wegen Überlastung aus.

Im Matratzenlager reservierten sich Kiwi und Jessi schon am Nachmittag zwei Schlafplätze, indem sie ihre Schlafsäcke dort hinlegten. Es gab ein Hochbett für etwa vier bis fünf Personen und noch einmal so viel Platz unten. Kiwi legte seinen Schlafsack aufs Hochbett ganz hinten hin, neben die Wand.

»Sollen wir nicht lieber unten schlafen? Das ist doch viel unkomplizierter?«, fragte Jessi.

»Nein, glaub mir, du willst oben schlafen. Unten schläft, wer es in der Fettn nicht raufschafft, und der kotzt auch unten. Und Schlimmeres.«

»Schlimmer als Kotzen? Aha … okayyyy … und warum an der Wand?«

»Damit ich meinen Arsch zur Wand drehen kann.«

Kiwi lächelte Jessi traurig an und sie schluckte. Da hat wohl wer schlechte Erfahrungen gemacht.

»Aber was ist schlimmer als Kotze?«

Kiwis Miene erhellte sich wieder.

»Okay, das ist eine ziemlich grindige Geschichte!«

»Ich habe zwei Kinder geboren, glaub mir, *das* ist grindig!«

Kiwi ließ sich nicht zweimal bitten.

»Also, das war so: Ich pennte unten irgendwo in der Mitte, es war eh schon sehr kuschelig, weil das Matratzenlager total überbelegt war, ein paar mussten sogar am Boden schlafen. Jedenfalls geht die Tür auf und ein Typ wankt murmelnd rein und legt sich irgendwo dazwischen. Ich krieg mit, wie er dann nach einer Weile was auf seinem Handy macht, kurz darauf höre ich über die Handylautsprecher eine Rede oder so, habs nicht verstanden, war Russisch, glaub ich. Jedenfalls murmelt der Typ irgendwas, dann macht er den Gürtel und die Hose auf. Das ist ja an sich nichts Beunruhigendes, dass sich wer zum Schlafen etwas locker macht. Aber nach einer Weile hören wir ganz charakteristische rhythmische Geräusche ...«

»Der hat sich ...«

»... einen runtergeholt, genau. Aber der Typ wird noch dazu immer lauter, aus dem Gemurmel wird ein Geschrei. Dreimal darfst du raten, was er gebrüllt hat!«

»Keine Ahnung, sag!«

»BAKUNIN! BAKUNIN!«

»Was? Echt jetzt? Geh leck! Und was habt ihr gemacht?«

»Na ja, die anderen haben ihn zsammgstaucht, dann war Ruhe.«

»Hmm ... Vielleicht schlaf ich doch lieber Bus?«

»Kannst du natürlich machen, aber als ich einmal in der Bretagne ...«

»Gusch, Kiwi!«

Sie haute dem lachenden Kiwi den Schlafsack um die Ohren.

Die *Antbeaters* spielten in Tschechien noch zwei unspektakulär gute Gigs. Der Reiz des Neuen wich langsam einer mehr oder weniger eingespielten Routine und jetzt war es dann auch wieder gut mit der Antn.

Die Tour war vorbei und die Punks waren auf dem Heimweg nach Wien. Sie lauschten *The Weekend* von *Skinny*. Wie immer empfanden sie auf den letzten hundert Kilometern eine Mischung aus Melancholie und Vorfreude. Es würde schön sein, die Lieben wieder in die Arme zu nehmen, vor allem die Kinder und Katzen, die sie dann gleich belagern würden, oder vielleicht auch nicht, das wusste man nie so genau. Jessi und Dösi würden wieder ins Radl von Arbeit, Familie, Hof kommen. Anscheinend gab es viel Saft und Most gerade. Kiwi würde in nächster

Zeit viel in der Schuhfabrik zu tun haben und ja, die Erwerbsarbeit wartete. Aber sein Bärli in Linz war nicht so weit weg, dachte er, und ein verliebtes Lächeln huschte über sein Gesicht.

Sie hingen ihren Gedanken nach, betrachteten die vorbeiziehende Landschaft, texteten, schlummerten. Dösi arbeitete inzwischen ein paar Mails ab.

Als sie durch das Tor einfuhren, schoss es Dösi ein, dass er bald vierzig werden würde. Früher oder später würde er zum letzten Mal nach einem Gig durch dieses Tor fahren, und dieser Gedanke stimmte ihn wehmütig.

NEUIGKEITEN AUS DORNKIRCHEN

Wie zu erwarten war, hatte Marianne trotz anderer Vorsätze schon länger nicht mit Susi telefoniert. Und auch Susi fand einfach nicht die Muße anzurufen. Hin und wieder schickten sie sich Memes. Marianne hatte viel in der Schuhfabrik und auf der Uni zu tun. Emil war ausgezogen und er fehlte ihr so sehr. Auch die Wohnung flashte sie immer wieder.

Susi war ganz in ihrem Tradwife-Life eingespannt und mit ihrem Mann lief es nicht so gut. Kinder waren anzuziehen, Essen war zu kochen, Bettina musste zum Voltigieren und Klavierunterricht kutschiert werden, Gerhard zum Fußballtraining und zu seinen Freunden zum Spielen. Der Rasen war zu mähen, die Geranien zu gießen, die Hausaufgaben zu kontrollieren. Lehrkräfte waren in der Sprechstunde zu besuchen, Nachhilfestunden, Babysitter, Familienfeiern und Kindergeburtstage zu organisieren. Es gab zwar auch eine tüchtige Putzfrau, die zweimal die Woche kam, aber umso mehr fühlte sich Susanne den kritischen Blicken der anderen und dem Unverständnis ihres Mannes ausgesetzt. Wenn sie ohnehin eine Hilfe hatte, wieso waren die Spielsachen im Garten nicht jeden Abend weggeräumt? Warum sollte es nicht jeden Tag ein warmes Essen geben? Warum sollte sie nicht schlank und gepflegt sein, wie es sich für die Frau eines wichtigen, gut verdienenden Mannes gehörte? Welche Rechtfertigung gab es für ihre abendliche Müdigkeit und sexuelle Lustlosigkeit, wenn er sich doch teilweise bis in den späten Abend abarbeitete, während sie nicht einmal eine Teilzeitstelle hatte und am Vormittag ja nur den Kleinen zu versorgen hatte, weil die größeren Kinder ja ohnehin in der Schule waren? Hatte sie nicht ein eigenes, standesgemäßes Auto, um Lebensmitteleinkäufe zu erledigen und bis in die eigene Garage zu bringen, um sie nur noch in die immer makellose Küche zu tragen? Gab sie nicht viel Geld für Kleidung und Friseurbesuche aus, um ihm und der Welt zu gefallen, aber was hatte er davon? War es zu viel verlangt, ihm am Abend wenigstens einen zu blasen, wenn sie schon wieder einmal keinen Sex wollte? Konnte sie nicht allein dafür sorgen, dass die Kinder abends ins Bett gingen und verdammt nochmal dort blieben, wenn er sich einfach nur entspannt einen Film oder ein Spiel anschauen wollte? Dass sie sich um Windpocken, grippale Infekte, Fieber, Ohrenschmerzen, schwierige Entwicklungsphasen, Liebesdinge und soziale Kontakte der Kinder kümmerte? War das nicht ihr fucking Job? Was hatte er von dieser schönen Frau aus altehrwürdiger Familie an seiner Seite, die die Blicke auf sich zog, wenn sie ins Theater, die Oper oder zu Parteiterminen gingen, wenn sie, scheiße nochmal, schon wieder nicht mit ihm bumsen wollte?

Susi hatte ihren goldenen Käfig selbst gewählt, sie konnte ihm keinen Vorwurf machen, fand sie. Aber sie merkte, wie sie ihrer Mutter immer mehr ähnelte. Wie sie immer wieder am Likör nippte, um sich zu betäuben.

Nicht gut.

Und dann überraschte sie die Nachricht vom Zirbenhof, und sie fand mehr als genug Gründe, zum Limoncello zu greifen …

Marianne war sehr gespannt, als sie Susis Namen am Display sah.

»Susi, Servus!«

»Hallo, Mariandl, alles gut bei dir?«

»So weit okay. Gibts was Neues?«

»Kann man so sagen.«

Es ging um Albrecht, den ältesten Bruder, der immer noch im Spital war. Mittlerweile durfte ihn Susi – und nur sie – besuchen. Er war meistens sehr schwach und konnte wenig sprechen, aber immerhin war sein Zustand schon eine Weile stabil. Marianne freute sich, das zu hören.

»Aber das ist nicht der Hauptgrund, warum ich anruf. Du weißt ja, dass er früher eine Hundezucht auf dem Zirbenhof in den Bergen hatte. Dort hat es gebrannt, es war sogar schon in den Nachrichten. Jedenfalls hat jemand im Tal die Flammen gesehen. Die Feuerwehr ist hin und da stand der brennende Lamborghini vom Engel.«

»Geh leck!«

»Und jetzt sind fünf Frauen aufgetaucht, die sagen, dass sie dort festgehalten worden sind. Eine mysteriöse Frau hat sie befreit und ihnen Geld gegeben …«

»Was?«

»Na halt dich fest. Sitzt du eh?«

»Momeeent!«

Marianne setzte sich und zündete sich eine Tschick an.

»So, geht.«

»Also es stellt sich heraus, dass Albrecht offenbar eng mit dem Engel zusammengearbeitet hat. Der hatte dort zum Beispiel ein beachtliches Drogenlager, säckeweise Bargeld, daneben Waffen.«

»Bisdudeppat … Aber was ist mit den Frauen?«

»Die wurden dort zugeritten.«

»Wie, zugeritten?«

Susi seufzte.

»Na ja, die Frauen reagieren auf eine Annonce, glauben, sie arbeiten als Kellnerin oder Kindermädchen im reichen Europa, dann nehmen sie ihnen erstmal die Handys und Papiere weg und verprügeln und vergewaltigen sie so lange, bis sie gebrochen sind. Zugeritten, wie Pferde.«

»Damit sie dann im Puff jeden Scheiß machen und brav Drogen nehmen, damit sie's aushalten …«

»Und sie machen Fotos von ihnen bei der Arbeit und drohen, das ihren Familien zu schicken.«

»Gott, das ist so krank …«

Sie sprachen noch eine Weile, aber dann war die genervte Stimme von Susis Mann und Kindergeplärre zu hören, also verabschiedeten sie sich schnell.

Marianne studierte die Nachrichten. Das wurde ziemlich groß gebracht, weil der Name Fuchsenseer ja ein Begriff war. Die verdächtigen Unfälle mit Revolvern, die Klaus und dem Engel zum Verhängnis geworden waren, wurden wieder aufgekocht.

Nun telefonierten die Schwestern öfters.

»Sie haben im Keller ein Drogenlabor gefunden. Aber das ist noch nicht alles, Mariandl.«

»Oida …? Wart, lass mich raten. Sie haben eine Leiche gefunden. Bitte, jetzt wird es nur noch absurd …«

»Sie haben *ein paar* verscharrte Leichen gefunden und jetzt graben sie grad alles um, bisher sinds sieben.«

»Sonst noch was?«

Die Schwestern kicherten hysterisch.

»Nein, das wars jetzt. Außer es kommt noch was.«

Marianne seufzte.

»Ich denke mir manchmal, ich melde Netflix ab, die Realität ist viel krasser … Wie gehts den Eltern?«

»Na ja, ich kann Vater nicht erreichen, aber vielleicht ist das ja eh ganz gut so im Moment.«

»Ja, ich glaube, da brauchst du dir keine Sorgen zu machen.«

Die beiden alberten noch etwas von dem Stress weg, dann legten sie auf.

Die Nachricht über den Zirbenhof führte zu einer Verschlechterung von Albrechts Zustand. Zuletzt hatte er immer wieder vergeblich auf eine Nachricht von seinem Ex gehofft. Er verfiel wieder und sank in einen unruhigen Dämmerzustand.

DIE EHE DER MARIANNE FUCHSENSEER

Kurz vor Mitternacht erhob sich Norbert Fuchsenseer von seinem Schreibtisch. Er hatte sein Testament handschriftlich verfasst, sauber, klar, präzise. Er faltete den Bogen aus gediegenem Papier mit einer für ihn wesensbestimmenden Akribie und steckte ihn in das passende Kuvert, dann versiegelte er das Schriftstück mit seinem goldenen Siegelring. Er ging auf die Toilette und wusch sich nachher sorgfältig die Hände, warf einen kurzen Blick in den Spiegel und ging zurück ins Arbeitszimmer. Er suchte den Aschenbecher und die Zigaretten hervor und blickte kurz darauf rauchend aus dem Fenster.

Er hatte den Sitz im Landtag verloren. Die Partei hatte bei der Landtagswahl, wie man so sagte, *herbe Verluste* erleiden müssen, wegen diesem Spalter mit seiner Bürgerliste, diesem Schwein. Und wäre das nicht genug, jetzt auch noch diese Sache mit dem Zirbenhof. Die Polizei – die Polizei! – war in *sein* Haus gekommen und hatte ihn – *ihn!* – zur Vernehmung mitgenommen! Er werde derzeit als Zeuge geführt, wurde ihm gesagt, er solle das Land nicht verlassen und sich zur Verfügung halten. Und das *ihm!*

Es war ein schwacher Trost, dass er den Engel überlebt hatte, der immer danach getrachtet hatte, selber das Familienoberhaupt zu werden. Systematisch hatte sein Bruder Klaus und Albrecht vergiftet, seine eigenen Hurenkinder sowieso. Alles, nur um ihn, Norbert Fuchsenseer, zu ruinieren, ihn vor der Zeit sterben zu sehen, um die Familie an sich zu reißen und den guten Namen des Fuchsenseergeschlechts in den Dreck zu ziehen. Letzteres war dem Engel ja vortrefflich gelungen.

Mit seinem ehemaligen Fuchs Gerald hatte er zwar einen guten Anwalt an seiner Seite, aber wenn er den Huren gegenübergestellt werden würde, könnte es eng werden. Kurz, er sah keine Alternative. Er konnte sein Leben jetzt beenden oder in Schande leben. Und die Mauserprobe sollte das entscheiden.

Es wurde Mitternacht. Fuchsenseer dämpfte die Zigarette sorgfältig aus. Er bekreuzigte sich und sprach ein Gebet. Dann setzte er sich an den Tisch und betrachtete die Kassette mit der Mauser vor sich auf dem Tisch. Es führte kein Weg daran vorbei, nicht wenn man ein Fuchsenseer war. Und das stand nicht zur Debatte. Er war ein Fuchsenseer durch und durch, er hielt die Traditionen hoch, und diese Reliquie, dieser geradezu sakrale Gegenstand, diese Mauser des Gauleiters Helmuth Fuchsenseer höchstpersönlich, der im Zweiten Weltkrieg treu gedient hatte, sollte nun wieder einmal ihr Urteil fällen.

Er nahm die Mauser heraus, vollzog das gesamte Ritual mit Reinigung et cetera und hielt sie schließlich an seinen Kopf. Fuchsenseer drückte ab.

Margarete Fuchsenseer wurde durch den Schuss geweckt. Sie riss erschrocken die Augen auf. Was war das? Sie hatte in ihrem Seidenpyjama im eleganten elterlichen Schlafzimmer geschlafen, wo es stickig war und nach Alkohol und teurem Raumparfüm roch. Die Tablettendosen standen am Nachtkästchen.

Margarete überlegte. Sie war ziemlich benebelt, aber dass das ein Schuss gewesen war, stand für sie außer Zweifel. Wenn es Einbrecher wären, müsste sie in diesem alten Haus mit seinen knarzenden Böden jetzt Schritte hören, aber im ganzen Haus war es still. Norbert war nicht zu hören. Wenn er, wie so oft, in seinem Arbeitszimmer schlief, dann müsste er doch auch erwacht sein, außer …?

Ihr Blick fiel auf den Wecker, der wenige Minuten nach Mitternacht zeigte. Es dauerte eine Weile, Margarete war sediert, aber dann wurde ihr klar, was geschehen sein musste. Ihr wächsernes, sonst stark geschminktes Gesicht wurde vom Mond beleuchtet. Sie lag auf dem

Rücken, starrte eine ganze Weile an die Decke und versuchte, mit ihrem heruntergetakteten Verstand zu denken. Im Haus war es totenstill und alle Bediensteten waren fort. Erst um neun in der Früh würde Frau Dragica kommen. Im Mondlicht sah man Margaretes Augen glänzen und ihr Gesicht hatte jetzt einen Ausdruck von stiller Genugtuung. Sie stellte den Wecker auf sieben Uhr, drehte sich um und schlief bald ein.

»›Dein goldenes Haar, Margarete‹, hast du immer gesagt, weißt du noch?«

Es war halb acht Uhr morgens und Margarete Fuchsenseer stand in ihrem Pyjama und Morgenmantel im Arbeitszimmer ihres Mannes, der reglos und blutüberströmt an seinem Schreibtisch saß. Sein Kopf war nach hinten überstreckt, das Licht der Morgensonne fiel auf die blutigen Klumpen auf den Damastvorhängen und dem chinesischen Seidenteppich.

»Ich habe ewig nicht gewusst, dass das ein Zitat aus der Todesfuge von Celan ist. Das war sogar für deine Verhältnisse geschmacklos.«

Sie lachte bitter und nahm noch einen Schluck aus ihrem fein gravierten Flachmann.

»Und das heißt was bei dir. Mein Gott, was haben wir zwei doch für eine beschissene Ehe geführt, findest du nicht? Und als Eltern haben wir speziell bei unseren Söhnen ja offenbar alles richtig gemacht, vor allem du, mein Göttergatte. Glaubst du mir jetzt? Ach so, du glaubst ja gar nichts mehr, ist ja auch schwer, wenn das Kopferl a Locherl hat, was?«

Sie schaute ihren Mann etwas genauer an.

»Fesch bist nimmer, das muss ich schon sagen. Gut, das war den ganzen Huren, die du gebumst hast, eh immer schon egal, die wollten Geld oder sonst was von dir, das ist dir eh klar, oder? Ach, du hast geglaubt, die stehen auf dich, dabei haben sie's alle nur gespielt, oooooh … armes Bubi.«

Sie tänzelte sarkastisch um ihn herum.

»Du hast nicht einmal versucht, deine Hurereien vor mir zu verstecken, du warst ja richtig stolz darauf, dass der Herr von Fuchsensee wie ein Renaissancefürst rumpudat.«

Sie wischte sich ein paar Tränen weg und schaute eine Weile aus dem Fenster in den Garten.

»Jaja, die Liebe. Ein Bekannter hat einmal gesagt, bei einer Ehe ist das so, entweder man bleibt zusammen oder man trennt sich eben. Ja, oder eines stirbt, hat wer am Tisch gesagt. Im besten Fall sterben die Turteltäubchen gleichzeitig, sagte wer anderer. Aber es gibt noch eine Möglichkeit, und als ich von der erzählte, wurden alle ganz still und beklagten sich, dass ich die Stimmung zsammhau. Und die geht so: Die beiden bleiben zusammen, in Pflichttreue, verbunden durch Kinder und Hass, wie Loki und Sigyn, und sie machen sich gegenseitig das Leben zur Hölle. Besonders würzig wird es, wenn es noch um Schulden oder Vermögen geht, aber die Ehe mit einem Fuchsenseer ist noch einmal eine eigene Kategorie.

Wie ich das ausgehalten habe? Schau mich an! Ach, du kannst ja nimmer schauen.

Nun. Der Glaube an die göttliche Ordnung hilft, und ein gewisser pragmatischer Optimismus, gepaart mit einem kurzen Gedächtnis. Vor allem aber diverse Liköre und Tabletten, damit lässt es sich ein paar Jahrzehnte lang aushalten.«

Sie musste sich setzen.

»Ich bin 62 Jahre alt und habe ein fertiges Jusstudium ohne Gerichtsjahr. Ich habe in unserer Ehe nie gearbeitet, und weißt du, warum? Du hast es schlicht und einfach nie zugelassen, und wenn mich einmal jemand einstellen wollte, hast du mir immer reingschissn, wegen der Kinder und dem Haus. Du Arschloch!«

Margarete schimpfte noch eine Weile, dann war sie fertig mit ihrem Mann und sie ging sich wieder hinlegen, das alles war gerade ziemlich anstrengend gewesen und sie brauchte wieder ihre Tabletten.

Nach einem kurzen Schlummer wurde sie von der aufgeregten Frau Dragica geweckt.

»Frau Fuchsenseer, Ihr Mann ist schwer verletzt, hat Unfall mit Pistole gehabt. Hab ich Rettung gerufen.«

»Was, verletzt?«

Ihre Gesichtszüge entgleisten.

DIE GRUFTIPARTY

Peter Fanta stiefelte Richtung Schuhfabrik, denn dort war heute Abend im Keller Gruftiparty. Er mochte die Musik recht gern, und die schwarzen Gestalten waren meist viel zu introvertiert, um ihn anzusprechen.

Er suchte sich einen freien Winkel, setzte sich hin und betrachtete das Geschehen. Die Lichter tanzten auf der fast leeren Tanzfläche, die Diskokugel drehte sich und warf Muster an die Wände, Kunstnebel waberte durch den Raum. Auf mehrere Wände wurden Visuals projiziert: Montagen aus alten japanischen Horrorfilmen, nostalgischen Cartoons und Filmen von Švankmajer, Fleck, Guy, Zeman und Méliès.

Vor der Tür saßen Emil und Glautsch mit Dosenbier in der Hand.

»Sag mal, wo ist denn der Lenin? Hast du ihn zu Hause gelassen?«

»Nein, der ist weitergezogen.«

»Wie das?«

»Na ja, als ich mich heute auf den Weg hierher machte, kam er angelaufen und wollte hochgenommen werden. Und so sind wir gemeinsam hergekommen, er hängt jetzt irgendwo ab und lebt sein Rattenleben. Ist okay.«

Emil nahm einen Schluck.

»Sag, Glautsch, weißt du eigentlich, warum er Lenin heißt und blau ist?«

»Da gibt es ein paar Legenden und Theorien, die sich natürlich widersprechen, sonst wärs ja fad. Also: Er soll durchreisenden Straßenpunx gehört haben, die ihn so riefen. Und das in den 80ern.«

»Directed by David Lynch. Der blaue Geisterratz, der Gutes tut und Wünsche erfüllen kann wie die blaue Fee!«

Glautsch lachte.

»Tatsächlich *hat* mir Lenin sehr geholfen! Ohne ihn hätte sich mein Assivater bei mir eingezeckt, aber der hat Angst vor Ratten. Good fucking riddance! Aber die Pensipunx haben mir erzählt, dass Lenin bereits bei der Besetzung dabei war. Ja, vermutlich wollten die mich verarschen, aber wenn ja, dann ist das ein Riesenkomplott. Egal wen du fragst: Lenin war bereits da, als sie in die Schuhfabrik kamen.«

»Geh leck!«

»Aber warum Lenin? Warum nicht wie ein Anarchist: Kropotkin, Bakunin oder so?«

»Das musst du ihn fragen.«

Emil wurde kreativ: »Eigentlich seine Eltern. Er erscheint Punks, bevor es eine Räumung gibt. Und wenn Lenin wen beißt, ist das ein Spitzel, Fascho, Ziviler oder sonst ein Arschloch. Er färbt sich selber das Fell. Er sucht sich einen blauhaarigen Grufti oder Punk und kollektiviert bei ihm im Bad etwas von seiner Haartönung. Die massiert er mit seinen kleinen süßen Pfötis ganz sorgfältig ein, dann wartet er brav eine halbe Stunde und legt sich dann unter den Wasserhahn.«

Glautsch prustete.

»Und er seift sich seine Pfötis ein und wäscht sie unter fließendem Wasser, haha …«

»Lenin ist ein Spionage-Cyberratz, der in Echtzeit alles überträgt, was er wahrnimmt …«

»… an die Polizei oder einen Geheimdienst. 1312, Oida!«

»Aber wenn er eh schon so cyber ist, warum wischelt er dauernd?«

»Zur Tarnung!«

Sie lachten und stießen darauf an.

Monika war heute auch da, aber sie war oben bei einer anderen Veranstaltung. Sie wollte heute unbedingt wen abschleppen. Praktischerweise war ihre kleine Wiener Wohnung nicht weit. Wo war jetzt der fesche Grünhaarige plötzlich hin?

Unten an der Bar saßen Kiwi und Dösi mit Bierflaschen in der Hand. Die beiden waren vor ihr geflüchtet.

»Die ist schon sehr, ähm, na ja, zielstrebig unterwegs, die Monika … Puuuh …«

Kiwi war ziemlich durch den Wind. Monika hatte ihn heftig angebaggert.

»Ich weiß, ich hätt ihr einfach sagen sollen, dass ich schwul bin, aber irgendwie … Ich hab kein Wort rausgebracht, ich war wie in einer Schockstarre.«

»Du hast ausgschaut wie a Karnickel, das die Schlange anstarrt.«

»Ja, und so hab ich mich auch gefühlt. Sag mal, …« Kiwi stellte die Flasche ab. »Das war schon heftig, oder? Ich mein, objektiv gesehen …«

»Ja, das war nicht okay von ihr.«

»Aber was macht Mann in so einem Fall? Es ist schwierig.«

Kiwi zündete sich eine an.

»Darf man das als Mann sagen, dass das nicht okay ist? Ich mein, ich bin ihr körperlich überlegen, aber trotzdem … Es war einfach nur eklig, und ich glaub auch nicht, dass ein Hetenmann so was antörnend finden würde. Wäre sie ein Mann gewesen, wärs eine klare Grenzüberschreitung gewesen, aber wenns eine Frau macht?«

Dösi nickte schweigend. Dann sagte er: »Weißt du, ich finde Frauen sind sehr wohl auch gefragt bei so was. Ihnen die Schuldfähigkeit abzusprechen, würde sie entmündigen. Deine Empfindungen sind ja real. Und es ist auch unerheblich, ob es genauso schlimm ist wie im umgekehrten Fall. Wenn Person A etwas tut, das B Unbehagen bereitet, dann läuft was falsch. In diesem Sinne: Du darfst deine Grenzen setzen und sie muss dich in Ruhe lassen.«

»Klingt gut. Oh, schau mal, der Schellengrufti ist auch wieder da!«

Sarinas Glöckchen sangen ihr nächtliches Lied, als sie den Raum betrat. Gehüllt in eine Wolke Patchuli holte sie sich einen Cocktail an der Bar und verzog sich in einen der mit Teppichen und Polstern wohnlich gemachten Winkel, wo die Gruftis einzeln, zu zweit, manchmal auch als Knäuel aus bis zu sieben Individuen wie eine Siebenschläferfamilie zusammengekuschelt zugegen waren. Dort wisperten sie in den Schatten, zupften sich die langen Federn zurecht, schrubbelten aneinander mit den Schultern, zogen sich die Lidschatten nach, kicherten, flüsterten, knusperten Snacks, kuschelten, schmusten, lasen, schlürften ihre Drinks und spielten mit Lenin. In einem etwas abgelegeneren Winkel waren zwei sehr leise und diskret beim Liebesspiel. Sie hingen dabei wie Fledermäuse von der Decke und man sah eh nix wegen der schwarzen Kutten, die alles verhüllten.

Im Separee saßen an einem Tisch der Businesspunk, der Börsendom und der Bankengoth. Die drei Influencer waren nach Wien gereist, weil die WTO gerade einen Kongress veranstaltete und sie dort an Podiumsdiskussionen teilnahmen. Sie tranken Tee aus einem mitgebrachten feinen Porzellanservice.

Börsendom war ein gut aussehender, sinnlicher Mittdreißiger in maßgeschneidertem schwarzen Fetischoutfit. Er thronte auf einem imposanten Armsessel und hatte eine dünne, maskierte Sklavin in Latex an der Kette. Sie war auf allen Vieren und diente als Fußschemel, jetzt gerade aber als Kokstischerl. Auf ihrem Rücken lag ein Spiegel mit Lines, im Schwarzlicht sah das alles noch einmal geiler aus, und die Herren … bedienten sich.

Nachher fuhr sich Börsendom mit der Hand durch die pomadierte Collegefrisur und schenkte dem Bankengoth Tee nach. Der trug silbernes, akkurat geschnittenes Haar, eine exquisite Brille und ein schwarzes Teil von einem japanischen Designer.

Diese illustren Herren besprachen an just diesem Ort ihre Geschäftsideen und sonstigen Umtriebe: Hedgefonds, Stiftungen, Offshorekonten, Briefkastenfirmen, Krypto, Immobilienspekulationen, Korruption und politische Einflussnahme, haha, deine Leute sollen sich mit meinen Leuten treffen, wir ziehen auf den Mars!

Und sie genossen es, auf dieser Gruftiparty in einem besetzten Haus zu sein, so was hast du in Singapur, Dubai oder Hongkong nicht, das war das Echte und Wahre, in dieser legendären Schuhfabrik mit ihren herrlich authentischen grindigen Klos und echten Anarchos an der Bar, hier gehörten sie hin, sie waren Freigeister und sahen sich als Teil der Szene, nur dass sie halt einfach cleverer waren als die anderen hier.

Lenin schnupperte am Rest des weißen Pulvers, das auf den Boden gerieselt war, und nieste mehrfach. Dann putzte er sich ausgiebig. Er leuchtete im Schwarzlicht, als er empört über diese illustre Runde und ihre üblen Machenschaften das Separee verließ und auf die Bar zusteuerte. So was ging gar nicht! Er hüpfte behände die Wand entlang und kletterte auf den Tresen. An der Bar hatte eine sehr kleine, runde Gruftifrau Dienst.

»Hey, Lenin, was geht?«

Lenin fiepte ganz aufgeregt und deutete Richtung Separee. Die Gruftifrau schaute ihn zuerst etwas ratlos an, nahm ihn dann auf den Arm und ging schauen, was los war. Unterwegs schlossen sich ihnen ein paar Punks an, die gerade von einer Anti-WTO-Aktion kamen und noch ziemlich aufganslt waren.

Inzwischen war Monika draußen und suchte immer noch diesen süßen Grünhaarigen – oder zur Not wen anderen. Sie blickte herum und sah Lena. Die beiden umarmten sich herzlich und plauderten.

»Mah, Monika, ich sags dir … Ich halte meine Mitbewohnerin nicht mehr aus, ich könnte sie echt an die Wand tackern.«

»Picken.«

»Nee, tackern, glaub mir.«

»Was ist denn?«

»Na ja, du weißt ja, die eine, die dauernd splitternackt in der Küche Pickel ausdrückt und so'n Scheiß. Jedenfalls komm ich vorhin grad vom Dienst und will nur schlafen, und diese Kuh hat da grad bei offener Zimmertür Sex … The things I've seen!«

Monika drückte tröstlich Lenas Schulter und war heimlich neidisch auf die Kuh.

»Ich rauch mal diesen Ofen, mach ne Runde und dann geh ich wieder rein, bis dahin sind die hoffentlich fertig, und wenn nicht, ist es mir dann auch schon egal.«

Lena entfachte den Joint, nahm ein paar Züge und reichte ihn an Monika weiter.

Lenin gesellte sich dazu, bekam einen Schluck Bier und hielt sein Näschen in den Rauch. Lena kotzte sich weiter über ihre Mitbewohnerin aus.

»Seit ein paar Monaten hat die einen neuen Freund, das ist so ein ruhiger, stark behaarter Typ. Sie schnattert eh die ganze Zeit wie eine Ente auf Speed, der kommt gar nicht zu Wort. Jedenfalls blockieren die beiden ewig das Bad, und das ist mit kleinen Kindern nicht so geil. Einige Zeit später fragt sie mich, ob ich Fotos von ihr und ihrem Schatz sehen will. Ich denk mir nix, zeigt mir die ein Foto, das sie im Bad geschossen hat, und ich check zuerst gar nicht, was das ist, dann seh ich, dass das sein Pimmel ist, und ihn selbst sieht man unscharf im Hintergrund. Und die wischt und wischt, und ich sag schon: *Öhm, das ist mir jetzt zu intim*, aber sie so: *Ach, mich stört das nicht.* Ein paar Tage später hör ich ihren nervigen Klingelton, sie geht ran und so *Hallo Schatzibärli* … und geht in ihr Zimmer. Dann hören wir sie schreien *WOS? TRIPPA???*, das hast du sicher bis Graz gehört. Also alles auskochen, alle müssen einen Abstrich machen, das tut ur weh, ah, du kennst das eh auch. Na, wir in der WG hatten zum Glück eh nix, aber er hatte sich den *am Klo geholt, Ehrenwort, wirklich, Schatz!* Ich muss da echt raus …«

Sie redeten noch über dies und das und kamen auf ihre gemeinsame Leidenschaft, das Reiten, zu sprechen. Lena erzählte: »Einmal war ich mit einer Freundin ausreiten, ich hatte einen Wallach, sie eine rossige Stute. Das war urnervig! Die wollte die ganze Zeit den Wallach verführen, scharwenzelt die ganze Zeit herum, stupst ihn an, tut ihren Schweif auf die Seite, streckt ihm den Arsch entgegen, und der so: *Ey, was will die nur von mir?*«

Lenas Geschichte traf Monika tief in ihrem einsamen Herzen und leeren Schoß.

»Ich muss dann aufs Klo. Man sieht sich!«

Monika schaute runter zu den Gruftis, sie hatte schon ordentlich Schlagseite. Es war immer noch wenig los und sie fand die beiden Punks sofort, Kiwi tauchte aufs Klo ab und Dösi schnappte Monika, die ihm nachsetzen wollte.

»Monika … Hö! So. Stopp, aus jetzt.«

Sie schaute ihn aus rauschigen Augen an.

»Wosis?«

»Lass den Kiwi in Ruhe, du machst ihm Stress, außerdem ist er schwul.«

Sie brauchte eine Weile, um das zu verarbeiten.

»Na geh scheiiiißn heast. … Dabei hat der so gute Zähne.«

Am Männerklo wischten die Punks mit dem Businesspunk und dem Börsendom gerade die Pissrinnen aus, also steuerte Kiwi schulterzuckend zur Kabine. Die war aber auch besetzt. Zwei Punks tunkten den Bankengoth in die Klomuschel und riefen: »Wo ist das Geld, Lebowski?«

Na gut, dann geh ich eben oben, dachte Kiwi.

Monika warf sich auf die Tanzfläche, schaute sich die Visuals an und waberte mehr oder weniger zur Musik herum. Eine Gruppe urkleiner süßer Morigoths um die vierzig bis fünfzig wuselte mit einer Absinthflasche, Tablett, Wasserkrug, feinen Gläsern, Löffel und braunen Zuckerwürfeln in ein leeres Eckerl, dort zündeten sie eine Grabkerze an, packten die mitgebrachten Cupcakes auf eine Etagere, kuschelten sich zusammen und delektierten sich an der Grünen Fee. Der leuchtende Lenin gesellte sich zu ihnen und bekam auch was ab. Man hörte sie tuscheln und kichern. Ihre Schuhe waren spitz, die Gewänder liebevoll selbstgemacht, ihre Lippen rot und die Nägel schwarz.

Nach und nach kamen mehr Leute und die Tanzfläche füllte sich. Monika hatte Örich, den sächsischen Elektriker auf der Walz, erbeutet und schleppte ihn gerade ab. Im Moment wusste der zwar nicht so recht, wie ihm geschah, aber da war eine immer noch *knaggige Alde*, die offensichtlich auf ihn stand, und so was lässt man doch nicht anbrennen! Kiwi und Dösi grinsten. Sie tranken mit einer Linuxspezialistin in Cyberklamotten und einem kapperltragenden Knöpferldreher.

»Hast du auch Hunger?«, fragte Örich.

»Ja, gemma zum Würstelstand?«

»Gute Idee«.

Der Würstelstand war nicht weit.

»An schoafn oda an siaßn?«, fragte der Standler.

»Schoaf, weil siaß bin i söba!«, sagte Monika, und Örich: »Süß, weil scharf bin ich selber.«

Sie lachten und rissen noch mehr kindische Würstelwitze. Nach dem Essen nahmen sie noch ein Wegbier mit, dann rauf in Monikas Wohnung, schmusen, ausziehen, ins Bett fallen, dann plötzlich …

»Was machst du da, Örich?«

»Ich nehm ein Kondom.«

»Was? Warum denn?«

»Na ja, Verhütung, Safer Sex und so …?«

Er stülpte es über.

Scheiße.

»Ich nehm eh die Pille …«

Örich stand etwas verdattert da, seine Erektion begann sich zu verabschieden. Irgendwas stimmte hier nicht. Es war für ihn das erste Mal, dass eine Frau dezidiert *kein* Kondom verwenden wollte. Die wollte doch nicht etwa …?

»Hey, nix für ungut, aber ich mach nur mit Gummi.«

Mittlerweile war er sich gar nicht mehr sicher, ob er überhaupt wollte. Sein kleiner Freund hatte sich jedenfalls zurückgezogen. Monika wurde klar, dass das nichts mehr werden würde mit Örich. Schade. Der war echt süß.

»Ich glaub, wir lassens lieber.«

Nachdem Örich gegangen war, setzte sich Monika für eine ganze Weile unter die Dusche und ließ das warme Wasser über ihr Gesicht rinnen. Ist ja super gelaufen der Abend. Sie fragte sich, wie sie wohl auf andere wirkte. Notgeil wie eine rossige Stute vermutlich. Sie erinnerte sich daran, wie sie früher über Frauen wie sie gelästert hatte … Autsch!

KOTZFLECK

Ein mit Musikequipment vollgepacktes Auto hielt vor dem Gürteltier. Glautsch, Tom und Jessi stiegen aus. Glautsch streckte sich.

»Na schauma mal, wo die Gürteltiere sind.«

Sie musste nicht lange suchen. Marcin war gerade draußen.

»Hi. Können wir schon rein?«

»Sicher, mach ich euch hinten auf. Tontechniker ist noch nicht da, sollte aber gleich kommen.«

Marcin trug ein T-Shirt mit einem Cartoon-Cowboy auf der Vorderseite, der *HOWDY* sagte. Auf dem Rücken stand *IBA DHAISA*. Tom fragte sich, ob das ihm galt. Er biss die Zähne zusammen.

»Wer mischt denn heute?«, fragte Jessi.

»Kenn ich nicht. Hawara von Hawara, hab aber Nummer. Könnt ihr schon aufbauen.«

Während sie das Equipment hineintrugen, spürte Tom die Ablehnung seiner ehemaligen Kollektivgenoss·innen. Es gab keine scherzhaften Beleidigungen, keine Fistbumps, kein Schulterklopfen wie sonst. Sie gingen ihm aus dem Weg und die Stimmung war eisig. Als Marcin ihm den Schlüssel fürs Gürteltier abnahm und seinen Rauswurf damit amtlich machte, stiegen ihm fast die Tränen in die Augen, aber er grinste es weg und zeigte Marcin den Finger.

An all dem war Glautsch schuld, diese deppate Funsn, die dauernd irgendeinen Scheiß über ihn rumerzählte, und jetzt waren alle gegen ihn. Er griff nach der Vodkaflasche und ignorierte die besorgten Blicke der Umstehenden.

»Tom, bitte …«, murmelte Jessi.

»Gusch!«

Er nahm einen tiefen Schluck.

Es wurde immer später und der Tontechniker kam nicht. Er ging auch nicht ran, Ersatz wurde gesucht. Die Stimmung war angespannt, Tom saß alleine mit seiner Vodkaflasche, keiner wollte in seiner Nähe sein. Als er nach Lenin am Nebentisch griff, wurde er gebissen.

»Drecksvieh, dann fick dich auch!«

Er blickte sich um, die anderen schauten böse. Lenin ging zur Bar und putzte sich auf dem Tresen. Tom reichte es da drinnen, er ging mit seiner Vodkaflasche raus vor die Tür.

Einige Zeit später stehen *Kotzfleck* dann doch auf der Bühne.

Alles tanzt vor Toms Augen. Im Rausch der lauten Musik brüllt er ins Mikro. Ein paar junge Mädchen stehen ganz vorne. Sie reichen eine Flasche Schnaps herum, moshen und torkeln vergnügt und ausgelassen. Die eine hat unglaubliche Milchtitten, die herumhüpfen. Tom würde am liebsten jetzt gleich draufspritzen.

Eine Dünne mit grünen Haaren klettert auf die Bühne und springt runter. Die Menge fängt sie auf. Dann klettert eine weitere rauf und noch eine. Schließlich klettert die Milchtitte auch rauf zu Tom. Er schnappt sie sich und greift in ihren Mädchenspeck. Sie quiekt und alle johlen. Tom stößt sie von der Bühne und sie wird aufgefangen.

Nach dem Gig verzieht er sich aufs Klo und gönnt sich den Rest von dem guten Zeugs von Klaus. Ah! Er spürt seine Kräfte zurückkommen, die Sonne geht auf, alles wird klar und richtig. Er will die ganze verfickte Welt ficken, ficken, ficken, die ganze Welt zerficken, zerbeißen, zerreißen, vernichten, erschlagen, erficken, töten, ficken, …

Er geht raus und da stehen die Mädls und winken ihm zu, er hin zu ihnen, sie knuddeln ihn, machen Selfies mit ihm und reichen ihm den Schnaps. Er greift nach der quiekenden Milchtitte und spürt, wie er einen Ständer kriegt.

»Komm, ich hab was für dich!«, flüstert er in ihr Ohr, und sie gluckst versoffen.

Er führt sie vors Lokal und weiter zum nahe gelegenen Park, und zwischendurch muss er sie stützen, weil ihre Beine wegbrechen. Schließlich erreichen sie eine Parkbank, er setzt sie hin und reicht ihr die Flasche. Sie ist hackedicht. Er öffnet seine Hose und packt seinen steifen Schwanz aus, stellt sich vor sie hin und führt ihren Kopf zu sich.

»Na los, mach den Mund auf, nimm ihn, los, mach schon, mach schon die Goschn auf!«

Irgendwie funktioniert das so nicht, sie macht ein komisches Geräusch und plötzlich speibt sie sich an und kotzt dabei Tom voll.

Der ist zuerst überrascht, dann packt ihn der Ekel und dann die Wut, ein geradezu heiliger Zorn der Kränkung überkommt ihn, na warte, du findest mich also auch zum Kotzen, dir werd ich's zeigen, dir und der ganzen Welt! Er schlägt sie ins Gesicht, sie fällt wie ein Sack von der Parkbank und bleibt reglos liegen.

»He, was ist?«

Er tritt sie in die Rippen, doch sie reagiert nicht. Das macht ihn noch wütender. Na gut, dann lassen wir das mit dem Vorspiel und schreiten zum Hauptgang. Er reißt ihr die Leggings runter. Ah! Endlich ficken, ficken, ficken, jetzt legt er sie auf den Rücken, gleich zerfickt er sie, er ist Tyler Durden, der etwas Schönes zerstört, er ist Patrick Bateman, er ist die Sonne, er ist Gott, er wird sie zerbeißen, zerreißen, zerstoßen, ihre Milchtitten packen, reißen und blutig beißen, und in den Hals auch, bis es knackt und die Schlampe krepiert, verröchelt, zerfickt, diese Schlampe, diese kleine … Aber was, was, was …?

Er spürt wie sein Schwanz weich wird, scheiße, nein, das darf nicht sein, was ist los, verdammt? Er kann nicht eindringen, verdammte Scheiße, da ist die Muschi, direkt vor ihm, er hat noch nicht abgespritzt, das geht nicht, das ist ungerecht! Er nimmt seinen weichen, nutzlosen Schwanz in die Hand und schreit ihn an.

»Was soll das? Hoch mit dir, verdammt, ich war noch nicht mal drin!«

Er wichst hektisch an sich herum, aber der Schwanz zieht sich immer mehr zurück, der Verräter, sogar der hat sich gegen ihn verschworen, jetzt reißt er verzweifelt schnaufend und zornig an ihm herum. Mist, ohne Zauberpulver ging schon die letzten Wochen gar nichts mehr, er hat aber kein Zauberpulver mehr, den letzten Rest hat er vorhin gerade am Klo genommen, gerade eben erst, und trotzdem geht nix mehr, scheiße, scheiße, scheiße …

NACHTS IM PARK

Peter Fanta saß im Park und lauschte den Klängen der nächtlichen Stadt. Da sah er zwei Gestalten im Licht der Straßenlaternen: einen jungen, langhaarigen Mann mit einer noch jüngeren Frau, eigentlich einem Mädchen. Sie konnte kaum gehen; halb trug, halb schleifte sie ihr Begleiter über den Fußweg in den Park und setzte sie unweit Fantas Platz auf einer Parkbank ab. Sie murmelte irgendetwas Unverständliches, während der Mann sein Glied auspackte und versuchte, es der jungen Frau in den Mund zu stecken, aber sie war zu berauscht, um sich zu wehren oder zu kooperieren. Plötzlich schnellte ihr Oberkörper nach vorne und sie übergab sich auf Hose und Schuhe des Mannes. Er schlug ihr so stark ins Gesicht, dass sie bewusstlos von der Bank fiel. Er trat sie und schimpfte.

Fanta war ganz gebannt von dem Schauspiel, er war gefangen, geradezu paralysiert. Eine Stimme in seinem Kopf sagte, er solle der Frau helfen, aber er war wie versteinert, verdammt dazu, untätiger Zeuge des grausigen Ereignisses zu sein.

»Na warte, du Sau, ich werds dir zeigen!«

Der Mann riss der Frau die Leggings vom Leib und schickte sich an, sie zu vergewaltigen. Fantas Geist raste. Hätte er wenigstens schreien können, aber nichts, nichts ging.

Der Mann lag zwischen den Schenkeln des bewusstlosen Mädchens und nestelte fluchend herum.

»Was soll das?«, fragte er schließlich.

»Hoch mit dir, verdammt, ich war noch nicht mal drin!«, schrie er.

Fanta sah, wie er kniend sein schlaffes Glied in der Hand hielt und es anflehte: »Warum machst du das? Was soll das? Ich will ficken, lass mich nicht hängen, verdammt!«

Der Mann riss so brutal an seinem Penis, dass es Fantas Unterleib zusammenzog.

»Mein Schwanz! Mein Schwanz hat mich verlassen …«, heulte der Mann.

Da tauchten plötzlich drei Gestalten auf. Sie umstellten den immer noch knienden Mann.

»Mein Schwanz hat mich verlassen …«

Die Gestalten berieten sich.

»Er ist ein gebrochener Mann, von ihm geht derzeit keine Gefahr mehr aus.«

»Aber wird es so bleiben?«

»Unwahrscheinlich.«

»Polizei?«

»Er wird verurteilt, aber auch irgendwann wieder entlassen werden.«

»Er wird es wieder tun.«

»Ja.«

»Dürrenmatt?«

»Zu milde.«

»Er soll es selber tun.«

»Ja.«

»Und er soll ihn essen.«

»Ja. Oder die Ratten.«

»Ja. Und die Zunge.«

»Ja. Und die Greifhand.«

»Ja.«

»Das ist unser Beschluss.«

»Ja.«

Der Mann kniete immer noch auf dem Rasen und betrachtete schluchzend sein Glied. Im Licht der Parklaterne sah Fanta Tränen und Schleim in seinem Gesicht. Die Gestalten umstellten ihn wieder. Er blickte auf und begriff, dass er vor einem Tribunal stand. Eine Gestalt reichte ihm ein Messer und sprach:

»Schneide dein Gemächt ab, du hast es nicht verdient!«

Der Mann fiel heulend auf den Boden und schluchzte laut: »Mein Schwaaaanz …«

»Schneide deinen Schwanz ab, du hast ihn verwirkt!«

»Schneide dein Glied ab, es steht dir nicht zu!«

»… eine Schande für alle anständigen Männer!«

»… gehörst nicht dazu!«

»… keine Eier!«

Endlich kniete er sich hin und griff nach dem Messer. Er wollte es sich in die Brust rammen, doch er wurde blitzschnell gepackt, und eine kräftige Hand führte die seine, die noch immer das Messer hielt, nach unten zu seiner Leibesmitte. Der Mann schrie wie ein panisches Tier und versuchte sich mit aller Kraft zu befreien, doch sie waren stärker und er konnte es nicht verhindern.

»Jetzt friss ihn.«

Sein blutendes Genital wurde in seinen Mund gestopft.

»Los, kau!«

Er spuckte es aus, Fanta hörte ein elektrisches Britzeln, sah ein kurzes blaues Flackern und vernahm fast zeitgleich einen animalischen Schmerzensschrei.

Sie stopfen es ihm wieder in den Mund, er versuchte zu kauen, übergab sich, wurde getasert, es hörte nicht auf.

Schließlich sprach eine Gestalt: »Genug. Lenin, ruf die Ratten!«

Fanta hörte ein lautes Fiepen und da kamen sie von überall her, die Ratten, die wilden, sie wuselten und nestelten, und alle liefen auf den Knienden zu, sie stürzten sich auf das zerkaute Gemächt und fraßen es reißend, schlingend und fiepend vor seinen Augen auf.

Und so schnell sie gekommen waren, so schnell verschwanden die Ratten auch wieder.

»Nun stich deine Augen aus. Du hast genug gesehen.«

Tom schluchzte. Als sein linker Augapfel aufplatzte, schrie er, doch er zerstörte auch gleich sein rechtes Auge und ließ das Messer brüllend fallen.

»Nun schneide deine Zunge raus, du hast alles gesagt.«

»… hast nichts mehr zu sagen!«

»… sollst nie wieder singen!«

»… sollst von nun an schweigen!«

Tom vollzog den Befehl umgehend.

»Nun zerstöre deine Greifhand, du sollst nie wieder Gitarre spielen!«

Tom tat, wie ihm geheißen. Er sank röchelnd, wimmernd und spuckend auf den Boden.

»Das Urteil wurde vollzogen. Wir gehen.«

Nun wandte sich eine Gestalt an Fanta, schaute ihm direkt ins Gesicht und sprach: »Du bist frei.«

Fanta konnte sich wieder rühren. Er griff an seine Brust.

Eine andere Stimme sprach: »Ruf jetzt die Rettung an und sag ihnen, dass du die beiden jetzt gerade erst gefunden hast.«

Und dann die dritte: »Du wirst über uns schweigen.«

»Ich werde über euch schweigen.«

»Gut. Die Interimsliebenden können dir nichts mehr tun. Das ist unser Geschenk.«

DAS PEPSISTISCHE MANIFEST

Im Gürteltier war noch Party, als Fanta reingestürmt kam, völlig fertig »Park! Rettung! Schnell!« schrie und dann umkippte.

Das Entsetzen war groß. Die Blaulichtkräfte sperrten den Tatort ab und die Spurensicherung rückte an. Tom und der immer noch ohnmächtige Fanta wurden ins Spital gebracht, und Lena, die gerade Dienst versah, hatte große Mühe, ihre Professionalität aufrechtzuerhalten, als sie Tom untersuchten.

Die junge Frau kam wieder zu sich, sie war noch zu betrunken, um zu begreifen, was geschehen war. Sie war so weit stabil, dass ihre Eltern sie abholen konnten.

Fanta fiel in einen Nebel und musste eine Weile Pause von der Welt da draußen machen. Toms Geist blieb bis an sein Lebensende im Wahnsinn und in seinem verstümmelten Körper gefangen.

Glautsch, Emil, Dösi und Lenin saßen in der Schuhfabrik bei ein paar Bier.

»Sag, was war da eigentlich los, wie ihr gespielt habt? Man hört da so arge Sachen.«

»Ja, das war wirklich arg. Wir kommen hin, bauen auf und warten. Der Tontechniker kommt nicht daher und geht nicht ans Handy ran. Jedenfalls wird es sieben, acht und der Typ ist nicht erreichbar. Sie versuchen, wen anderen zu checken, aber finden niemanden. Ich habe so den Verdacht, uns *wollte* keiner mischen.«

»Vielleicht. Aber das kann man trotzdem sagen oder zumindest so tun, als hätte man keine Zeit oder so«, fand Dösi.

»Na ja, du weißt ja, wie konfliktscheu die Leute sind. Inzwischen hatten wir schon ein paar Bier getrunken und Tom auch Schnaps. Und, na ja …«

»Oh nein, Tom und Schnaps, gar nicht gut!«

»Genau. Um neun steht der Mischer auf einmal da, und ich glaub, mein Schwein pfeift. Hackedicht auf Wasweißichwas, ich tippe auf eine Kombi aus Alk, Speed und Schwammerln.«

»Yummy!«

»Barfuß, total zugewachsen und – haltet euch fest – Hühnerknochen in den Haaren! Er sah aus wie Mr. Natural von Crumb.«

»Echt jetzt? Na oag.«

»Der hopst herum wie ein Eichhörnchen auf Crack und brüllt *Rock 'n' Roll! Rock 'n' Roll*, aber nicht, dass er sich zum Mischpult bewegt. Wir verkabeln uns halt selber, so gut es geht, inzwischen sind die paar Gäste da, eh ein trauriger Haufen. Ein paar sind dann noch vor dem Gig gegangen, weil sie keinen Bock mehr hatten auf das Trauerspiel und den schimpfenden Tom.

Es ist zehn vorbei, und wir denken uns, scheiß drauf, wir sind eh nur Schlagzeug, Gitarre und Bass, das geht zur Not auch ohne PA, wir spielen nur über die Amps, weil Schlagzeug ist fürs Gürteltier auch so laut genug. Außerdem war Tom schon ziemlich aggro und wollte dem Typen eine aufs Maul geben. Also legen wir los, und da merken wir, dass wir die Rechnung ohne Toms Stimme gemacht hatten. Der Tontyp war nicht imstande, den Voicechannel raufzudrehen, also brechen wir den ersten Song ab. Aber der Soundtyp war echt zu nichts zu gebrauchen, er hüpft wie ein Flummy rum, schließlich schreien wir ihn an, er soll den scheiß Voicechannel aufdrehen. Irgendein Gast hat das dann gemacht und dann konnte Tom endlich auch singen. Jedenfalls ist Tom schon ordentlich bedient, er vergisst die Lyrics und spielt urscheiße, bringt die Songs durcheinander, torkelt ziemlich und schimpft die ganze Zeit. Ich hab mich echt nicht wohlgefühlt auf der Bühne.«

»Mah, scheiße!«

»Aber das ist noch nicht alles. Mr. Natural will offenbar Frieden schließen und reicht Tom einen fetten Ofen auf die Bühne. Der beugt sich runter und zieht an, im nächsten Moment knicken ihm die Beine weg, er stürzt auf die Monitorbox und fällt so halbert von der Bühne.

Wir unterbrechen den Song und helfen ihm auf, und ich sag schon, lassen wirs, aber davon will Tom nix hören, fuckt mich urgrindig an, grad dass er mir keine auflegt, ich denk mir, okeeeeeeee …? Jessi zählt ein, wir spielen los und er lallt und brüllt nur noch irgendwas, die Gitarre koppelt wie Sau. Ein Rudel Teenies, das gerade erst reingekommen ist, fängt an zu stagediven, das Mädl war eine von ihnen. Nach dem Gig ist er dann gleich mit ihr abgezogen. Die Teenies haben im Gürteltier alles gefilmt und Selfies gemacht.«

Sie holten sich noch ein Bier.

»Den hätten wir damals wirklich an die Schweine verfüttern sollen«, knurrte Dösi.

»Ja, und ich hätte Tom schon längst anzeigen müssen, dann wäre das alles nicht passiert, und das mit dem Gig war eine Scheißidee. Es wollte ja auch keiner Support machen, alle Bands haben wegen Tom abgesagt und gemeint, wir sollen das canceln. Außer den Teenies waren eh ur wenig Leute da, fast niemand aus dem Freundeskreis. Also das hätten wir uns echt sparen können.«

Sie nahm einen Schluck.

»Sag, Emil, was glaubst du, was mit Tom passiert ist? Dass der einfach so psychotisch geworden ist, aus dem Nichts?«

»Na ja, aus dem Nichts … Was der alles im Blut hatte! In letzter Zeit hat er ja öfters dieses Zauberpulver genommen, oder?«

»Na ja, der Klaus hat ihm unfreiwillig eine ziemliche Menge von irgend so einem Pulver vererbt. Ich habs auch mal probiert, also ich fands nicht so toll. Aber der Tom hat schon viel davon genommen.«

Emil nickte.

»Wir haben in der Psych täglich mit so was zu tun. Dieser Grad an Selbstverletzung ist jetzt schon heftig, aber besser so, als er hätte der Frau noch mehr angetan. Dieses Zeug macht dich in wenigen Monaten richtig hin, siehe Püppi … Und seit einiger Zeit gibt es immer öfter solche Patienten. Übel. Einfach nur übel.«

Sie schwiegen, der Toten gedenkend.

Dösi fragte: »Ist es ganz sicher Selbstverletzung? Da war ja noch so ein Typ, wie heißt der nochmal …?«

»Peter heißt er, das war der, der sie gefunden und Alarm geschlagen hat. Der ist ja auch zusammengebrochen, der Arme. Und nein, die Polizei hat gemeint, der kann das nicht gewesen sein. Da waren keine Abwehrverletzungen, die es hätte geben müssen, wenn der das gemacht und Tom Widerstand geleistet hätte. Peters Fingerabdrücke waren nirgends und auch sonst spricht alles für Selbstverletzung, von den Einstichwinkeln her«, erklärte Glautsch.

Emil drehte sich eine Zigarette.

»Ich kannte seinen Namen auch nicht. Sehen tu ich ihn immer wieder hier, irgendwo abseits.«

Er verschwieg, dass er ihn neulich in der Psych gesehen hatte, als er bei seinem Chef wegen Wiedereinstiegsteilzeit gewesen war. Fanta war einfach nur ruhig dagesessen und hatte vor sich hingeschaut, einen alten Discman auf dem Schoß, und die Kopfhörer aufgesetzt.

Glautsch ließ Lenin einen Schluck von ihrem Bier machen.

»Ja, stimmt. Ich kenne ihn auch vom Sehen, aber geredet haben wir nie. Die Hedi hat mir erzählt, dass er früher auch schon eher ein Ruhiger gewesen sei, aber dass er dann von Glatzen ganz übel zugerichtet wurde und seither so sei.«

Dösi streichelte Lenin.

»Und ich habe gehört, dass er auf einem Industrialkonzert war, wo die Decke eingestürzt ist.«

Sie lachten.

»Typisch. Na, vielleicht fragen wir ihn einfach, wenn er wieder da ist«, schlug Emil vor.

Lenin beschnüffelte Glautsch und kuschelte sich an sie ran.

»Wie gehts eigentlich Marianne? Die hats ja auch nicht leicht mit ihrer Familie …«

Emil blickte betreten auf die Tischplatte und schwieg.

Scheiße, Riesenfettnapf, dachte Glautsch.

»Oh, ähm, sorry, wir müssen nicht darüber reden …«

Emil seufzte.

»Nein, passt schon.«

Er zündete die Tschick an und blies den Rauch aus.

»Also, ich bin ausgezogen.«

Glautsch und Dösi nickten schweigend.

»Ihr wisst ja, was in der Wohnung passiert ist. Und ich habe davon ja die PTBS. Es hat mich dort dauernd geflasht und getriggert.«

Sie schwiegen.

Glautsch traute sich nicht nachzuhaken, und Emil hätte auch nicht gewusst, was er ihr hätte sagen sollen. *It's complicated* traf es wohl am besten. Er liebte sie so sehr, aber ertrug ihre Panikattacken nicht, nicht ihren Putzfimmel, nicht diesen Fuchsenseerwahnsinn mit seinen Mauserproben, und er schaffte es einfach nicht mehr, sie zu stützen, zu trösten, aufzubauen, aufzufangen. Er konnte nicht mehr. So grausam es war: Er musste jetzt erst einmal schauen, dass er selbst wieder stabil wurde, bevor er daran denken konnte, ihr zu helfen. Sonst würden sie beide im Sog der Angstzustände untergehen.

»Und ich weiß grad auch nicht, wie es weitergehen soll mit mir. Ich bin im Krankenstand, aber ganz ehrlich, ich weiß nicht, ob ich überhaupt wieder in der Psych arbeiten kann. Studium geht grad auch nichts weiter, Hirn ist wie Watte von den ganzen Meds … Ach, scheiß drauf, reden wir über was anderes, holen wir uns noch ein Bier?«

Dösi winkte ab.

»Klingt gut, aber ich muss dann fahren. Brutpflege und Homeoffice morgen. Emma hat Feuchtblattern und der Bub Ohrweh. Wird gschmeidig.«

Sie verabschiedeten sich, und Emil und Glautsch holten sich noch was.

An der Bar studierte Emil einen Flyer.

»Schaust du nachher zu den Künstlern?«, fragte er.

»Was is'n heut?«

»Impro.«

»Naa, so Kunstscheiße is ned meins.«

Glautsch war da sehr direkt. Grundsätzlich mochte er das an ihr, aber …

»Na jo, also deine *Eier-Wachsen*-Performance bei Maria Menarche könnte man auch als Kunstscheiße bezeichnen.«

»Auch wieder wahr.«

Sie setzten sich zurück an den Tisch.

»Ich musste nur grad an den Song von *Christoph und Lollo* denken, Impro ist halt echt nicht meins, ich checks nicht. Und was meine Performance angeht, hoffe ich halt, dass sie die Leute inspiriert und zum Nachdenken und Handeln bringt. Ironischerweise hat das bei mir selber so gar nicht geklappt. Als hätte mich Tom verhext.«

»Das nennt man Liebe und geschlechtsspezifische Sozialisation.«

Emil hielt die gewuzelte Zigarette in der Hand, zündete sie aber noch nicht an.

»Vielleicht funktioniert der künstlerische Prozess ähnlich wie unsere Verdauung. Wir nehmen Eindrücke wahr, verdauen und verarbeiten sie, und letztendlich drücken wir uns aus, indem wir ein Kunstwerk hinterlassen.«

Glautsch kicherte: »Ah geh!«

Emil ließ sich nicht beirren und gab ein Beispiel: »Du bist wütend, gründest zum Abreagieren eine Punkband, mit der du Songs schreibst, und dann lässt du alles beim Konzert raus.«

»In unserem Fall ist ja auch eine schöne Scheiße rausgekommen, im Gürteltier. War aber nicht Teil des künstlerischen Konzepts, das kannst du mir glauben.«

Sie tranken schweigend.

Da kramte Emil ein kleines gelbes Büchlein mit dem Titel *Das pepsistische Manifest* hervor und zeigte es Glautsch.

»Kennst du das?«

Sie schüttelte den Kopf.

»Klingt zaach. Was ist das?«, fragte sie.

»*Pepsis* bedeutet Verdauung auf Altgriechisch. In dem Manifest geht es um die offensichtlichen Parallelen zwischen Stoffwechsel und künstlerischem Schaffen. Die Pepsistik ist eine Denkschule, die sich mit künstlerischem Output befasst.«

Glautsch schaute belustigt.

»Und dieser künstlerische Output ist mentaler Stuhlgang, oder was?«

»Na ja, schon, aber nicht im abwertenden Sinn … Kot ist Dünger, Nahrung und vieles mehr! Hast du zum Beispiel gewusst, dass Rinderdung auch ein hervorragendes Baumaterial ist?«

»Und was ist der Unterschied zur Hirnwichserei?«

»Diese Abgrenzung findest du unter Kapitel 7.«

»Das hast du geschrieben, gö?«

»Kann sein.«

Emil grinste, und Glautsch schüttelte kichernd ihren Kopf.

»Ich finde ja eher, dass meine Kunstwerke meine Babys sind und keine Scheiße, du nicht?«

»Dazu gibt es ein ganzes Kapitel. Die Pepsisten unterscheiden Artefakte und Pepsifakte, Babys versus Scheiße, wenn du so willst.«

»Und was soll der Unterschied sein?«

»Artefakte werden mit einer Intention erschaffen und weil sie rezipiert werden sollen, sie sollen erfreuen, verstören, inspirieren, was aus immer. Pepsifakte sind Kunstwerke, die eher aus dem Bauch heraus kommen, einfach rausmüssen, und es ist den Kunstschaffenden meist egal, was die Welt davon hält.«

»Nach dieser Definition wären *Kotzfleck* Kunstscheiße, meine *Eier-Wachsen*-Performance aber nicht.«

»Ich finde auch, dass man das nicht so sauber trennen kann. Bei *Kotzfleck* war es doch sicher eine Mischung.«

»Ja, also der Applaus war schon immer sehr inspirierend.«

Glautsch blickte wehmütig. Sie nahm das Büchlein in die Hand und blätterte ein bisschen darin. Dort stand:

Die Masse versteht unsere oft hermetischen Kunstwerke nicht, ist darüber frustriert und nennt sie daher verächtlich Kunstscheiße. Und sie haben recht! Denn mit unserer Kunstscheiße düngen wir die Trends von morgen. Wir arbeiten in einem Versuchslabor, loten Grenzen aus und transzendieren sie.

Sie blätterte weiter.

Wir stammen von Lebewesen ab, die im Prinzip den ganzen Tag nur mit Fressen, Verdauen und Ausscheiden beschäftigt waren. Alles andere kam erst im Laufe der Zeit: ein Skelett, Sinnesorgane, ein Gehirn. Unser Geist bis hin zur politischen Meinung und Sinnkrise bildete sich entwicklungsgeschichtlich erst vor Kurzem, und auch der Geist arbeitet wie unsere Verdauung: Wir nehmen Dinge wahr, haben Erlebnisse. Das sind die Eindrücke, die wir zu uns nehmen. Unser Geist verdaut sie, verarbeitet sie und nimmt manches auf, lässt anderes aber einfach durch den ruhig mäandernden Darm vorbeiziehen, um es schließlich auszuscheiden, sei es in Form eines Postings, einer Schlägerei oder eines Kunstwerkes.

»Ich kanns dir gern borgen.«

»Nein danke, passt schon. Ich finde das ehrlich gesagt etwas kindisch. Und das Thema Scheiße in der Kunst haben ja schon Skatologen, Skatosophen, Aktionisten und andere abgefrühstückt.«

»Fair enough. Ich geh dann mal rüber in die Kunstfabrik.«

»Recht hast! Geh scheißn!«

Sie lachten und verabschiedeten sich. Glautsch ging an die Bar und stellte erst jetzt fest, dass jemand ihr Schild verändert hatte. Dort stand jetzt:

NO SEXISM
NO VIOLENCE
NO HOMOPHOPIA
NO RACISM
NO XENOPHOBIA
NO BORDERS
NO NATION
~~**NO CHICKENS!**~~
NO SPECIESISM

»Lenin, warst du das?", fragte Glautsch streng.

Der Ratz schwieg und putzte sich das Fell.

Am Klo in der Kunstfabrik stieß Emil auf einen Sticker mit der Aufschrift *You can't spell ART without FART* und fragte sich, ob Livemusik nach der pepsistischen Logik vielleicht mehr Furz als Scheiße war. Und waren Livemitschnitte dann feuchte Fürze? Fragen über Fragen. Vielleicht würde er das in der überarbeiteten Ausgabe seines Manifests behandeln.

Solche halbernsten Hirnwichsereien wie das pepsistische Manifest oder die Spaltung der GAF gingen immer, aber auch nur, wenn er gerade keine Rastlosigkeit oder Panik hatte. Seit der Sache mit Klaus hatte Emil, der seit Jahren oft und gern Impro machte, etwas begriffen. Wenn er an seinem Körper lokalisieren sollte, wo die Musik und die Inspiration für all das Schöne und den kreativen Blödsinn herkamen, so war es der Bereich zwischen dem ersten und siebten Thoraxwirbel. Wenn er im kreativen Flow war, war es dieser Bereich, der sich zu öffnen schien und an dem sich so etwas wie unsichtbare Schwingen oder Tentakel manifestierten, die sich im Raum ausbreiteten, um mit denen der anderen Musiker·innen zu kommunizieren. So war diese Kongenialität möglich. Und dort, zwischen dem ersten und siebten Thoraxwirbel, ausgerechnet dort, hatte sich bei ihm die Angst eingenistet, die Unruhe und die Panik.

Und heute wollte er seinen Dämonen den Finger zeigen.

Wie passte das ins pepsistische Bild? Er setzte sich jetzt quasi auf den Topf, um seine Scheiße loszuwerden. Wenn er jetzt aber keine Inspiration hatte, würde nichts Befriedigendes dabei rauskommen. Es wäre so, wie wenn man sich verstopft aufs Klo setzt und es kummt nix.

Und wenn er vorher Bier und Gras genoss, waren das – pepsistisch gesehen – Abführmittel?

Und war es eine gute Idee, beim Verdauen von schwierigen Dingen auf Abführmittel zu setzen? War es nicht besser, dem Organismus beziehungsweise Geist seine Zeit für den ohnehin schwierigen Verdauungsprozess zu lassen?

Aber gegen einen Kamillentee für die Seele war sicher nichts einzuwenden, dachte er, als er den Ofen anrauchte.

Die große Halle sah durch animiertes Videomapping wieder einmal ganz anders aus. Es war eine überschaubare Runde an Musiker·innen, die sich in einem kleineren Raum gegenüber zusammengefunden hatte. Emil lauschte den Improvisationen, erfreute sich an den unbeschreiblichen, aber denkwürdigen Lichtkunstwerken und klinkte sich irgendwann nach Mitternacht mit seiner Stimme ein, und so glitten sie durch die Klänge und waren ganz im Jetzt, flüchtige Bekannte, Freunde und Fremde, vereint im Klang.

SRII-SRII

Der Herbst ging in einen milden Winter über, in dem es zwar ein paarmal schneite, aber die Natur im Großen und Ganzen nicht schlief, sondern bestenfalls döste. Manche Gräser und Kräuter machten einfach durch und sahen im winterlichen Gatsch ein bisschen wie Punks nach einer durchzechten Nacht aus: ziemlich zerknautscht und kraftlos.

Kiwi und Langosch gingen auch an diesen Tagen immer eine große Runde am Morgen, das tat beiden gut. Dann wurden die Tage wieder länger, es kamen bereits im April einige Sommertage zusammen und um den 1. Mai bellte Langosch und lief aufgeregt herum: Die Mauersegler waren zurück! Kiwi freute sich, er liebte diese kleinen, wendigen Flitzer mit ihrem *Sriii-sriii*, die sich durch Häuserschluchten stürzten und weit oben am Himmel kreisten. Als er ins Büro kam, freute sich auch Marianne über die gute Nachricht. Sie tranken einen Kaffee und besprachen ein paar organisatorische Dinge, dann gingen sie an die Arbeit.

Marianne war ja Biologiestudentin, sie liebte die Natur, sie konnte am besten beim Gehen denken, und so ging sie hinaus. Sie trat aus dem alten Ziegelbau und zog Richtung Sportplatz, der sich hinter der zerbröselten alten Fabriksmauer befand. Sie ging an Dimitris Werkstatt vorbei, der schon fleißig am Hämmern war. Hinter dem Sportplatz fing die Gstettn an, die auch zu dem Areal gehörte, das bebaut werden sollte. Hier hielt sie sich gerne auf, wenn ihr Gehör genug von der lauten Musik und ihr Geist genug vom Gewusel hatte. Hier wuchsen noch wilde Blumen und vereinzelte Bäume. An manchen Stellen waren Reste von Pflasterbelag und sogar Schienen zu erkennen, dort wuchsen Sukkulenten. Ein paar verfallene Gebäude standen auch herum, sie waren von Brombeerhecken, Efeu, Clematis und Veitschii überwuchert. Weiter hinten lagen brache Felder, die würden wohl zu Baugrund umgewidmet werden. Marianne betrachtete einen Falken, der in der Luft stand, um kurz darauf hinabzustürzen. Sie konnte nicht erkennen, ob er Glück bei der Jagd gehabt hatte, und ging weiter. Nach einer Weile legte sie sich in die Wiese und schaute in den Himmel. Da war es, das *Sriii-sriii*, und kurz darauf sah sie sie auch, die Mauersegler, und sie lächelte ihnen nach.

Die Grillen zirpten in der Gstettn und sie hörte viele unterschiedliche Heuschreckenarten geigen, surren, sirren, knarzen, und immer wieder flogen Flugzeuge über sie drüber, getaktet wie ein Uhrwerk.

Die Wolken zogen vorbei wie gemächliche Schnegel.

Da hörte sie plötzlich ein charakteristisches Fiepsen. Der Falke war wieder in der Luft und das war ein Warnruf gewesen. Überrascht setzte sie sich auf und blickte herum. Da war er wieder, der Ruf, aber sie konnte das dazugehörige Tier nicht sehen. Sie musste Geduld haben, wenn sie mit etwas Glück einen Blick auf das Viecherl erhaschen wollte, aber das fiel ihr gerade schwer. Der Falke verzog sich endlich und nach einer Weile wurde Mariannes Geduld belohnt. Kein Zweifel. Sie hielt die Luft an, und es gelang ihr, ein halbwegs brauchbares Foto zu schießen. Freudig ging sie zurück ins Büro, um Kiwi die gute Nachricht zu überbringen.

Der saß nicht mehr allein im Büro, als Marianne freudenstrahlend reinplatzte, es waren einige Freunde und Bekannte da, und auch Leute, die sie nur flüchtig kannte. Sie waren gerade dabei, Transparente für eine Demo zu pinseln. Auf einem stand: *Köpft die imperialistische Bestie.* Ein paar andere stanzten Buttons. Die Stimmung war gelöst, es stand Bier herum und es wurde geraucht. Kiwi war gerade dabei, Langoschs Kotze aufzuwischen. Der Depp hatte einen Radiergummi gefressen und übergab sich immer wieder.

Marianne zückte das Handy und hielt Kiwi das Foto vor die Nase.

»Das habe ich gerade eben weiter hinten in der Gstettn fotografiert.«

Kiwi warf ihr einen müden, leicht angepissten Blick zu.

»Marianne, sei mir nicht bös, ich weiß ja, dass du als Biologin auf alle möglichen Viecher und Pflanzen abfährst, aber ich hab da grad nicht den Kopf dafür.«

»Das ist ein Ziesel!«

»Und?«

»Was, wir haben Ziesel am Gelände? Wie geil ist das denn?«

Dösi freute sich wie ein kleines Kind und Kiwi war verwirrt. Die Tierchen waren ja wirklich putzig, aber was hatte das jetzt mit ihren Problemen zu tun?

»Ziesel sind streng geschützt, da kann man nicht so ohne Weiteres bauen«, erklärte Marianne. »Und außerdem sind sie ursüß. Ich sehe schon den Soliflyer. Wir haben ein Maskottchen!«

»Mach ma Merch!«, rief jemand.

»Mich würde es nicht wundern, wenn es da noch andere seltene Tiere und Pflanzen gäbe. Gut, ab sofort absolutes Hundeverbot in der Nähe der Ziesel! Die haben Riesenangst vor denen. Wenn die Hunde sehen, verhungern sie, weil sie sich nicht raustrauen.«

»Echt jetzt?«

»Echt jetzt!«

Tatsächlich waren die Ziesel ein ernstzunehmender Faktor. Die Stadt Wien musste das jetzt erst einmal prüfen, und Marianne suchte schon nach einem Team, um die Fauna und Flora des ganzen Areals zu erforschen. Vielleicht gab es da ja noch andere geschützte Arten?

Der ursprüngliche Zeitplan der Gemeinde war jedenfalls hinfällig. Die Punks in der Schuhfabrik hatten etwas Zeit gewonnen.

AXEL

Und dann lernte Monika einen neuen Arzt im Spital kennen. Auf den Fotos sah dieser Axel schon recht gut aus, fand Jessi. Es entspann sich eine Affäre, die in Monikas Wahrnehmung zunächst das Potenzial für eine Beziehung hatte. Wenn es der Dienstplan zuließ, verbrachte Monika Zeit mit ihm. In den Vierkanter kam er auch hin und wieder.

Als er Monika wieder einmal besuchte, setzten sie sich schweigend in den Innenhof – mit einer Tschick und einem Kaffee. Axel blickte sich um. Sein Gesichtsausdruck verriet nichts über seine Gedankenwelt. Gefiel es ihm hier? Monika wusste es nicht, er hatte sich nie geäußert.

»Wie findest du es hier?«

»Eh nett.«

»Magst du nachher was machen?«

»Kommt drauf an.«

Sie rauchten schweigend weiter.

»Ah, du musst Axel sein, ich bin die Jessi!«

Er schüttelte freundlich ihre Hand.

»Und? Was tut sich?«

»Nicht viel. Arbeiten und schlafen halt.«

Er ließ die Konversation da stehen und nippte an seiner Kaffeetasse.

Jessi wollte ohnehin mit Monika reden.

»Du, der steirische Wildpark würde die Schweine nehmen. Die hätten ein eingezäuntes Gehege mit Wald, Suhle und Streuobstwiese, und zumindest diese Individuen würden nicht geschlachtet werden. Bei eventuellen Nachkommen wollen sie's nicht versprechen.«

»Klingt eigentlich ganz gut, nicht?«

»Ja, schon. Axel, hat dir Monika von unseren Schweinen erzählt?«

»Joa.«

»Magst du sie sehen?«

»Später vielleicht.«

Jessi konnte nicht sagen, was sie an Axel störte, seine Einsilbigkeit war nur eines der Symptome. Er war so … blank und beige. Er war höflich und still; falls er Leidenschaften hatte, behielt er sie für sich. In Gesprächen brachte er sich nie von selber ein, folgte ihnen aber. Nie äußerte er eine Meinung, und wenn er danach gefragt wurde, war seine Antwort immer abwiegelnd ambivalent. Nun ja, dachte sich Jessi, es ist ja nicht notwendig, die ganze Zeit zu labern, er ist halt ein Ruhiger. Hauptsache Monika ist happy mit ihm.

War sie aber nicht. Sein Phlegma erstreckte sich auch auf sein Liebesleben, und seine Art zu lieben konnte man mit etwas Wohlwollen als uninspiriert bezeichnen. Es fiel Monika schwer, ein Gespräch mit ihm am Laufen zu halten. Oft lagen sie nebeneinander, lesend oder eine Serie schauend. Das war dann auch manchmal sehr schön, so Rücken an Rücken zusammengekuschelt, aber Monika war das auf Dauer zu wenig. Sie hatte das Gefühl, gegen eine freundliche und weiche, aber undurchdringliche Mauer anzureden. Die langen Dienste und Überstunden taten ein Übriges, der Mann war schlicht erschöpft und brauchte Ruhe, und Monika ging es oft ähnlich. Die Affäre tröpfelte bald aus, einvernehmlich und endgültig.

Monika hatte nicht einmal richtigen Trennungsschmerz, Axel hinterließ einfach keine Lücke in ihrem Herzen. Sie hatte eher ein Gefühl der Erleichterung, diese unerträgliche Einsilbigkeit nicht mehr ertragen zu müssen.

Aber dann blieb die Regel aus, sie hastete zum Frauenarzt, weil sie den Drogerietests nicht vertraute. Die Sprechstundenhilfe hielt den Teststreifen in der Hand.

»Und?«

»Eigentlich positiv.«

»Was? Wieso *eigentlich*?«

Monika konnte sich nichts Binäreres als *schwanger* oder *nicht schwanger* vorstellen.

»Was heißt das jetzt?«

»Das sagt ihnen dann der Herr Doktor, a bissl warten müssens noch.«

Eine gute Stunde später erfuhr sie, dass sie wohl ziemlich sicher eh schwanger war, aber dass halt noch sehr wenige Irgendwashormone in ihrem Harn waren. Also ein paar Tage warten, und falls nicht doch noch die Regel kommt, den Test wiederholen. Die Regel kam nicht, und tatsächlich: Monika war von Axel schwanger! Sie war überglücklich, endlich Mama zu werden, und strahlte Jessi vor lauter Mutterglück an wie ein Halogenscheinwerfer.

»Dein Kind wird eine Schlaftablette!«, maulte Jessi.

»Na freu dich, wirds pflegeleicht. Oder es kommt nach mir.«

»Na bloß nicht!«

Sie saßen gerade bei einer Tasse Tee in Monikas Wohnküche.

»Und sagst du's ihm?«

»Ich weiß nicht …«

»Schau, ich kann mir vorstellen, dass der bei so was solide ist. Ein gemeinsames Sorgerecht entlastet dich ja auch, nicht nur finanziell. Vielleicht freut er sich ja nach dem ersten Schock sogar.«

»Hmm …«

»Ich glaub auch, dass das ein Typ Vater wird, den man mit dem Kind alleinlassen kann, ohne sich Sorgen machen zu müssen. Glaub mir, das ist nicht selbstverständlich.«

»Hmmm … Ich überlegs mir, okay?«

Monika ging sich hinlegen. Sie drehte *16 Horsepower* auf und kuschelte sich ins Bett.

Axel und sie hatten sich nahezu schmerzlos getrennt, sie sahen sich fast täglich im Spital und nickten sich immer freundlich zu. Wenn es etwas zu organisieren oder besprechen gab, ging es ja. Vielleicht war seine Gelassenheit bei einer Elternschaft ohne Liebesbeziehung sogar von Vorteil. Sie wollte ja auch, dass ihr Kind eine Vaterfigur im Leben hatte, und Axel war zwar fad, aber wirklich okay.

Aber im Spital wollte sie ihm das nicht sagen. Sie zückte ihr Handy und tippte.

`Hi! Kannst du mich bitte anrufen? Es ist wichtig. LG`

So, jetzt nur noch senden, dachte sie.

Aber irgendwas hielt sie zurück.

HMMMM

Peter Fanta fand sich in einer seltsamen Anstalt wieder. Er sah alles durch eine Nebelsuppe.

Hmmmm.

Er glaubte, jemanden vom Personal zu kennen. Da war ein Punk, den er in der Schuhfabrik schon ein paarmal gesehen hatte, der als Pfleger arbeitete. Glaubte er zumindest …

Hmmmm.

Schließlich bekamen sie's mit den Medikamenten besser hin, und Fanta konnte seine Mutter besuchen, die wiederum von einem Gürteltiertontechniker gefüttert wurde.

Hallo, Mama.

Und dann war da noch der Ergotherapeut mit seinem Hund, alles Punks, überall in dieser seltsamen Anstalt, aber besser als Glatzen, viel besser, ja, besser, besser als Glatzen, allemal … Ja!

Gut.

Ah.

DAS GÜRTELTIER

Das Gürteltier blieb nach der Sache mit Tom für ein paar Tage geschlossen. Obwohl die Tragödie nicht direkt im Lokal geschehen war, hatte sie dort doch ihren Anfang genommen und Tom war bis vor Kurzem Teil des Kollektivs gewesen. Die Tonleute Natascha und Wurli, die auch die meiste Orga machten, beriefen ein Plenum ein: Sie wollten den Zwischenfall besprechen und gemeinsam überlegen, was seitens des Gürteltiers falsch gelaufen war und wie sie so etwas in Zukunft verhindern konnten.

Hinter verschlossenen Türen saßen bei Putzlicht die Leute, die über die Jahre so viel Zeit, Liebe, Arbeit und Geld in dieses Projekt gesteckt hatten, und überlegten, was sie hätten anders machen sollen. Sie waren in der Minderheit. Die meisten Anwesenden wollten einfach nur einen lustigen Abend und schossen sich ab.

»Schuld, Schuld … Also ich finde, wir müssen die Kirche schon im Dorf lassen. Der einzige Grund, warum *Kotzfleck* überhaupt hier gespielt haben, war der ausdrückliche Wunsch von Glautsch und Jessi. Es hat geheißen, dass sich Glautsch und Tom so weit ausgesprochen haben, dass sie einen Gig über die Bühne bringen.«

»Ja, aber wie Tom dann schon vor dem Gig so ungut war, hätten wir die Reißleine ziehen müssen.«

»Auch wieder wahr.«

»Na ja, aber hey, come on … Wir sind ein Punklokal. Und da gehört hin und wieder eine oage Gschicht dazu. Sorry, Mädls, ist so …«

Er wurde von wütendem Protest niedergeschrien.

»Ich sag nur: GG Allin!«

Pfeifen, Rufen, Schimpfen.

»Ihr Macker steht schon sehr auf so oage Typen, gö, mit so einem Uga-Uga-Weltbild?«

Zustimmung, Spott, Lachen, Pfeifen, Johlen.

»Hey, also die *Femibiester* haben auch gespielt bei uns. Mann, Frau, wasauchimmer … Wuascht! Hier im Gürteltier ist eben der Platz für Oages, findst ned?«

»Also was Tom gemacht hat, ist einfach nur a oage Gschicht für dich? Dass er versucht hat, das Mädel zu vergewaltigen?«

»Ah geh, die wollten beide pudan und dann ist er plötzlich wahnsinnig worden. Sie ist ja rausgegangen mit ihm.«

»Echt jetzt? Die war hackedicht, die wusste ja nicht mehr, was abgeht. Da hätte man dazwischengehen müssen!«

»Willst du jetzt jedes Mal dazwischengehen, wenn sich zwei davonschleichen, heast? Das schau ich mir an! Und wenn sie sich so abschießt – come on! Also ein bisschen Eigenverantwortung kann man schon erwarten!«

»Das Mädl ist erst sechzehn, verdammt!«

»Ja und? Die Welt ist nun einmal ungerecht! Ich wurde auch schon beklaut, wie ich in der Fettn war.«

»Das ist aber schon was anderes, ob man beklaut oder vergewaltigt wird.«

»Oida, du mit deiner Vergewaltigung. Die hat doch eh gar nix mitgekriegt.«

»Dass der Tom irgendwann auszuckt, war doch eh allen klar.«

Zustimmendes Gemurmel.

»Aha?!«

»Wie kannst du so reden? Ich dachte, Tom ist ein Freund von dir!«

»Na jo, Freund … Saufhawara halt. Deppat war der schon immer, und hin und wieder hats halt ein paar aufs Maul geben. Kommt schon vor, wenn man in der Fettn is.«

»Na ja, eure dauernden Fetzereien brauch ich sowieso nicht.«

»Na geh, am nächsten Tag vertragt man sich eh wieder bei einem Bier.«

»Muass des so rau sein?«

»Wir sind halt so.«

»Hm.«

»Punk ist halt schon per se rau.«

»Hm.«

»Na sollen wir jetzt alle Tee trinken und schön sprechen, oder was?«

Es wurde klar, dass es innerhalb des Kollektivs in ein paar grundsätzlichen Fragen keinen Konsens gab. Natascha, Wurli und Marcin stiegen noch an diesem Abend aus und damit war das gesamte Orgateam weg. Sie fanden bald einen anderen Wirkungsort, wo sie Konzerte veranstalteten.

Ab da ging es mit dem Gürteltier steil bergab. Es gab überhaupt keine Veranstaltungen mehr, weil sich niemand darum kümmern wollte. Das Gürteltier wurde jetzt fast nur noch von lauten, betrunkenen und sonst wie berauschten Männern frequentiert, die dort so etwas wie ein punkiges Walhalla zelebrierten: saufen, ziehen, Fetzerei.

Und dann gab es plötzlich keinen Strom mehr. Die Matschbirnen hatten schlicht und einfach die Post nicht geöffnet, die Stromrechnung nicht bezahlt und die Miete sowieso nicht. Hatte ja früher Marcin gemacht, und der war weg.

Die, die jetzt noch da waren, brachten nichts auf die Reihe, und so löste sich der Verein auf und das Gürteltier war Geschichte. Die noch fast neue Anlage wurde zu einem guten Preis verkauft, und so blieben wenigstens keine Schulden.

Die Türen blieben verschlossen und die Graffitis verblassten immer mehr.

Schließlich mietete ein Installateursbetrieb die Lokalität für sein Ersatzteillager. Ein nichts ahnender Malergeselle strich die Fassade neu, und so verschwand das Gürteltier endgültig.

DIE FRAUEN DER FUCHSENSEER

Der alte Fuchsenseer überlebte nur knapp, und man kann bezweifeln, dass es angesichts seines Zustandes in seinem Sinne war. Immer auf Äußerlichkeiten und seine Würde bedacht war Kontrollverlust seine Nemesis, und nun hatte sie ihn in ihren Klauen.

Die Schussverletzung hatte entsetzliche Spuren hinterlassen: Er war halbseitig gelähmt, inkontinent, sein Kopf war entstellt, ein Auge fehlte und er konnte nur noch unverständliche Laute von sich geben. Die Ärzte waren mit ihren Aussagen über seinen Zustand und ihren Prognosen sehr vorsichtig. Es war ein Wunder, dass er überhaupt lebte und so oft bei Bewusstsein war, wobei der Übergang zum Delir fließend war.

Während er im Neurologischen Landeskrankenhaus vulgo Nebelburg behandelt wurde, suchten Susi und Marianne fieberhaft nach einer Lösung für die Zeit nach seiner Entlassung, telefonierten und klickten sich durch den Dschungel an Institutionen, Vereinen und Behörden auf Stadt-, Landes- und Bundesebene, Agenturen, Hospizen, Pflegeeinrichtungen und freiberuflichen Fachkräften. Man sollte meinen, dass es bei dem Reichtum der Fuchsenseer ein Leichtes sein sollte, eine gute Lösung zu bewerkstelligen, aber es erwies sich als überraschend schwierig.

Obwohl, so überraschend war es dann vielleicht doch nicht.

Der Skandal um den Zirbenhof hatte es bis in die internationalen Medien gebracht und der Name Fuchsenseer war ruiniert. Die Partei putzte sich ab. Jetzt, da sie sich nicht mehr wehren konnten, kamen all die Malversationen und Verbrechen der Fuchsenseer ans Tageslicht. Es war nachvollziehbar, dass sich Pflegekräfte nicht in dieses Menschenhändlerhaus wagen wollten, und private Heime wollten diese Familie nicht als Klienten haben.

Eines Tages gab Albrechts Körper seinen Geist auf, und die Leute im Hospiz ließen ihn ziehen, ohne ihn unnötig aufzuhalten. Die Fuchsenseerinnen kamen aus dem Trauerflor nicht heraus. Eben kamen sie vom Begräbnis, die Mutter und die Töchter, die sie stützten.

In seiner Villa, in einem großen, prächtigen Jugendstilzimmer, lag Norbert Fuchsenseer in einem Pflegebett. Dieses Bett bildete einen scharfen Kontrast zum eleganten Interieur, es passte nicht hierher. Auch die Pflegerin passte nicht hierher, eine resolute bulgarische Krankenschwester. Susi kümmerte sich um die Mutter und Marianne schaute nach dem Vater. Die Pflegerin bedeutete ihr, dass er gerade schlafe und sie draußen reden sollten.

»Also ist er schwieriger Patient. Sehr aggressiv und stark, aber braucht viel Unterstützung. Kooperiert nicht. Masturbiert immer so viel?«

Marianne senkte peinlich berührt den Blick.

»Ich weiß nicht, das müssen Sie meine Schwester fragen, die pflegt ihn, wenn wir keine Hilfe haben. Na ja, aber könnten Sie es sich vorstellen, ihn längerfristig zu pflegen? Wir könnten ja noch etwas drauflegen …«

Die Krankenschwester schaute mitfühlend.

»Ist nicht leicht, wen zu finden, was das macht, ha?«

Susi nickte bedrückt.

»Wir wollen ohnehin mehrere Kräfte anstellen, damit man durchwechseln kann. Und über Geld können wir reden. Wir schaffen das nicht alleine.«

Sie sah die Pflegerin verzweifelt an.

»Bitte!«

Die Frau seufzte.

»Na gut. Aber nur drei Tage die Woche für gleiche Geld, sonst werd ich deppat.«

»In Ordnung, vielen Dank! Dann bis Mittwoch!«

Oh, diese Ironie! Jetzt hatte ihr Vater unabsichtlich eine interessante neue Variante der Mauserprobe in die Welt gesetzt. Mit dem Ergebnis, dass Marianne nun ganz genau das tat, was er damals von ihr eingefordert hatte: nach Dornkirchen zu kommen und sich um die Eltern zu kümmern. Und nicht nur das: Weil es für so einen Fall keine Vorkehrungen gab und es außer ihr niemanden zu geben schien, der das statt des Vaters managen konnte, versuchte sie, sich einen Überblick über seine geschäftlichen Aktivitäten zu verschaffen. Und es machte die Sache nicht leichter, dass der alte Fuchsenseer immer nach dem Motto *A Schriftl is a Giftl* gehandelt und daher über sehr vieles kaum brauchbare Aufzeichnungen hatte.

Emil und sie drifteten immer mehr auseinander. Sie vermisste ihn, seinen Humor, seine Manifeste und Pamphlete, seine Leidenschaft und Zärtlichkeit. Er war einmal mit ihr im Spital gewesen und hatte sich den Vater angesehen, hörte sich um, half, wo es ging. Ging wieder über sein Grenzen und zog sich dann wieder wochenlang mit seinen Dämonen zurück. Fuck.

Ihre Gedanken wurden durch das Vibrieren ihres Handys unterbrochen. Es war eine Nachricht von Doris, die sie seit Ewigkeiten nicht mehr gesehen hatte.

```
D: Hey. Lange nicht gesehen. Magst dich mal treffen?
M: Gern. Wann?
D: Geht jetzt? Ich steh vor der Tür.
```

Marianne öffnete lachend die Tür und die Veränderung an Doris fiel ihr sofort auf. »Wow, du schaust toll aus!«

»Hab Entzug gemacht und diesmal gilts!«

Sie gaben sich ein High Five.

Während sie sprachen, wurden sie durch das laute Geschrei Norbert Fuchsenseers gestört. Sie eilten zu seinem Krankenlager und fanden ihn sehr agil und schlecht gelaunt vor. Die schauderhaften Verletzungen hinderten ihn zwar nicht daran, seinen Unmut laut kundzutun, nur verstand keiner, was er wollte. Marianne und Doris blickten ihn ratlos an.

»Wasser? Hast du Durst?«, fragte Marianne zaghaft.

Urlaute von sich gebend warf der Vater seine Schnabeltasse nach ihr.

»Na hallo! So geht das aber nicht!«

Doris trat an den Tobenden heran und packte seine Arme.

»So, jetzt beruhigst du dich mal, sonst gehen wir einfach weg, und du kannst schauen, wie du allein klarkommst!«

Fuchsenseer stieß Doris von sich und fiel dabei aus dem Bett.

»Na bist du deppat, der ist stark!«, staunte Doris.

»Mein Vater hat immer viel Sport gemacht.«

»Ja, und jetzt kann er Pflegekräfte besiegen. Super!«

»Was machen wir bloß mit ihm?«

Fuchsenseer wälzte sich auf dem Seidenteppich herum und sabberte alles voll. Er gab knarzende, tierartige Laute von sich. Dem Geruch nach war seine Windel voll.

»Sollen wir die Rettung rufen?«

»Ich weiß nicht.«

Der Alte schien eine Art Anfall zu haben, seine Lautäußerungen wurden eindringlicher.

Da kam Susi rein.

»Was ist denn los? Mama ist aufgewa-a-ach du Scheiße!«

Sie stürzte zu ihrem Vater.

»Doris, ruf die Rettung!«

Aber Doris rührte sich nicht.

»Doris, verdammt! Ruf die Rettung!«, schrie Susi verzweifelt.

Marianne fischte ihr Handy hervor, doch Doris fuhr dazwischen: »Sollen wir nicht noch ein bisschen warten?«

»Worauf willst du warten, verdammt? Ich glaub, das ist was Ernstes, der stirbt womöglich!«

»Eben.« Doris sprach ganz ruhig.

Die Schwestern blickten sie entgeistert an.

»Also ich trau mich wetten, dass er so nicht leben will. Und für uns wäre das Leben auch um einiges einfacher, wenn er …«

»Diese Scheiße höre ich mir nicht an!«

Susi zückte das Handy und wollte die Rettung rufen, da kam die Mutter herein. Sie hatte einen schwankenden Gang und glasige Augen.

»Ist das Arschloch endlich tot?«, fragte sie schleppend mit rauer Stimme.

»Nein, aber wenn ich jetzt nicht gleich die Rettung rufe, ist er es wohl bald«, antwortete Susi und wählte die Nummer.

»Susanne, leg auf!«, herrschte die Mutter sie an.

Susi ließ sich nicht beirren.

»Ihr spinnt ja! … Ja, hallo? Nein, nicht Sie, sorry. Hier spricht Susanne Fuchsenseer …«

Die Mutter versuchte, Susi das Handy aus der Hand zu reißen, aber dafür war sie zu sediert. Fuchsenseer bekam in seinem Delir ihren Fuß zu fassen und riss sie um. Sie fiel unglücklich und prallte mit dem Kopf gegen eine Kommode.

Als die Rettung kam, nahmen sie gleich beide Eltern mit. Die Mutter hatte eine leichte Gehirnerschütterung und eine Platzwunde am Kopf und blieb zur Kontrolle über Nacht im Spital. Fuchsenseer wurde noch im Krankenwagen bewusstlos und wachte nicht mehr auf. Irgendein Blutgefäß in seinem zusammengeflickten Kopf war geplatzt und er erlebte den nächsten Tag nicht mehr.

»Das Schicksal hat das Geschlecht der Fuchsenseer vom Spielbrett genommen!«, sagten die einen im Vollwichs bei drei Bier und patriotischem Liedgut.

»Der Darwin Award geht an die Fuchsenseer! Good fucking riddance!«, die anderen.

Zurück blieben die Frauen. Typisch, dachte Marianne, die Frauen wischen am Ende wieder einmal die Sauerei dieser ach so tollen Männer auf.

Wieder war ein Begräbnis zu organisieren, und danach saßen die Schwestern mit Doris im Salon und tranken Tee.

»Und was machen wir jetzt?«, fragte Marianne in die Runde.

Susi räusperte sich.

»Also wenn das für dich okay ist, würde ich mit den Kindern gern hierherziehen. Dann könnte ich auch auf Mama schauen.«

»Sicher, gern, aber was ist mit deinem Mann und deinem Haus?«

»Na ja, der hat in den letzten Jahren eindrücklich bewiesen, dass er auf mich und die Kinder total scheißt, und ich habe jetzt die Schnauze voll. Außerdem hat er sich so eine Blondine von der Parteijugend aufgezwickt. Die kann er jetzt ungestört in unserem Ehebett nageln und ich muss nicht mehr ihre Hoserln im Bad finden.«

Marianne war betrübt, doch Doris kicherte.

»Wunderts dich? Der war doch früher schon oft im Waldhof.«

»Was? Und du hast mir nichts gesagt? Danke dafür!«, fauchte Susi.

»Ich dachte, das weißt du eh, oder willst es nicht so genau wissen.«

Außerdem mochte ich dich damals nicht besonders, weil ich dich so spießig fand, dachte Doris, und das war nicht cool von mir.

»Sorry, in meiner Welt waren damals alle Männer Kunden«, setzte sie kleinlaut nach.

»Na gut, dass ich es wenigstens jetzt weiß, das hilft auf jeden Fall bei den Scheidungsverhandlungen.«

»Willst du wieder Fuchsenseer heißen?«, fragte Doris.

»Ja.«

»Ich auch«, sagte Doris.

Marianne und Susi schauten sich an und nickten nach einer Weile.

»Gut. Dann sind wir drei Fuchsenseerinnen. Ich finde, wir sollten mal gemeinsam die Fuchsenseer Gesetze aktualisieren und den Laden zu dritt schmeißen«, schlug Susi vor, und Marianne ergänzte: »Genau! Und mal sehen, was das überhaupt für ein Finanzgeflecht ist, das wir da erben. Ich trau mich wetten, dass da ganz viel faul ist! Das müssen wir ändern.«

»Ja, sicher, aber bis der Nachlass abgewickelt ist, können Jahre vergehen, grad wenns so spannend wie bei mir ist«, warf Doris ein. »Wird bei euch sicher auch eine ganze Weile dauern.«

Und so versanken sie in ihren Gedanken und schlürften schweigend Tee. Susi genoss die Ruhe.

»War jemand von euch eigentlich irgendwann in letzter Zeit mal in der Spina?«, fragte Doris irgendwann. Die Spina war die Dornkirchner Mädelschaft, die eng mit der Burschenschaft, der Partei und der katholischen Kirche verknüpft war.

»Ich war nur ein paarmal als Teenie dort, da bin ich nie Mitglied gewesen«, protestierte Marianne.

»Doch, bist du. Mama hat deine Unterschrift gefälscht.«

»Was?«

»Na ja, du hättest es ja nicht unterschrieben, also hat sie.«

»Warum?«

»Na, damit du dabei bist.«

»Ich will aber nicht dabei sein! Du etwa?«

»Na ja, ich finds nicht so schlecht, ein paar von den Liedtexten sind halt etwas altmodisch, aber das gemeinsame Backen, Singen und Kränzebinden für den Ostergottesdienst habe ich sehr gern. Ich bin jetzt Hohe Dame dort.«

»Etwas altmodische Texte – my ass! Familie, Pflicht, Treue, Scholle, Blut, Herz, Schmerz, Heimat … Tanzkurse mit Burschenschaftlern, Eyecandy sein für so Parteievents … Wäääääh!«

»Na geh, so hab ich den Wolfgang kennengelernt!«

»Und?«

»Auch wieder wahr.«

»Na siehst du. Die Bude sollte man abfackeln, und die von der Burschenschaft gleich mit …«, knurrte Marianne.

»Ah geh, der Alk war immer urbillig, ich hab dort mit zwölf meinen ersten Vollrausch gehabt, haha …«, schwelgte Doris.

»Wir alle haben auf einem Spina-Fest unseren ersten Vollrausch gehabt«, warf Susi ein.

»Sind die immer noch so Abtreibungsgegnerinnen?«, fragte Marianne.

Susi nickte.

»Dann sollte man die Spina unterwandern!«

»Genau, wir machen aus der Spina ein linkes FLINTA*-Dings!«, johlte Doris.

Susi fand diese Bemerkung ziemlich daneben und Mariannes Feminismus viel zu radikal, aber sie dachte sich ihren Teil und schwieg um des lieben Friedens willen. Allein der Gedanke, ein ungeborenes Kindlein zu töten, war ihr ein Graus. Sie und Wolfgang hatten in den sauren

Apfel gebissen, Verantwortung übernommen und geheiratet, als Bettina ungeplant entstanden war, so wie auch ihre Eltern wegen Albrecht geheiratet hatten. Es war natürlich nicht ideal, aber heutzutage war es ja nicht mehr so schlimm, wenn das Kindlein etwas bald nach der Trauung auf die Welt kam. Hauptsache ehelich geboren. Sie tröstete sich mit dem Gedanken, dass Marianne noch sehr jung war und ihren naiven Feminismus sicher irgendwann ablegen würde.

Die drei Frauen schenkten Tee nach, sprachen über dies und das, und dann erinnerte sich Doris, warum sie eigentlich Marianne aufgesucht hatte.

»Sag mal, Marianne, glaubst du, wäre es möglich, so was wie ein Fairtradepuff zu führen?«

EIN FAIRTRADEPUFF?

Einige Zeit und viele Gespräche später bat Marianne Kiwi zu einem Gespräch mit Doris im Büro des Vorstandes der Schuhfabrik.

Kiwi kannte Doris nur flüchtig – und aus ihrer Heroinphase. Jetzt saß ihm eine körperlich fragile, aber sehr entschlossen und vital wirkende Endzwanzigerin gegenüber. Diese Frau war durch die Hölle gegangen, lange Zeit hatte sie letztendlich mit jedem Schuss ihre eigene kleine Mauserprobe genommen, da ihr Vater ihr dieses Vorrecht nicht zugestanden hatte. Nun hatte er verloren, und sie, seine Tochter, war vom Schicksal zur Gewinnerin und Überlebenden bestimmt worden, zumindest sah sie das so. Hatten sie früher Sturheit und der blanke Hass am Leben erhalten, war es nun eine Vision, ein Konzept, eine Idee. Sie wirkte irgendwie sehr stark, obwohl ihr Körper noch gezeichnet war von all dem Dreck, den er hatte aushalten müssen.

»Grüß dich, und danke, dass du dir Zeit nimmst. Du kennst mich aus meiner H-Zeit, ich bin aber mittlerweile ein halbes Jahr clean und Straight Edge, hab Reha gemacht, bin noch in Therapie, kurz: Ich bin auf einem guten Weg.«

Kiwi nickte respektvoll.

»Bei meiner Idee geht es um Sexarbeit. Ich bin selber Hure und kenne die Branche sehr gut, weil ich ein Luden- und Hurenkind bin, ich bin in einem Puff aufgewachsen.«

Kiwi staunte über ihre Ausdrucksweise, aber ließ sich das nicht anmerken.

»Ich werde vermutlich dieses Puff erben, es steht in Dornkirchen. Und ich überlege, was ich damit machen soll. Eine Idee wäre, da wieder ein Puff zu machen, aber eben anders, ohne Zuhälterei und Menschenhandel, sondern von denen, die dort arbeiten, selbst geführt. Über

Entscheidungen wird geredet und dann abgestimmt, das Geld wird fair aufgeteilt. Niemand wird zu irgendwas gezwungen. Wenn nötig, mit bezahlten Securitys und unbedingt einem guten Draht zur Polizei, zu Weiterbildungsmöglichkeiten, und das Ganze mit Kinderbetreuung, also eine Art Fairtradepuff. Aber ich würde das gern zuerst in Wien machen, und zwar hier, weil ich weiß, dass meine Leute bei euch sicher wären. Was hältst du davon? Ich weiß, langfristig planen ist grad schwierig …«

Kiwi nickte stumm und nachdenklich. Eines war sofort klar: Das war Plenumsangelegenheit, das konnte und wollte der Vorstand nicht entscheiden. Aber es war seine Aufgabe, die Entscheidungsfindung zu moderieren. Und die würde emotional werden, war das Thema Sexarbeit doch sehr umstritten.

»Es wäre auch ein soziales Experiment,« brachte sich Kiwi ein. »Marianne, wie siehst du das grundsätzlich?«

»Spannend. Ich hab noch keine klare Meinung dazu. Aber ich finde, es wäre gut, wenn du, Doris, das Konzept in so Manifestform aufbereiten würdest, da könnte man einen Diskurs starten.«

»Bitte red Deutsch mit mir …«

»Sorry. Schreib deine Ideen auf, dann kann man das lesen und sich eine Meinung bilden und dann diskutieren.«

»Geht doch.«

»Wenn du magst, können wir ja gemeinsam recherchieren, ob es da nicht eh schon so etwas gibt, mit denen könnte man sich vernetzen.«

»Gute Idee!«

Beim nächsten Plenum stellte sich Doris vor.

»Hallo, ich bin die Doris. Ich komme aus Dornkirchen, aber hin und wieder bin ich in der Schuhfabrik, wenn ich meine Cousine Marianne besuche. Ich muss euch jetzt gleich einmal vorwarnen, ich kann mich nicht so gut ausdrücken, ich hab nur Pflichtschule und Puff gemacht. Ich bezeichne mich selbst als Huren- und Ludenkind, ihr würdet das vielleicht anders sagen, aber für mich passt das so. Mein Vater war Zuhälter und meine Mutter hat für ihn gearbeitet. Laut Vaterschaftstest bin ich sein Kind. Meine Mutter verschwand, als ich zehn war, mittlerweile gibt es Hinweise darauf, dass mein Vater sie und noch einige andere entweder selber umgebracht und vergraben hat oder dass das seine Leute für ihn gemacht haben. Vielleicht habt ihr das mitbekommen, es war in den Nachrichten. Der Zirbenhof hat gebrannt und da ist das alles aufgeflogen.«

Der Raum raunte.

»Warum erzähle ich euch das? Ich möchte, dass ihr versteht, dass ich die gschissenen Seiten des Gewerbes wirklich sehr gut kenne, ich bin da wirklich Expertin, bin selber Hure oder Sexarbeiterin, ist mir wurscht, wie ihr sagt. Und ich möchte das jetzt, wo ich das Puff vermutlich erben werde, ganz anders aufziehen. Wie genau, weiß ich noch nicht, ein paar Ideen habe ich schon zusammengeschrieben, die stehen da auf dem Zettel, diesem, ähm, Manifest, das ihr bekommen habt.«

Doris nickte Marianne erleichtert zu und diese übernahm.

»Doris, Kiwi und ich haben uns intensiv ausgetauscht. So wie wir das verstehen, möchte sie ein autonom und basisdemokratisch geführtes Bordellkollektiv anleiern und hier in der Schuhfabrik realisieren. Wir haben im Vorfeld schon angefangen, über ähnliche Initiativen zu recherchieren. Heute geht es erst einmal um einen Meinungs- und Gedankenaustausch.«

Und es wurde intensiv diskutiert.

»Also beim Konzept von Sexarbeit kommt mir schon das Kotzen. Das ist Patriarchat pur. Und so etwas wollen wir in der Schuhfabrik zulassen? Ohne mich!«

»Nirgendwo schändet Arbeit mehr als bei der Prostitution.«

»Es gibt aber neben den ganzen hässlichen Seiten sehr wohl Freischaffende, die das freiwillig machen. Die Frage ist: Unter welchen Bedingungen wäre Prostitution im autonomen DIY-Kontext überhaupt vorstellbar?«

»Ich finde es furchtbar, wenn Sexualität verkauft wird. Oder wäre das dann auch nach dem Pay-as-you-wish-Prinzip wie in der Küfa oder an der Bar organisiert?«

»Na ja, ich würde es eher wie z. B. einen Tätowierer sehen. Man macht sich was aus.«

»Es müsste *safe, sane and consensual* sein.«

»Die Existenz der Leute dürfte nicht von Prostitution abhängen, es wäre wichtig, ihnen einen Ausstieg zu ermöglichen.«

»Sie müssten vollen Zugang zu Gesundheitsversorgung und Sozialleistungen haben.«

»Ihr Aufenthaltstitel dürfte nicht an Prostitution gekoppelt sein.«

»Sie bräuchten Zugang zu Rechtshilfe.«

»Wer wären denn überhaupt die Kunden? Ich glaub ja nicht, dass da in unserem Umfeld ein Bedarf wäre.«

»Ich glaub schon, doch. Es gibt ja auch feministischen Porno. Stell dir vor, du lebst in einer schönen Partnerschaft, aber du oder deine Partnerin können sich sexuell nicht so ganz verwirklichen. Fremdgehen wollt ihr nicht, Polyamorie ist zu anstrengend, ihr wollt keine neue Beziehung, sondern nur eine bestimmte Sexpraktik ausleben. Man holt sich die dort in diesem Puff völlig unkompliziert und emotional nicht belastend. Das ist im Prinzip wie zum Friseur, zur Pediküre, zur Massage oder ins Restaurant zu gehen: Genuss. Und so was würdet ihr in einem normalen Puff nicht machen, weil ihr das System dahinter zu Recht zum Kotzen findet, so wie euch ein Mainstreamporno nicht aufgeilt, aber ein feministischer schon.«

»Also ich finde, da gibt es schon einen Unterschied …«

»Es wäre auch interessant zu sehen, wer von uns tatsächlich hingehen würde. Wir sehen uns ja gern als egalitär und feministisch.«

»Vielleicht würden tatsächlich welche aus der Szene hingehen. Aber wie würden wir mit normalen Kunden verfahren? Was für einen Rattenschwanz würde das hinter sich ziehen? Autsch! Ups, sorry, Lenin!«

»Ich glaube, so Otto Normalverbraucher kommen nicht in die Schuhfabrik, auch nicht zum Pudan. Die Schuhfabrik ist einfach keine gute Location für so was.«

»Na ja, definiere gute Location für ein Puff …«

»Wenn die Leute mit ihrer Arbeit tatsächlich okay sind, warum nicht?«

Der Diskurs war gestartet!

BABY

Monikas Bauch wurde langsam auffällig. Sie war jetzt im fünften Monat, aber sie hatte es immer noch nicht geschafft, im Spital ihre Schwangerschaft zu melden, geschweige denn mit Axel zu reden. Sie hatten immer wieder miteinander im Spital zu tun, aber da waren sie mit Arbeit eingedeckt. Axel arbeitete zügig, konzentriert und kompetent, sie waren ein gutes Team. Seine Kommunikation beschränkte sich auf Wesentliches.

Jetzt saß Monika in ihrem Bett, das Handy in der Hand und Axels Nummer auf dem Display. Sie dachte an die vielen Gespräche mit Jessi, die bis jetzt als einzige von ihrer Schwangerschaft wusste. Sie habe kein Recht, ihr Kind zur Vaterlosigkeit zu verdammen, nicht bei jemandem wie Axel, hatte ihre Schwester insistiert, und ja, Jessi hatte recht.

Und dann der finanzielle Aspekt, dachte sie grimmig. Generell, ihre Unabhängigkeit konnte sie sich für die nächsten achzehn Jahre sowieso aufzeichnen. Und da war es gut, wenn es jemand Zweiten gab, am besten einen, der wenigstens zahlte und womöglich auch aktiv Vater sein wollte.

Beherzt drückte Monika auf das Display und kurze Zeit darauf hob Axel ab.

»Hallo, Monika, was gibts?«

»Störe ich, oder gehts eh?«

»Ich esse gerade, aber es geht eh.«

»Na ja, also es ist schon, wie soll ich sagen, was sehr Wichtiges, das ich gern in Ruhe mit dir bereden würde. Magst mich zurückrufen?«

»Hm, ich muss dann los, aber wenns so wichtig ist, dann sag schon. Ich ess halt nebenbei.«

Monika hörte Kaugeräusche.

»Monika, bist du noch da?«

»Ja, also … Ich bin schwanger. Von dir.«

Er hörte kurz zu kauen auf und Monika wartete vergeblich auf eine Reaktion von ihm. Nach einer Weile kaute er schweigend weiter. Schließlich schluckte er runter und fragte: »Ganz sicher?«

»Ja, ganz sicher. Neunzehnte Woche.«

Damit war Abtreibung kein Thema. Er kaute wieder, schluckte, trank etwas.

»Okay.«

Er aß weiter. Monika wusste nicht, was sie sagen sollte.

»Gehts dir und dem Kind gut?«

»Doch, schon, ja.«

Kauen, schlucken.

»Öhm, versteh mich nicht falsch, aber du nimmst das Ganze jetzt sehr gelassen auf. Du wirkst jetzt nicht sehr überrascht.«

»Bin ich auch nicht.«

Kauen, trinken, schlucken. Abbeißen. Der macht mich wahnsinnig mit seiner Ruhe.

»Aha …?«

»Na ja, dein Kinderwunsch ist allgemein bekannt und wir haben ungeschützten Sex gehabt.«

»Du wusstest, dass ich ein Kind will?«

»Joa.«

»Das heißt, du hast es darauf angelegt, Vater meines Kindes zu werden?«

»Joa. Und außerdem ist dein Bauch mittlerweile ziemlich gut sichtbar. Ich hab mir gedacht, wenns von mir ist, wirst du es mir schon sagen, und wenn nicht, geht es mich ja nichts an.«

»Und das ist immer noch okay für dich, auch wenn wir nicht zusammen sind?«

Wenn er nochmal *Joa* sagt, schrei ich.

»Joa, warum nicht? Du, ich muss jetzt los, morgen sehen wir uns eh im Spital, da machen wir uns was aus, dass wir das in Ruhe bereden, okay?«

»Ist gut, machen wir.«
Kauen.
»Ja, dann also …«
Monika wusste nicht, was sie sagen sollte.
»Ja gut, dann sehen wir uns in der Arbeit. Tschau.«
»Tschau.«

ABDU

Dimitri bastelte in seiner Werkstatt gerade an seiner Küche, als Sissi mit Abdu, einem der jungen, schüchternen Afghanen, eintrat. Dimitri drehte das alte Röhrenradio leiser. Sissi hatte heute ein schwarzes Dirndl an, dazu die Haare in Pigtails mit großen blauen Maschen. Seine haarigen Wadln steckten in Cowboystiefeln. Neben ihm wirkte Abdu noch verlorener als sonst.

»Hallo, Sissi! Hallo, Abdu! Was gibts?"

»Servus. Der Abdu hier würde gern bei dir lernen, aber er ist halt zu schüchtern, um zu fragen.«

»Was? Wir spielen eh dauernd Schach miteinander.«

»Na ja, weißt eh … Er hat viel erlebt.«

Dimitri nickte. Er hatte Abdu noch nie sprechen gehört, da würde er weiterhin ungestört Ö1 hören können. Und ein zweites Paar Hände konnte schon praktisch sein, Abdu war recht geschickt.

»Abdu, magst du mir zuschauen und helfen?«

Abdu nickte eifrig und sie schlugen ein.

Die drei setzten sich und begossen die Vereinbarung mit Tee aus Dimitris Samowar.

Sissi packte den Vaporizer aus.

»Sag, was ist jetzt mit der Antn?«

»Steht im Westflügel, kann man jederzeit bespielen. Ein paar Leute touren damit ab nächster Woche bis Skandinavien.«

»Super. Also ist sie wie du ein Teil der Schuhfabrik geworden und geht auf Tour. Taugt ma.«

Dimitri nickte. Ja, er war wirklich stolz auf das Teil.

»Und, du baust dir jetzt doch eine Küche? Du glaubst also, dass uns die Ziesel retten werden?«

»Na ja, ich hoffe es halt. Kostet ja quasi nur Arbeitszeit von mir, Material nehm ich, was ich finde. Ich bastel daran auch nur, wenn nichts anderes ansteht.«

Sie tranken schweigend und rauchend.

»Was ist mit den anderen? Hast du schon was für jeden gefunden?«, fragte Dimitri.

Sissi hatte die afghanischen Burschen unter seine Fittiche genommen, begleitete sie auf Ämterwegen und half ihnen durch den Behördendschungel. Dann suchte er noch Plätze für sie: wo sie genesen, arbeiten und lernen konnten.

»Na jo, also der Momo hat sich ja für Ton- und Lichttechnik interessiert, den nehmen jetzt Natascha und Wurli. Vielleicht kriegen wir den auf eine HTL. Der Ahmed … Kennst du den?«

»Ja, dieser etwas Ältere, Traurige.«

»Genau. Also der Ahmed fühlt sich in der Stadt gar nicht wohl und vermisst die Berge. In einer Woche nimmt ihn eine Band zu den Käsepunx im Großen Walsertal mit, dort könnte er wieder Hirte sein.«

»Super, alle versorgt!«

»Na ja, ein paar Kids sind uns schon durch die Finger grutscht. Weitergezogen oder umkommen, so wie die oame Püppi.«

Dimitri und Abdu nickten stumm. Das traurige Ende dieser so jungen Frau hatte viel Bestürzung ausgelöst. Es hatte sogar eine Gedenkfeier für sie gegeben.

»Ja, der Abdu war der letzte. Aber es tauchen ja fix wieder neue auf, wie die Schwammerln. Na ja, vielleicht können wir ein paar davon auffangen.«

Dimitri erinnerte sich, wie die Schuhfabrik ihn selbst vor ein paar Jahren aufgefangen hatte, als er sich aus Dornkirchen abgesetzt hatte. Er hatte gehört, dass es da gratis Essen gab und Polizei unbeliebt war, da wollte er sich das einmal anschauen und blieb, weil dort Schach gespielt wurde, geschickte Allrounder wie er gebraucht wurden und man in Ruhe gelassen wurde, solange man andere zufrieden ließ und mit anpackte.

Dimitri war geschickt und willig, seinen Beitrag zu leisten. Er ging einem Pensipunk zur Hand, der langsam zu alt für Metallarbeit wurde, und wurde mit der Zeit so etwas wie der Dorfschmied. Er redete nie mehr als nötig, hatte fast immer Ö1 laufen, um die Sprache noch besser zu lernen, ließ Bart- und Haupthaar etwas wachsen, verhielt sich unauffällig und studierte dabei die *Schuhe*.

Merkwürdiges Volk. Die mit ihren Plenen, Workshops, Lesungen und Musikprojekten – hatten sie nichts Wichtigeres zu tun? Sie waren so kindlich-naiv und verpeilt, aber trotzdem funktionierte der Laden im Großen und Ganzen. Irgendwann begriff er, dass die meisten *Schuhe* – im Gegensatz zu ihm – *nicht* im Survivalmode waren. Sie waren mit einer Freiheit aufgewachsen, die ihm nicht vergönnt gewesen war. Ja, manchmal wurden sie von der Polizei verdroschen oder sogar – meist für kurze Zeit – festgenommen. Aber keiner von denen wurde so richtig gefoltert oder verschwand einfach, wenn er einmal mitgenommen wurde. Keine Leichen ihrer Freunde wurden verstümmelt in einem Kanal gefunden. Keiner von denen war gezwungen worden, in den Krieg zu ziehen. So viele arbeiteten für staatsnahe Institutionen, studierten, waren Lehr- oder Spitalskräfte und konnten dabei schwul sein, tätowiert und bunte Haare haben. Undenkbar in seiner alten Heimat.

So eine Freiheit, so eine Geborgenheit von Kindesbeinen an setzte ganz andere Hirnareale frei. Die tickten einfach von Grund auf anders. Sissi war ein gutes Beispiel. Er mochte ja groß und stark sein, aber Dimitri wusste einfach: Der hat nie wirklich um sein Leben gekämpft, bei all dem Security- und Boxergehabe war Sissi im Grunde harmlos wie ein Karpfen und seine lächerliche Aufmachung ging auch nur hier durch.

»Weißt du, Dimitri, dafür sind wir ja da auf dieser Kugel, dass wir aufeinander schauen und uns gegenseitig helfen, auch wenn wir es nicht immer schaffen.«

Dimitri und Abdu nickten.

»Und dass wir uns auch trauen, Hilfe anzunehmen. Aber da tun sich so alte Bären wie du schwer, gö?«

Er schaute Dimitri herausfordernd an.

Dimitri erwiderte Sissis Blick kühl. Er setzte sein Pokerface auf. »Abdu, lass uns bitte allein. Komm morgen um zehn Uhr.«

Nachdem der Junge gegangen war, lehnte sich Dimitri zurück.

Scheiße, was kommt jetzt?

»Ich war früher ein Hells Angel«, outete sich Sissi.

Dimitri ließ sich seine Überraschung nicht anmerken. Hoffte er zumindest.

»Schön für dich. Wird das jetzt so eine Art Seelenstrip, oder was? Hast du eine Vorstrafe? Hast du Leute umgebracht, gefoltert und so? Ist mir scheißegal, ich will das nicht wissen.«

»Dimitri, ich …«

»Nein, stopp, aus! Du verstehst es wohl nicht: Ich will das wirklich, aus tiefstem Herzen *nicht* wissen. Und das empfehle ich dir auch in manchen Angelegenheiten. Es macht das Leben viel erträglicher, wenn man *nicht* glaubt, alles zu wissen und zerreden zu müssen.«

»Schau, ich will nur sagen, ich war nicht immer Sissi …«

»Verschon mich mit deinem Gender!«-*scheiß* wollte er sagen, aber das verbiss er sich gerade noch.

»Und du warst nicht immer Dimitri.«

Dimitri erstarrte.

Sissi berührte ihn vorsichtig.

»Hey, alles gut. Ich mein ja nur. Ich kenn mich ein bissl damit aus, wie das ist, wenn Leute von früher plötzlich auftauchen, kann sehr unangenehm sein. Und, na ja, wenn bei dir wer anklopft, weißt du, wo du mich findest. Ich mache übrigens seit Jahren ehrenamtlich Rechtshilfe, Deserteurs- und Asylberatung und so.«

Sissi stand auf, klopfte dem verstörten Dimitri zum Abschied amikal auf die Schulter, klimperte mit den falschen Wimpern, drehte sich auf seinen Absätzen um und stiefelte davon. Er ließ Dimitri verwirrt und verunsichert zurück.

Nach einer ganzen Weile, während der er in Gedanken versunken dasaß, klopfte es an der Tür.

»Ja!«, rief Dimitri.
»Hi, darf ich reinkommen?«
»Komm rein, Doris, ich habe dich schon erwartet.«

DIE SCHUHFABRIK

Als Peter Fanta an diesem Tag heimkam, hörte er schon das gewohnte und verhasste Surren des Bartschneiders aus dem Badezimmer seiner WG echoen. Darunter mischte sich das Gesinge des vedischen Briefträgers. Offensichtlich waren er und die alleinerziehende Buddhistin wieder einmal damit beschäftgt, sich gegenseitig die Köpfe kahlzuscheren. Dabei fand Fanta Glatzen und Fast-Glatzen abstoßend. Besonders der alleinerziehenden Buddhistin mit ihren abgespacten Schweinsaugen, dem schmalen, viel zu langen Mund und den Schlappohren stand diese Anti-Haartracht überhaupt nicht, meinte Fanta. Beim Veden war es noch halbwegs erträglich, obwohl seine Dumbo-Ohren dadurch noch extra betont wurden. Fanta dachte mit Ekel an das kommende Abendessen, wenn er mit zwei Eiern mit Ohren und dem fiesen kleinen Siddhartha an einem Tisch sitzen würde. Der Gedanke allein verdarb ihm die Lust auf ein gemeinsames Mahl, und so beschloss er, in die Schuhfabrik zu gehen.

Peter Fanta betrat die Schuhfabrik, spendete einen Euro, bekam von Kiwi einen Stempel, holte sich etwas von der Küfa, setzte sich an einen Tisch mit Blick zum Eingang und beobachtete das Treiben und die Gäste, die da kamen: Punks aller Art, Studierende, Treibholz, Endemiten und Originale, Kunstschaffende, Hinige, Liebende, Suffpoeten, zahnluckerte, altersweise Weiber und immer wieder ein paar Gruftis. Er mochte diesen Ort.

Mit den Bands konnte er nicht viel anfangen und Anschluss suchte er erst gar nicht. Aber das Essen war quasi gratis und immer genießbar, manchmal sogar ziemlich gut, ihn nervten keine Kellner, hier wollte niemand etwas von ihm. Die Leute an der Bar wunderten sich zwar jedes

Mal, wenn er etwas Alkoholfreies bestellte, aber mittlerweile wurde er deswegen nur noch selten aufgezogen. Inmitten dieses lauten Getümmels fand er innere Ruhe.

Nachdem er gegessen hatte, ging er hinaus in die Nachmittagssonne. Er legte seine Jacke auf die Wiese und setzte sich drauf. Ein paar Spatzen pickten herum. Hinter sich hörte er Dimitri in der Werkstatt arbeiten. Jetzt gerade flexte er offenbar etwas, versunken in der repetitiven Arbeit. Er mochte Dimitris souveränen, gleichmäßigen Arbeitsrhythmus.

Da sah er Mamie vorbeitrippeln und sie hatte das Schachbrett unterm Arm. Sie begrüßten sich mit einem freundlichen Nicken. Mamie hielt das Schachbrett in die Höhe: »Maxdu?«

Fanta nickte, stand auf und folgte ihr.

Sie nahmen an einer von Dimitri gebauten Sitzgelegenheit Platz, Mamie pustete und wischte mit der Hand über den Tisch, klappte das Schachbrett auf und begann, mit ihren sehnigen, alten Händen die Figuren aufzustellen. Fanta schaute ihr interessiert zu.

Nach der Partie zog es Fanta in die Gstettn. Da wurde unweit der Halfpipe gerade das Zelt eines Zirkuskollektivs aufgebaut. Fanta freute sich schon auf die Vorstellung in ein paar Tagen. Er schaute den Leuten zu, wie sie das Zeltgestell montierten. Sie kletterten behände, jeder Handgriff saß, es ging zügig voran.

Nach einer Weile ging er weiter und stapfte durch das hohe Gras. Wieder zurück, vorbei an der Kunstfabrik, wo heute wieder eine Vernissage stattfand, zur Konzerthalle, aus der eine einsame Kickdrum zu hören war. Es war Soundcheck, heute Abend gab es ein Funeral-Doom-Konzert. Draußen saßen viele Leute jeden Alters. Der Wind wehte Musikfetzen von der Küche herüber, sie vermischten sich mit dem Surren der Tätowiernadeln, dem Werkeln der Kunstschaffenden, dem Hämmern der Bau- und Reparaturgruppe, dem Lachen und Fluchen der Roadies, den Gesprächen der Leute, dem Klappern der Gläser und Flaschen.

Fanta ging zur Halfpipe, wo die Breithosaten mit ihren Boards Tricks übten, Videos schauten und filmten, plauderten, rauchten, standen, saßen und lagen, die Rucksäcke, das Dosenbier und die Energydrinks auf dem Boden. Lenin hatte wieder ein Chipspackerl gefunden und verschwand darin.

Fanta sah einen ziemlich großen Typen aus dem Fitnessraum kommen, und so wie er ging, war heute wohl Leg Day gewesen. Sissi stritt mit einem Sparringspartner: »Naa, jetzt heast du amoi zua, heast!«

Die Motten tanzten um die Scheinwerfer und eine Fledermaus jagte sie.

Fanta setzte sich in die Wiese und schaute den Skatern zu. Lenin kam angetappelt, stellte sich auf seine Hinterbeinchen und schnüffelte an Fantas Knie. Der gab ihm ein Nüsschen.

Es war ein guter Tag.

Danksagung

Die Handlung und die Personen in diesem Roman sind fiktional, aber nicht im luftleeren Raum entstanden. Dank, wem Dank gebührt:

- meiner Familie und meinen Freund·innen
- den antifaschistischen Menschen, speziell denen, die DIY leben
- dem Staat Österreich, der meiner Familie zuerst Asyl gewährte und später die Staatsbürgerschaft verlieh, und der es mir ermöglichte, mich zu bilden und ein würdiges Leben in einem vergleichsweise gut funktionierenden Land zu führen. Trotz allem.
- Arena, g7, KUKU, Venster99, 1bm, EKH, Szene Wien, Chelsea, Nachtasyl, Titanic, Rüdigerhof, Weidinger, Siebensternkeller, Down Under, Malipop, dem alten Flex, TU-Club, … Na ja, Wien halt.
- Graf Hugo und Theater am Saumarkt in Feldkirch und all den oft skurrilen Locations und Events, wo ich auftreten oder denen ich beiwohnen konnte
- all den Menschen, mit denen ich irgendwann kreativ zu tun hatte, sei es als Teil eines kuratierten Improsets, einer nächtlichen Jamsession in einem verrauchten Keller, einer Kollabo, eines langjährigen Bandprojektes oder sonst wie
- den Plötzen für die GAF. Das mit den Spaltungen haben wir uns gemeinsam ausgedacht, als sich das Liberale Forum von der FPÖ abspaltete.
- das Pixi-Buch *Minerva Luise hüpft ins Haus* von Janet Morgan Stoeke und reale Hendln waren Inspiration für Minerva.
- L. für das Freud'sche Trio
- Klaus und Thomas, die die Tatsache, dass die ärgsten Ungustln in dem Buch genauso heißen wie sie, mit Humor nahmen und sich mit mir auf diese Reise eingelassen haben
- den Tätowierer·innen
- Dr. Ilse E. Hoffmann für die Informationen über Ziesel und überhaupt
- Fritz Ostermayer für Informationen und Beratung zu den Themen Hirnwichserei und Kunstscheiße

Außerdem erschienen bei Glitzer & Grind:

Claus Oistric
Als der Vorhang fiel. Punk im Wien der 90er

Das Buch unternimmt einen Streifzug durch die Geschichte von Punk in Wien, mit einem besonderem Augenmerk auf die Zeit, als nach dem Fall des Eisernen Vorhangs die Welt in Wien in Bewegung geriet und die Stadt in Schwung kam. Zum ersten Mal entstand eine Art von subkultureller Infrastruktur, und der internationale Punkrock-Boom Mitte der 90er-Jahre ging auch nicht spurlos vorüber.

Bands wie KULTA DIMENTIA, TARGET OF DEMAND, EXTREM, BLOODY MARY, PROGRAMM C, DIE BÖSLINGE u.v.m. kommen ebenso zu Wort wie Menschen, die mit Fanzines, Konzerten und Labels die Szene aktiv mitgestalteten.

Das Buch versteht sich nicht als Chronik, sondern als geschichtlicher Einblick in eine Welt von gestern, als man sich Punk noch ohne Internet aneignen musste. Eine Liebeserklärung an Punk in Wien und all die Menschen, die Punk in dieser seltsamen Stadt prägten.

Clemens Marshall
Rokko's Adventures. Menschen, Tiere, Sensationen

Rokko, der rasende Reporter des Wiener Untergrunds, dokumentiert in seinen Abenteuern herrlich skurrile Gestalten und bizarre Phänomene vom Rande unserer Gesellschaft. Er porträtiert Menschen, die sich selbst Löcher in den Schädel bohren, menschliche Kanonenkugeln, Exorzisten oder Kinder, die von Tieren aufgezogen werden.

Von Sozialvoyeurismus ist Rokko dabei aber weit entfernt, im Gegenteil begegnet er seinen Protagonisten stets mit aufrichtigem Interesse an ihren exzentrischen Lebensentwürfen. In diesem Band versammeln sich die besten Geschichten aus den ersten zehn, längst vergriffenen Ausgaben.

GLITZER & GRIND
Wien
1. Auflage 2025
www.glitzerundgrind.at

Satz: Klaus Glitzer
Lektorat: Thomas Grind
Umschlaggestaltung:
Fabian Stiebler / Stay Gold Grafix
Druck und Bindung: Finidr, s.r.o., CZ

ISBN 978-3-9505679-0-8

Gedruckt mit freundlicher Unterstützung durch die
Stadt Wien Kultur und das Bundesministerium
für Kunst, Kultur, öffentlicher Dienst und Sport.

Stadt Wien | Kultur

Bundesministerium
Kunst, Kultur,
öffentlicher Dienst und Sport

BAF